빈집을　　두드리다

빈집을
두드리다

장은진 소설

문학동네

빈집을 두드리는 이유 _007

나는 나를 가둔다 _039

티슈, 지붕, 그리고 하얀 구두 신은 고양이 _071

찾아가는 도서관 _103

나쁜 이웃 _137

페이지들 _169

나무인형 _203

해설 지속 가능한 짝사랑에 대한 안내서 정실비(문학평론가) _237
작가의 말 _251

빈집을

두드리는 이유

잎사귀가 바짝 말라버린 화분 속에서 돌멩이 하나를 골라 든다. 동글동글한 돌멩이는 맞춤한 듯 두툼한 내 손아귀에 꽉 들어찬다. 베란다 덧문을 스르르 열고 아파트단지 내를 둘러본다. 지나가는 사람 하나 없는 광장은 죽은 듯 고요하다.

연쇄살인범에 의해 세 명의 무고한 시민이 납치 살해된 후, 열시만 돼도 사람들은 시간이 정지한 것처럼 모든 움직임을 멈춘다. 일이 끝나면 서둘러 집으로 돌아가고 어두워지면 밖으로 나오지 않는다. 갑자기 형광등이 나가거나 자명종 건전지가 필요해져도 날 밝은 내일로 미룬다. 시원한 맥주와 달콤한 아이스크림이 먹고 싶어져도 꾹 참는다. 연일 계속되는 열대야도 사람들을 밖으로 내몰지는 못한다. 그 때문에 밤 시간대를 노리는 인근 편의점이나 술집 들은 배고픔에 울상이다.

너무 고요해서 돌연 가슴이 답답해진다. 누구라도 날카로운 것으로 찢거나 깨뜨리고 싶게 만드는, 삶을 더욱 무료하게 만드는 고요다. 잔잔한 수면을 보면 돌을 던지고 싶어지는 게 사람 심리다.

나는 창밖을 내다보고 있는 이가 있는지 살피기 위해 주위를 한번 더 둘러본다. 없는 걸 확인한 나는 창턱을 밟고 올라서서 왼쪽으로 방향을 튼다. 그러고는 팔을 힘껏 내둘러 돌멩이를 아주 멀리 날려보낸다. 겨드랑이부터 팔꿈치까지, 한복 소매처럼 둥그렇게 들러붙은 살덩이가 그 힘의 반동으로 혐오스럽게 출렁인다. 그보다 더 혐오스러운 건 견고하게 밀착되어 있는, 겨드랑이와 가슴살에서 시커멓게 비어져나와 있는 꼬불꼬불한 털이다. 이놈의 겨드랑이 털은 면도를 해도 잡초처럼 금방 자란다. 그때 푹, 하는 소리가 들려오고 동시에 가슴속에 차 있던 고요가 짜릿하게 산산조각난다. 이번에는 자동차 보닛으로 떨어진 모양이다. 나는 재빨리 창턱에서 내려와 소리나지 않게 조용히 덧문을 닫는다.

얼마 전에는 내가 던진 돌멩이에 자동차 후면 유리가 깨졌고, 화단에서 오줌을 누던 만취한 아저씨의 어깨뼈에 금이 갔다. 산책 나온 애완견의 머리를 정통으로 맞춰 기절시킨 적도 있었다. 애완견사건이 있은 후 관리실에서는 매일 경고방송을 내보냈다. 부녀회에서는 범인을 잡기 위해 돌멩이가 떨어진 위치에 자리한 아파트 동 라인을 일일이 방문했다. 하지만 그 라인은 내가 살고 있는 곳과는 거리가 좀 멀었다. 학창 시절 나는 전도유망한 투포환 선수였다. 그러나 요즘은 내가 던진 돌멩이에 다들 관심이 없어졌다. 사람이라도 죽어야 관심을 가지려나.

현관문 앞을 지나가는 발소리가 예민하게 귓속으로 파고든다. 맬러뮤트 두 마리가 귀를 쫑긋 세우고 소리를 향해 입을 벌려 짖는 시늉을 하기 시작한다. 저녁이면 으레 찾아드는 밤의 고요를 끔찍하게 싫어하면서, 정작 밤의 고요를 깨뜨리는 저 소리는 이상하게도 싫다. 나아닌 다른 사람이 고요를 파기하는 데 따른 불만일까. 옆집을 향한 발소리와 개들의 부산한 움직임이 내 신경을 극도로 자극한다.

요 며칠 사이 부쩍 옆집을 찾아오는 사람들이 많아졌다. 그들은 내 낮잠을 방해하기 일쑤였다. 어떤 목적이, 그들에게 두려운 이 도시로의 외출을 아랑곳하지 않게 만들고 있었다. 또 그들은 초지일관 초인종을 누르지 않고 계세요? 라고 물으며 문을 탕, 탕, 탕 두드렸다. 아파트 통로를 타고 울려퍼지는 그 소리에는 항상 신경질적이고 공격적인 성질이 묻어 있었다. 옆집에 산다는 이유로 고스란히 그 소리를 감내해야 하는 나 또한 점점 신경질적이고 공격적인 사람이 되어가고 있었다.

그들이 초인종을 누르지 않는 건 초인종이 고장났기 때문이었다. 옆집 주인은 친절하게 초인종 밑에다 매직으로 '고장'이라고 적어놓았다. 나는 어느 날 외출 길에 정말 고장났는지 확인하기 위해 초인종을 눌러본 적이 있었다. 간혹 초인종을 누르지 못하게 하려고 일부러 고장났다고 써붙이는 사람도 있어서였다. 그러나 거짓말이 아니었다. 소리가 나지 않는 것은 물론이고 딱딱하게 굳어버린 버튼은 푸쉬감마저 없었다. 담뱃불로 지졌는지 버튼 일부는 화상환자의 거뭇한 피부처럼 새까맣게 일그러져 있었다.

문을 두드리는 소리가 멈추고 누군가는 다시 왔던 길을 되짚어 돌아간다. 옆집 문이 열리지 않은 이상 그 누군가는 또 찾아오게 될 것이고, 나는 그 소리에 또 신경을 곤두세워야 할 것이다. 옆집의 그, 혹은 그녀가 돌아오기 전까지는 말이다. 지금 1109호에는 아무도 살고 있지 않다. 내가 1108호에 들어와 산 이래 옆집에서 사람이 드나드는 소리는 단 한 차례도 들려오지 않았다. 내가 지금 살고 있는 1108호처럼 1109호도 빈집인 것이다. 온 식구가 여행을 가지 않은 이상, 한 달 넘게 집을 비워둔 경우라면 1109호는 혼자 사는 사람일 것이다.

며칠 있으면 내가 이 빈집을 지킨 지도 한 달이 된다.

유아용 세발자전거 뒷좌석에 묵직한 발 하나를 올려놓고 나머지 발로는 땅을 짚는다. 허리 숙여 자전거 핸들을 단단히 잡아 균형을 유지한 뒤 핸들에 연결되어 있는 가죽끈을 잡아당긴다. 그러자 곰 같은 맬러뮤트 수컷 두 마리가 속력을 내기 시작한다. 맬러뮤트는 알래스카의 설원을 달리듯 아스팔트를 미치도록 전력 질주한다. 팔십 킬로그램에 육박하는 살덩이를 잡아끄는데도 지친 기색 하나 없다.

정작 지친 기색으로 쳐다보는 건 행인들이다. 유독 장난감처럼 작아 보이는 자전거와, 거구의 여자를 끌고 가는 맬러뮤트가 그들에게는 더없이 안쓰러워 보이는 것이다. 사람들은 날 무자비한 주인이라고 생각하는 것 같다. 붓촉을 끼고 있는 것 같은, 겨드랑이 사이로 삐져나와 있는 털을 보고서는 끔찍하다는 표정까지 덤으로 짓는다. 저런 상태로 어떻게 민소매를 입을 수 있지? 제정신이야? 내가 마론인형 같은 몸을 가졌다면 어땠을까. 맬러뮤트의 전력 질주는 좀더 날렵하고 경쾌하다 못해 섹시해 보일 것이고, 겨드랑이 털은 매력포인트로 비치겠지.

자전거는 뒤집히는 일 없이 아파트 입구까지 무사히 당도한다. 처

12

음에는 녀석들을 다루는 요령도 없는데다 자전거가 내 육중한 몸무게를 이기지 못해 자꾸 옆으로 넘어지곤 했다. 질주본능을 가지고 있는 맬러뮤트는 자전거가 엎어져도 상관 않고 미친 듯 계속 달렸다. 그 때문에 나는 몸 여러 군데에 상처를 입었다. 화가 난 나는 그럴 때마다 녀석들의 뱃구레를 인정사정없이 발로 걷어찼다.

맬러뮤트에게 세발자전거를 끌게 한 것은 전적으로 내 머릿속에서 나온 생각이었다. 몸이 무거운 사람은 걷는 걸 무척이나 싫어한다. 주인여자는 그냥 목줄을 매고 산책만 시키라고 했지 질주하라고는 하지 않았다. 주인여자는 또 일주일에 한 번 개 목욕을 시켜달라고 했고, 사료는 정해준 분량만 주라고 했다. 그 외에도 주인여자는 개에 관한 여러 가지 사항들을 노트에 적어주었다. 예방접종 날짜부터 귀청소와 발톱 손질하는 방법까지 아주 꼼꼼하게. 어쩌면 여자는 녀석들의 성욕을 만족시켜줄 방법까지도 적어주고 싶었을 것이다.

엘리베이터 문이 열리자 녀석들이 신나게 통로를 뛰어간다. 벌써 저만치 도착해 있는 녀석들은 침을 게게 흘리며 문이 열리기만을 애타게 기다린다. 얼음을 잔뜩 넣은 시원한 세숫대야에 코를 박고 싶은 것이다. 나는 세발자전거를 짐짓 천천히 끌고 간다. 내 늑장부림에 화가 난 녀석들이 번갈아 짖어보지만 소리는 나지 않는다. 성대수술을 받기 때문이다. 아파트에서 살려면 어쩔 수 없는 일이다. 안쓰럽지만 녀석들을 골려먹는 건 내게 주어진 유일하고도 즐거운 일상이다.

1109호와 1108호 옆으로 난 비상구를 막 지나려는데 시커먼 얼굴을 한 여자가 불쑥 튀어나와 나를 앞지른다. 화가 나 있는 듯 여자의 통통거리는 발걸음이 1109호 앞에서 멈춘다. 여자는 한 손으로 허리를 짚으며 1109호의 문을 세게 두드린다. 탕탕 소리에 두통이 일 듯 머릿속이 울려 괜스레 짜증이 난다. 문이 열릴 리 없을 거란 걸 알기에 짜증은 배가된다.

나는 현관문에 열쇠를 꽂은 채 여자를 슬쩍 쳐다본다. 나에게 골풀이를 하려는 듯 매서운 여자의 눈이 나를 쏘아본다. 그러더니 갑자기 여자가 내 쪽으로 성큼성큼 다가온다. 목마른 개들은 문이 열리기를 눈알이 빠지도록 기다린다. 난 여자를 외면한 채 열쇠를 비틀어 문을 연다. 개들이 잽싸게 안으로 들어가고 뒤따라 내가 들어가려는데,

"잠깐만요!"

차갑게 날선 여자의 목소리가 날 저지한다.

"1109호에 사는 사람 아세요? 박정연씨라고."

박정연? 내가 알 리가 있는가. 나는 무심하게 고개를 젓는다. 여자는 자기에게 뭔가 물어봐주기를 바라는 눈빛을 내게 간절히 보낸다.

"무슨 일이시죠?"

뜻 없이 그냥 흘린 말에 여자의 눈이 순간 번개처럼 반짝인다.

"만화책을 빌려간 지 한 달이 넘었는데, 전화를 해도 통 안 받고 미치고 환장하겠네요. 손님들이 많이 찾는 거라 손해가 이만저만이 아니에요. 벌써 다섯번째 찾아오는 거예요."

"네."

화가 머리끝까지 차오른 여자에게 한 대답치고는 너무도 덤덤하다.

"찾아올 때마다 없던데, 주로 언제 집에 있죠?"

"몰라요."

나는 적어도 한 달째 빈집이었다는 사실을 털어놓지 않는다.

"그럼, 박정연씨 있을 때 전화 좀 주실래요?"

여자는 내 대답에는 관심도 없다는 듯 일방적으로 전화번호를 적어주고 돌아선다.

"잠깐요!"

내 부름에 여자가 기대감에 부푼 얼굴로 다시 돌아선다.

"빌려간 만화책이 어떤 장르죠?"

"네? 네…… 순정만화요."

여자는 시르죽은 목소리로 말을 끝맺고는 비상구 계단을 내려간다. 순정만화, 박정연. 그렇다면 1109호는 여자인가?

주인여자가 월급을 보내왔다. 관리비와 가스요금, 전화요금 등 각종 세금을 공제한 금액이었다. 맬러뮤트의 사료비나 병원비 등은 내 월급과 섞이지 않게 따로 보내왔다. 주인여자는 계산이 아주 철저한 사람이었다. 관리비나 전화요금의 기본요금을 제외한, 그러니까 내가 온전히 사용한 수도세와 전기세 끄트머리에 붙은 십원까지 계산에 넣었다. 맬러뮤트를 관리하는 데 들어간 비용을 영수증 처리하는 건 당연한 일이었다.

주인여자와 첫 전화면담을 했을 때가 생각난다. 그때만 해도, 주인여자는 월급에서 어떤 부분을 공제하겠다는 말은 언급조차 하지 않았다. 문제는 내가 이 집을 방문했을 때 일어났다. 깡마른 주인여자는 자신의 두 배에 달하는 내 몸집을 보고 사뭇 놀라는 눈치였다. 여우처럼 약빠르게 생긴 여자는 머릿속으로 신속하게 계산했을 것이다. 자기보다 몸이 두 배나 크니 가스비며 전기세, 수도세도 두 배가 넘을 거라고. 그 많은 비용을 자신이 부담할 수는 없다고. 그러면서 주인여자는 내가 도둑질이라도 할 것 같았는지 안방에는 되도록 들어가지 말라고 했다. 주인여자는 쌀통과 냉장고를 깨끗이 비우지 않고 떠나게 된 걸 못내 통탄해했을 것이다.

세인들은 살찐 여자에 대해 극도로 부정적이다. 외모만으로 그들을 게으르고 욕심 많고 참을성 없고 절제할 줄 모르는 족속이라고 생각한다. 그래서 남에게 피해만 줄 거라고 단정해버린다. 푸근하다거나 통이 크다거나, 마음이 의외로 약하고 겁이 많을지도 모른다는 생각은 해보지도 않는다. 나를 대하는 주인여자의 경솔함을 겪으며 오래전부터 품어왔던 나의 결심은 더욱 공고해졌다. 육상선수도 그 때문에 관두지 않았던가. 공제된 월급을 받은 오늘, 그간 나 자신에게 피워왔던 나태와 게으름이 채찍이 되어 온몸을 휘감는다. 꼭 살을 빼리라. 그래서 몇 달 뒤에 돌아올 주인여자를 깜짝 놀라게 해주리라. 아마 그때는 나를 대하는 태도도 그만큼 달라지겠지.

단단하게 작심한 나는 겨드랑이 털을 밀고 식료품을 사러 나간다. 다이어트를 위해 육류와 인스턴트, 과자류는 사지 않는다. 과식하는 일이 없도록 양은 평소의 절반으로 줄인다. 그래서인지 오늘은 비닐봉지가 안쓰러울 정도로 허룩하다. 허전한 기분이 든 나는 대신 돌아오는 길에 놀이터에 들러 비닐봉지를 단단한 돌멩이로 가득 채운다.

제복을 입은 늙은 경비가 1109호의 문을 두드리고 있다. 현관문에 열쇠를 꽂자 경비가 날 유심히 쳐다본다.

"못 보던 아가씨요?"

"언니 집에 잠깐 지내러 왔어요."

이말 저말 구구절절 늘어놓기가 귀찮아서 언니 집이라고 적당히 둘러댄다.

"그래요. 근데 1109호에는 아무도 없소? 인터폰을 해도 안 받고 무슨 일이 있나. 택배직원이 맡기고 간 물건이 있는데, 안에 뭐가 들었는지는 몰라도 썩어 문드러지게 생겼어요."

경비는 골치 아픈 듯 미간을 찌푸린다.

"전해줄 테니 저한테 주세요."

나도 모르게 튀어나온 말이었다. 전해주다니 누구한테? 하지만 이 방법이 최선일지도 모른다는 생각도 든다. 저들이 다시 찾아와 시끄럽게 문을 두드려대고, 그 소리에 맬러뮤트가 소란이라도 피우면 가뜩이나 다이어트로 날서 있는 내 신경줄이 언제 끊어질지 모른다. 그들의 방문 목적을 들어주고, 가능하면 해결해주는 쪽이 서로에게 이롭다. 경비는 잘됐다는 듯 잠시 기다려달라며 급하게 자리를 뜬다.

나는 경비가 올 동안 1109호와 1108호 사이를 왔다갔다한다. 그러다 문득 유난히 더러워 보이는 1109호 현관문 앞 벽으로 내 시선이 머문다. 무슨 이유인지 그 벽에만 낙서가 되어 있다. 나는 벽으로 얼굴을 들이댄다. 국적을 알 수 없는 문자가 정갈하게 적혀 있다. 아니다. 자세히 보니 그건 한글이다. 좌우가 뒤바뀌어 있는 한글. 글은 오른쪽에서 시작해서 왼쪽으로 향해가고 있다. 언뜻 보면 꼭 암호 같기도 하다.

글씨는 너무도 예쁘고 정갈해서 단순한 애들 낙서나 장난으로 보이지는 않는다. 읽기가 다소 불편하지만 나는 애써 더듬더듬 읽어본다. 사랑에 관한 시 전문을 그대로 옮겨 적어놓은 것 같다. 예상대로 말미에 시가 실려 있는 시집 제목과 시인의 이름이 적혀 있다. 낙서를 한 사람은 왼손잡이가 분명하다. 글씨가 반듯한 걸로 봐서 왼손을 오른손처럼 능수능란하게 사용하는 사람인 것이다. 낙서를 1109호가 한 것이라면 그녀, 혼자 살면서 순정만화를 즐겨 읽는 박정연은 왼손잡이다.

늙은 경비가 상자를 들고 엘리베이터에서 내린다. 경비는 십 년 묵은 체증이 내려간 얼굴을 하고 내 품에 상자를 덥석 안겨준다. 아니 떠넘긴다. 상자는 묵직하다. 나는 운송장이 붙어 있는 상자를 내려다본다. 물건을 발송한 곳은 여성용품을 전문으로 파는 유명 인터넷쇼핑몰이다. 그런데 받는 사람 주소가 적혀 있는 부분이 찢겨나가고 없다. 102동 1109호라는 숫자만 간신히 남아 있다.

"아저씨, 이게 왜……?"

나는 눈짓으로 운송장을 가리킨다.

"경비실에 몰래 들어온 꼬마 놈들이 그런 것 같소. 아무튼 잘 부탁합니다."

내가 부르는데도 경비는 노구의 몸을 잽싸게 움직여 도망치듯 엘리베이터에 오른다. 자기가 실수로 찢어놓고 아이들 핑계를 대고 있는 눈치다. 난 단지 그녀의 이름을 확인하고 싶었을 뿐인데.

놀이터에서 주워온 돌멩이들이 화분 속에서 뜨겁게 달궈지고 있다. 돌멩이들은 마치 화로에서 구워지는 시커먼 감자 같다. 나는 돌멩이 하나를 집어든다. 손바닥이 홧홧해진다.

덧문을 열고 황량한 밖을 내다본다. 노랗게 쏟아지는 불볕은 보는 것만으로도 땀을 쥐어짜게 만든다. 주차장에 주차된 차들은 서너 대뿐이다. 가장 가까운 데 주차되어 있는 건 은색 마티즈다. 나는 돌멩이를 종잇장처럼 얇은 마티즈를 향해 겨냥한다. 감자만한 돌멩이에 십일층의 가속도가 붙으면 마티즈는 치명타를 입게 될 것이다. 나는 힘껏 돌멩이를 던진다. 그러나 아쉽게도 돌멩이는 타이어를 살짝 맞히고 튕겨서 멀찌감치 나가떨어진다.

그때 문을 두드리는 소리와 쩌렁쩌렁한 남자의 목소리가 섞갈려 들린다. 옆집이다. 이번에는 또 누굴까. 그에 앞서 나는 그녀가 집을 비운 이유가 궁금해진다. 어떤 사정이 있어야 한 달이 넘도록 집을 비우게 되는 걸까. 생각해보면 그만한 사정이야 얼마든지 상상해낼 수 있다. 직업상 긴 출장을 갔을 수도 있고, 팔자 좋게 여름이라고 동남아나 유럽 쪽으로 배낭여행을 떠났을 수도 있다. 친언니가 아기를 낳아 산후조리를 해줘야 하는 입장인지도 모르고, 안타깝게도 부모님 병수발중인지도 모를 일이다. 그래도 궁금증은 여전히 남는다. 반납해야 할 만화책이나 곧 도착할 택배가 있다는 것쯤은 알고 있지 않을까. 그래서 사전에 무슨 조치를 취한다거나 한 번 정도 집에 들를 여유는 있을 법도 하지 않을까.

나는 현관문을 열고 나간다. 1109호 앞에 숨을 몰아쉬며 우체부가 서 있다. 일층에 비치된 우편함을 놔두고 무슨 이유로 십일층까지 힘들게 올라왔을까. 저런 경우라면 대개가 직접 전달해야 하는 우편물이 있다는 뜻이다. 나는 좀 뻔뻔하다 싶을 정도로 의연하게 우체부에게 다가가 묻는다.

"무슨 일이시죠?"

"등깁니다. 사흘 동안 수취하지 않으면 다시 돌려보내야 하는데 오늘이 사흘째라서 원."

"제가 잘 아는 언닌데요, 대신 받아둘게요."

내 말투는 이제 뻔뻔함을 넘어 당당하기까지 하다. 우체부는 내 말에 고개를 살짝 갸웃거리더니 잠시 생각하는 눈치를 보이다 고개를 끄덕인다.

"좋습니다. 그럼 여기에 사인을."

나는 우체부가 내민 단말기에 사인을 끝내고 등기우편물을 받아든다. 놀랍게도 우편물은 병무청에서 온 것이다. 받는 이는 엉뚱하게도 '김상준'이고 주소 아래에 '병력동원 소집통지서 재중'이라는 글씨가 진한 고딕체로 적혀 있다. 순간 얼굴이 열기로 화끈 달아오른다. 그러니까 1109호 주인은 여자가 아니라 남자다. 이름은 박정연이 아니고 김상준이다. 우체부가 왜 내 말에 고개를 갸웃거렸는지 이제야 알 것 같다. 어쩌면 봉투 안에는 그에 대한 다른 정보가 조금은 숨어 있을지도 모른다. 예를 들어 나이를 알려주는 주민등록번호 같은 것. 우편물을 뜯어보고 싶은 마음이 불끈 솟지만 상대에 대한 예의가 아닌 것 같아 참는다.

나는 집으로 들어와 우편물을 그의 택배상자 위에 올려놓는다. 적어도 그가 순정만화를 빌려본 박정연이 아닌 것만은 확실해졌다.

맬러뮤트와 산책을 끝내고 아파트로 돌아온다. 이젠 세발자전거로 질주하는 일은 하지 않는다. 조금이라도 움직여야 살이 빠지기 때문이다. 마차처럼 나를 강하게 잡아끄는 맬러뮤트는 더없이 좋은 러닝

머신이다.

엄마와 아빠는 빈둥거리며 살만 뒤룩뒤룩 찌는 날 늘 한심하게 생각했다. 엄마는 농담인 듯 진담처럼 꼴도 보기 싫으니 나가버리라고 했고 아빠는 밥상머리에서 숟가락을 들며 자주 혀를 찼다. 그럴 때마다 가슴팍에서 잉걸불이 일었지만 이런 몸뚱이를 어디서 받아줄 것인지도 의문이었다. 외모 탓에 아르바이트를 구하기도 힘든 세상이었다.

그러던 차에 친구한테서 전화가 걸려왔다. 아주 먼 친척이 육 개월간 미국에 가 있게 되었다며 집을 봐달라는 것이었다. 상황에 따라 육 개월이 좀더 연장될 수도 있다고 했다. 나보고 집 지키는 개가 되라고? 기분이 상해 순간 친구한테 그렇게 말했지만 가만히 생각해보니 좋은 기회가 될 것도 같았다. 돈도 벌 수 있고, 남들 눈에 띄지 않게 지내다가 날씬한 몸으로 짠, 하고 나타날 수 있는, 맘만 먹으면 까짓것 나도 얼마든지 해낼 수 있다는 걸 만천하에 보여줄 수 있는. 나에 대한 부모의 지독한 편견을 뿌리뽑을 수 있는 찬스. 어느 정도 사람 형상을 지니면 나를 바라보는 세상의 눈도 관대해질 것이다. 빈집을 지키는 시간은 내게 귀중한 준비기간이 되어줄 것이다.

또각또각, 하이힐이 통로를 지나가는 소리가 들린다. 어느새 내게는 옆집을 찾아오는 손님을 내 손님처럼 맞는 버릇이 생겨버렸다. 그동안 네 차례에 걸쳐 여섯 명의 사람들이 옆집을 다녀갔다. 저마다 목적과 이유 들은 가지각색이었다.

아파트상가 내 DVD대여점 남자는 능숙한 발놀림으로 롤러블레이드를 타고 나타났다. 남자는 한 번도 연체료를 문 적 없는 그가 한 달이 넘도록 DVD를 반납하지 않아 궁금해 찾아왔다고 했다. 남자는

DVD보다 그의 안부가 궁금하다는 것을 강조하려고 나름 애를 썼지만 내 눈에는 가식적으로 보였다. 남자는 덧붙여 그간의 친분을 봐서 연체료를 물리지는 않을 거라고 했다. 정말 그의 안부가 걱정인 건지 단골손님을 잃게 될까 두려운 것인지 나로서는 알 수 없었다. 일주일에 서너 번씩 가게를 들렀다는 그는 주로 블록버스터와 갱 영화를 대여해갔다고 했다. 두번째 방문자는 구독료를 받으러 신문보급소에서 나온 중년의 지국장이었다. 원래는 지로를 발급하는데 이번 달에는 수납이 되지 않아 직접 수금하러 왔다고 했다. 그가 보는 신문은 진보 성향이 강한 H신문이었다. 지금 그의 집 현관에는 한 번도 펼쳐보지 못한 신문이 수북이 쌓여 있을 것이다. 지국장은 신문을 계속 넣어야 할지 당분간 중단해야 할지 고민하는 눈치였다. 세번째 방문자는 세탁소 아줌마였다. 아줌마는 손님들이 맡겨만 놓고 찾아가지 않은 옷들 때문에 세탁소가 과포화 상태라며 인상을 찌푸렸다. 그러나 이내, 다리품을 팔면 대신 세탁비를 받아갈 수 있어 즐겁다며 다림질한 것처럼 찌푸린 인상을 쫙 폈다. 그의 경우는 옷을 맡기면서 세탁비를 미리 지불했기 때문에 자리를 차지하고 있을 이유가 더더욱 없어 배달하러 왔다고 했다. 그의 옷은 검정색 양복 한 벌과 하얀색 와이셔츠 일곱 장이었다. 옷자락마다 아파트 동호수와 김상준이란 이름이 꼬리표처럼 달려 있었다. 그 옷은 지금 그의 다른 물건들과 함께 내 집에 있다. 네번째 방문자는 어느 사찰에서 나온 여자 신도 세 명이었다. 푸근한 인상의 여자들은 모두 손목에 염주를 걸고 있었다. 불당에서 피어오르는 향냄새가 언뜻언뜻 코끝에 스쳤다. 그 냄새가 왠지 모르게 마음을 편하게 해주었다. 여자들은 그의 법명을 부르며 그의 안부를 내게 물었다. 나는 대충 여행을 떠났다고 얼버무렸다. 여자들이 돌아가자 전까지도 선명하게 입안에서 맴돌던 그의 법명이 향냄새처럼 금세 공중으로 휘발돼버렸다.

하이힐 소리는 그의 현관문 앞에서 멈춘다. 하지만 하이힐은 문을 두드리지 않는다. 마치 그가 없다는 걸 알고 있는 것처럼. 십 초 정도 머뭇거리듯 멈춰 있던 하이힐 소리가 다시 들린다. 하이힐이 막 내 현관문 앞을 지나친다. 나는 현관문을 열고 왼쪽으로 고개를 튼다. 검은색 에나멜의 반짝임이 엘리베이터 안으로 금세 자취를 감춰버린다. 나는 그의 현관문으로 간다. 현관문에 관제엽서 크기의 두꺼운 종이 한 장이 붙어 있다. 종이에는 아주 낯익은 글씨로 무언가가 적혀 있다. 좌우가 뒤바뀌어 있는 암호 같은 글씨. 종이 위 글씨는 벽의 글씨체와 똑같다. 그렇다면 저 시는 그가 적은 게 아니라는 뜻이다. 또한 그는 왼손잡이가 아니라는 뜻이다.

맬러뮤트의 목욕을 끝내고 집 안 청소를 시작한다. 주인여자는 녀석들의 목욕을 일주일에 한 번 시키라고 했다. 하지만 난 첫 월급을 받은 후 이 주에 한 번씩 시키기로 마음먹었다. 내 월급에서 공제된 수도세에는 녀석들이 쓰는 목욕물도 포함되어 있다는 걸 주인여자는 인지하지 못한 것 같았다. 목욕물 외에도 덩치가 산만한 녀석들이 하루에 마셔대는 물만 해도 상당했다. 그래도 녀석들에게 나는 고마워해야 한다. 녀석들이 아니었다면 아르바이트조차 하지 못했을 테니까.

주인여자는 아이 둘을 미국으로 유학 보내기 위해 강남의 고가 아파트를 처분했다. 처분한 돈의 일부로 방 두 개짜리 이 허름한 아파트

를 구입했다. 아마도 평수에 맞추려고 살림살이는 절반으로 줄여야
했을 것이다. 주인여자의 남편이 직장에 일 년간 휴직계를 낸 후 가
족 모두는 낯선 미국땅으로 날아갔다. 부부는 우리나라의 교육 현실
이 끔찍하게 싫다고 했다. 학원을 다섯 군데 이상 보내지 않으면 불안
하고 고액과외를 시키지 않으면 남보다 뒤처질 거라는 강박이 삶을
자꾸 짓누른다고 했다. 무엇보다 부부의 마음을 부추긴 건 학교와 학
원에 유행병처럼 번지고 있는 따돌림이었다. 아이 둘 다 따돌림을 당
해 정신적 결핍을 겪고 있는 모양이었다. 결국 부부는 그런 각박한 상
황을 피할 수 있고 또 제대로 된 영어 교육을 받을 수 있는 미국을 아
이들이 자랄 땅으로 선택했다. 또다른 따돌림이 도사리고 있을 그곳
을 말이다. 부부는 유학에 대한 두려움보다 미지의 세계에 들떠 있는
아이들을 대견한 눈으로 쳐다봤다. 부부는 아이들의 미래에 자신들의
미래 전부를 걸고 있었다.

아이들은 유학길에 동반자가 되어줄 맬러뮤트를 데리고 가고 싶어
했다. 그러나 주인여자는 완강하게 반대했다. 함께 데려가기에 녀석
들의 몸뚱이는 너무 컸다. 사람이나 개나 덩치가 크다는 건 어디서든
환영받지 못한다. 주인여자는 녀석들에게 신경쓸 여력이 없을 거라는
걸 잘 알고 있었다. 힘든 정착생활에 방해만 될 뿐인데다 육 개월 이
상의 적응기간이 끝나면 어차피 되돌아와야 했다. 정이 더 깊어지면
나중에 힘들어지는 건 아이들이었다. 그렇다고 녀석들을 기꺼이 맡아
줄 이웃이나 친척이 있는 것도 아니었고, 길바닥에 내다버릴 수도 없
는 일이었다. 어차피 집을 비워둬도 관리비는 꼬박꼬박 나오게 되어
있었다. 주인여자는 녀석들을 돌보면서 집도 봐줄 수 있는 아르바이

트생을 고용하는 게 차라리 낫겠다고 판단했다.

청소를 다 끝내고 걸레를 빨고 있을 때 하이힐 소리가 다시 들려왔다. 나는 걸레를 비틀어 짜다 말고 욕실에서 얼른 나와 밖으로 나간다. 가방에서 종이를 꺼내 현관문에 막 붙이려던 여자가 화들짝 놀라 나를 쳐다본다.

"아무도 없는데 무슨 일이시죠?"

나의 강압적인 말투에 여자는 주눅든 표정을 짓는다. 내 덩치에 우선 기가 질렸을 것이다.

"저…… 저…… 그…… 그…… 게……"

여자는 불안해 보일 정도로 말을 더듬는다. 원래가 말더듬이인지 내가 너무 몰아세워서 그런 건지 알 수 없다. 나는 다소 부드러운 목소리로 묻는다.

"저기다 시를 적어놓으신 분이죠?"

여자는 벽을 힐끗거리며 소심하게 고개를 끄덕인다.

"저렇게 글을 쓰는 사람은 처음 봤어요."

내 말에 여자는 왼손잡이라고 말한다. 그렇지만 난 선뜻 이해할 수가 없다.

"오른, 손, 잡이랑, 똑같다고 보시면……"

그러더니 여자는 슬그머니 몸을 돌려 문에 종이 붙이는 일을 마저 끝내려고 한다. 여자는 그제야 전에 붙여놓았던 종이를 떠올리는 모양이다. 혹시나 그가 돌아와서 떼어갔다고 생각하는 걸까. 나는 여자의 헛된 공상을 멈추게 해주려고 내가 보관중이라고 말한다. 그러자 여자는 다소 못마땅한 표정으로 나를 쳐다본다.

"무슨 이유진지는 모르지만 제가 보관했다 대신 전해드릴게요."

"그분하고 치, 친하세요?"

여자는 아직도 더듬거린다. 어디선가 왼손을 사용하는 것을 저지당했을 때 말더듬이가 된다는 말을 들은 것도 같다. 나는 그렇다고 고개를 끄덕인다. 그러자 여자는 호기심 가득한 눈으로 나를 쳐다본다. 친하다니까 부러워하는 것 같기도 하다.

"그 사람하고는 지하철에서 처음 만났어요. 아니, 만난 게 아니라 처음 봤어요. 그 사람은 자리에 앉으면 매일 신문을 읽었어요. 읽을 때는 꼭 손에 볼펜을 쥐고 있었어요. 그것도 왼손에. 저는 매일 그 왼손을 지켜봤어요. 그러던 어느 날 그 사람이 다이어리를 지하철에 놓고 내렸어요. 다이어리에는 KSJ라는 이니셜과 주소만 적혀 있을 뿐 아무것도 없었어요. 그뒤로 그 사람을 보지 못했어요. 5월의 마지막 날이었어요."

여자는 그와의 인연을 더듬거리지 않고 제법 또박또박 늘어놓는다. 그러더니 나중에는 그의 이름이 뭔지 내게 넌지시 묻는다. 나는 아주 자신 있는 목소리로 김상준이라고 말해준다. 그의 이름을 대자 여자는 내가 그와 친하다는 사실을 비로소 인정하겠다는 듯 고개를 끄덕인다. 약간 질투하는 것도 같다. 그러나 내 뚱뚱한 몸을 보고는 금세 안심하는 눈치다.

"더 알려줄 수 있어요? 그 사람에 대해서……"

나는 그를 찾아온 사람들을 하나하나 떠올리기 시작한다.

"그거야 일도 아니죠. 그는 순정만화, 는 보지 않아요. 영화는 스케일이 큰 블록버스터나 갱 영화를 좋아해요. 일주일에 서너 편 보니까 영화광이라고 할 수 있죠. 인터넷쇼핑을 즐기고 캐주얼보다는 정장을 좋아해요. 색은 하얀색이나 검정색 같은 무채색을 선호해요. 물건값 외상은 절대 하지 않는 성격이고 약속은 잘 지켜요. 생각은 진보적인 편이에요. 아시다시피 왼손잡이고 종교는 불교예요. 법명은…… 아, 알았는데 까먹었네요."

나는 더이상 알고 있는 게 없어 거기까지만 말하고 입을 다물어버린다. 나는 되려 여자에게 묻고 싶다. 내가 모르는 그의 모습을. 얼굴 생김새나 키, 헤어스타일, 체형, 피부색 같은 것들. 그러나 물어볼 수는 없는 일이다. 대신 나는 다른 걸 물어본다.

"글씨는 왜 거꾸로 써요? 읽는 사람 불편하게?"

"전 일기처럼 비밀스러운 건 모두 그렇게 써요. 물론 그런다고 사람들이 못 읽는 건 아니지만…… 아마 김상준씨는 어렵지 않게 읽을 거예요."

여자는 그러면서 현관문에 붙여놓은 종이를 떼어서 내게 건넨다.

"꼭 좀 전해주세요……"

여자는 하이힐 소리를 청명하게 내며 멀어져간다. 여자가 주고 간 종이가 납덩이라도 되는 것처럼 무겁게 느껴진다. 종이에는 시가 반대로 적혀 있다.

화분 속 돌은 이제 한 개뿐이다. 마지막 돌을 집어들어 어떤 차를 맞힐 것인지 탐색한다. 건너편에 주차되어 있는 흰색 지프가 눈에 들어온다. 이번에는 꼭 맞히리라. 나는 한쪽 눈을 지그시 감고 정신을 집중한 후 지프의 지붕을 향해 힘껏 내던진다. 예감이 좋다 싶더니 이번에는 정통으로 맞았다. 돌이 차 지붕을 찌그러뜨리고 바닥으로 떨어진다. 요 며칠 매번 빗나가기만 해 무료했는데 아주 오랜만에 맛보는 쾌감이다.

그런데 그때 차문을 벌컥 열고 운전자가 나와 뭐라고 소리지른다. 재수 없게 빈 차가 아니었던 모양이다. 나는 서둘러 문을 닫는다. 너무 방심했다. 지금껏 그래왔듯 돌멩이를 던짐과 동시에 문을 닫았어야 했다.

시간이 얼마나 지났을까. 누군가가 성난 목소리로 1109호 문을 두드린다. 혹시 지프 주인인가. 나는 조릿조릿한 마음으로 문을 열고 나간다. 단단히 화가 났는지 남자가 넥타이를 가슴께로 잡아 늘이며 발로 문을 걸어차고 있다.

"무슨 일로……"

"이 집 주인, 집에 들어오기는 합니까?"

다행히 지프 주인은 아니다.

"저도 못 본 지가 꽤 됐어요. 근데 무슨 일로."

"회사 동룐데, 사직서를 냈으면 자기 물건은 챙겨가야 하는 거 아닙니까! 연락이라도 돼야 말이죠. 바빠 죽겠는데!"

"사직이요? 언제요?"

남자는 날짜를 더듬기 위해 눈을 천장으로 치켜뜬다.

"아마 그게, 5월 30일인가 31일인가. 아, 몰라요. 날짜가 뭐 중요합니까."

남자는 볼멘소리로 화를 낸다.

"실례지만 무슨 회사인지 알 수 있을까요?"

28

내 질문에 남자가 갑자기 얼굴색을 싹 바꾸더니 지갑에서 명함을 꺼낸다.

"필요하시면 언제든 연락바랍니다. 잘해드리겠습니다."

보험회사다. 나는 보험 들라고 할까봐 눈을 맞추지 않으려 애쓰며 남자의 발치에 놓인 상자를 본다. 남자는 상자를 구둣발로 차며 이것 말고도 한 상자 더 있다고 투덜댄다.

"공부 못하는 것들하고 일 못하는 것들이 꼭 이것저것 갖고 다니는 건 많아요."

남자는 그러면서 은근슬쩍 내가 물건을 맡아주었으면 하는 바람을 내비친다.

방 한 귀퉁이에서 시작됐던 그의 물건들이 점점 노란 장판을 먹어 간다. 방이 좁아질수록 괜한 짓을 한 게 아닌가 싶어진다. 그깟 소음쯤 은 참아도 되는데 말이다. 그러나 한편으로는 그만큼 또 그의 부재가 궁금해진다. 도대체 그는 어디를 간 걸까. 방문자들의 말을 종합해보 면 그는 5월 말에 사직서를 내고는 갑자기 자취를 감춰버렸다. 그전까 지 그는 평상시대로 DVD를 빌려 봤고 다음에 입을 양복을 맡겼다. 그 건 그가 떠날 계획 같은 건 없었다는 얘기다. 갑자기 일이 생겼다 해도 한 달 반은 너무 긴 시간이다. 도시와 직장생활에 염증을 느껴 잠시 휴 식기를 갖고 있는 거라면 모를까. 하지만 깔끔하지 못한 뒤처리로 사 람들의 방문이 줄을 잇는 걸 보면 그것도 아닌 것 같다. 혹 그에게 무 슨 일이 생긴 거라면 가족 중 누군가가 집을 찾아올지도 모른다.

나는 그의 동료가 떠넘기고 간 상자에서 소지품을 하나씩 꺼내 바닥에 늘어놓는다. 그의 물건 중 유일하게 오픈되어 있는 거라 부담 없이 훔쳐볼 수 있다. 소지품은 다양하다. 사무실 책상 서랍이라면 기본적으로 구비되어 있기 마련인 가위, 자, 칼, 스테이플러, 필기도구, 견출지, 테이프, 답답한 구두 대신 사무실에서 신었을 고무슬리퍼, 샘플화장품, 성공에 관한 책 두 권과 컴퓨터 관련 책 세 권, 증정용 화장지, 손톱깎이, 바 이름이 적혀 있는 성냥갑, 탁상달력 등등.

달력 하단에는 그가 다녔던 보험회사명과 로고가 찍혀 있다. 달력을 앞으로 넘겨본다. 주말 날짜 칸 군데군데 '결혼식'이라고 적혀 있을 뿐 그외에 별다른 기록은 없다. 몇 장 앞으로 더 넘기니 2월 12일 날짜에는 '생일'이라고 빨간색으로 적혀 있다. 누구의 생일이었을까.

나는 그의 손때가 묻어 있는 물건들을 다시 상자에 차근차근 담는다. 그의 동료는 다른 상자도 곧 갖다주겠다고 했다. 그 상자에는 그에 관한 좀더 구체적인 사실들이 담겨 있을지도 모른다. 누군가와 함께 찍은 사진이나 자주 듣는 음악 CD, 잡다한 것들이 저장되어 있는 USB 같은.

여자의 하이힐 소리가 가까워졌다 멀어진다. 하이힐이 복도 끝으로 갔다 조용히 다시 되돌아오면 난 여자라는 걸 알아차리고 나가지 않는다. 하이힐 소리가 완전히 사라지면 그제야 여자가 붙이고 간 종이를 뜯으러 간다. 여자는 내게 그냥 건네주면 될 것을 꼭 그의 현관문에 붙이고 돌아간다. 나는 밖으로 나가 종이를 뜯어온다. 그때 엘리베이터 벨이 울리고 문이 열린다. 여자가 다시 온 걸까. 엘리베이터에서 낯익은 여자가 내린다. 만화가게 주인여자다. 한번 봤다고 반가운지 여자는 나를 보자 잔걸음치며 다가온다.

"박정연씨 아직도 소식 없어요?"

저 여자에게만은 확실한 정보 하나를 줄 수 있을 것 같다.

"뭔가 착오가 있는 것 같아요. 1109호에 사는 사람은 김상준이란 분이거든요. 아무래도 책을 도둑질하려고 다른 이름과 주소를 댔지 싶어요."

"그럴 리가요. 분명 1109호에 산다고 했어요. 머리를 노랗게 물들인 박정연이란 여자가."

"제 짐작이 맞는 것 같네요. 여기 사는 분은 남자거든요."

여자는 나한테 재차 확인한다. 내가 공범이라도 되는 양 눈초리는 한껏 의심에 차 있다.

"혹시 친구나 동거하는 여자가 있는 건 아니에요?"

그랬다면 나도 이런 수고는 하지 않았을 것이다. 여자는 분이 나는지 박정연이란 여자에게 심한 욕설을 해대며 엘리베이터 버튼을 누른다.

맬러뮤트와 매일 산책을 다닌 덕에 체중이 삼 킬로그램이나 줄었다. 목표치에 도달하면 살덩이보다 더 혐오스러운 겨드랑이 털 제거 수술을 받을 계획이다. 나는 팔을 번쩍 들어올려 면도칼을 겨드랑이에 갖다댄다. 참 알 수 없는 세상이다. 남자의 겨드랑이 털은 떳떳하고 멋지게 드러내도 괜찮다고 여기면서 여자는 왜 안 된단 말인가. 한쪽 겨드랑이를 민 뒤 면도칼에 묻은 털을 흐르는 물에 씻는다. 시커먼 털뭉치가 수챗구멍으로 회오리치며 빠져나간다. 그때 또 문 두드리는 소리가 들린다.

노란색 조끼와 모자를 쓰고 있는 걸로 보아 마트에서 온 것 같다.

"그 집에 아무도 없어요."

"저기, 여기가 김상준씨 댁 맞죠?"

노란 모자는 확인하듯 예의바르면서도 조심스럽게 묻는다.

"네."

서글서글한 인상의 노란 모자가 고개를 갸웃거린다.

"참 이상하네."

"뭐가요?"

"5월 30일에 김상준씨가 배달 주문을 하셨거든요. 그것도 직접 저희 마트로 오셔서요. 근데 배달을 6월 25일에 해달라는 거예요. 굉장히 중요한 날인 것 같아 저도 잊지 않으려고 무진장 애를 썼는데, 막상 그날 와보니 아무도 없는 거예요. 사람 갖고 장난치는 것도 아니고 나중에는 좀 화가 나더라구요. 혹시나 하고 와봤는데 오늘도 역시나 네요. 근데 이름이 맞는 걸 보면 장난은 또 아닌 것 같고. 어떻게 해야 할지 원."

6월 25일? 노란 모자의 말대로 무슨 중요한 날이기에 한 달이나 일찍 배달 주문을 했을까. 잊어버리면 안 되는 중요한 날임에는 틀림없다.

"혹시 물건 가지고 오셨어요?"

"상할 만한 건 없어서 배달차에 매일 싣고 다녔어요. 이 아파트에 배달 올 때마다 들르곤 했는데."

"계산은 했나요?"

"아니요."

그답지 않게 이번에는 값을 치르지 않은 모양이다.

"그 물건 제가 살게요."

"네?"

"얼마죠?"

노란 모자는 1109호 현관문을 한번 쳐다본다. 노란 모자가 난감할 건 없다. 똑같은 물건은 마트에 얼마든지 있으니까. 노란 모자는 당장 물건을 가지고 오겠다며 엘리베이터로 신나게 달려간다. 귀찮은 무언 가로부터 해방된 얼굴을 하고서.

노란 모자가 주고 간 봉지는 꽤 무겁다. 나는 봉지를 바닥에 털어 낸다. 식료품들이 와르르 쏟아져나와 사방으로 나뒹군다. 마요네즈, 케첩, 눈썹 정리 칼, 마카로니, 당면, 일회용 면도기, 짜장라면 다섯 봉지, 해물맛 감치미, 참기름, 락스, 누룽지맛 사탕, 보디워시와 로션, 감자칩, 꽁치와 고등어 통조림, 때수건, 불고기 양념, 칫솔 한 개, 커 피, 키친타월, 천연주방세제. 다행히 모두 내가 필요로 했거나 내 입 맛에 맞는 식품들이다.

그런데 눈에 거슬리는 물건이 하나 있다. 날개 달린 생리대. 그가 생리를 할 리는 만무하고, 이건 분명 그의 집을 정기적으로 찾아오거 나 찾아올 여자가 있을 거라는 얘기다. 그러고 보니 생리대 말고도 여 성과 관련된 물건들이 더러 눈에 띈다. 노란색 눈썹 정리 칼과 여성전 용 보디워시와 로션. 뭐 물론 남자들도 보디워시와 로션을 사용할 수 있지만 내가 아는 대부분의 남자들은 세숫비누로 샤워를 했다. 분홍 색 칫솔과 때수건 또한 묘한 추측을 불러일으킨다.

혹시 6월 25일은 그의 여자가 오기로 한 날이었을까. 그래서 자기 여자를 위해 목욕용품을 구비하고 여자의 입맛에 맞는 음식을 만들어줄 계획이었을까. 그래서 마음이 너무 들뜨고 황홀해 한 달이나 일찍 물건을 주문하는 성급함을 보였던 걸까. 그렇게 중요한 날이었다면 탁상달력에는 왜 표시를 안 해뒀을까. 자기만 아는 비밀로 하고 싶어서였을까. 어쩌면 생리대를 이성관계에 있는 여자를 위한 거라고 보는 것 자체가 편협한 생각일지도 모른다. 사려 깊은 그에게 어머니나 누나는 어쩌면 이성의 여자보다 더 황홀하고 반가운 손님일지도 모른다.

나는 바닥에 널브러져 있는 물건들을 냉장고와 욕실, 싱크대에 각각 정리한다. 사탕봉지를 뜯어 누룽지맛 사탕 하나를 입에 문다. 힘을 주지 않았는데도 사탕이 어금니 사이에서 맥없이 바스러져버린다.

잡채에 필요한 야채 몇 가지를 사기 위해 맬러뮤트와 함께 집을 나선다. 무서운 곳이라 밤에 외출할 때는 녀석들의 경호가 반드시 필요하다. 이젠 제법 녀석들에게 정이 간다. 신이 난 녀석들이 엘리베이터 앞으로 먼저 달려간다. 문을 잠그려는데 옆에 누군가 귀신처럼 서 있는 게 느껴진다. 나는 화들짝 놀라 비명을 지른다. 자세히 보니 여자다. 하이힐 소리를 듣지 못했는데 언제 왔던 걸까. 여자는 내 비명소리에 잠깐 나를 쳐다보다 다시 양손으로 복도 벽을 부여잡고 어두워지는 밤을 내다본다. 아주 깊은 상념에 빠져 있는 듯 내가 옆으로 다가가는데도 멍한 눈은 그대로다. 내가 어깨를 건드리자 그제야 여자가 나를 쳐다본다.

"상준씨 소식 아직도 모르죠?"

여자는 그의 이름을 아주 친숙하게 내뱉는다. 여자의 눈에 슬픈 빛이 녹아 있다. 나는 고개를 끄덕인다. 대신 그에 대해 아는 대로 말해주겠다고 하자 슬픈 빛이 조금 사그라든다.

"그는 보험회사에 다니다 사직서를 냈어요. 일이 적성에 안 맞아서요. 사람을 상대하는 걸 별로 좋아하지 않는 사람이에요. 그는 보험보다는 컴퓨터에 관심이 많아서 그쪽으로 공부를 더 하고 싶어해요. 바에 자주 가는 편이고 지인들 결혼식은 꼭 챙겨요. 생일은, 정확한 건 아니지만 아마 2월 12일 거예요. 그리고……"

내가 말을 멈추자 여자가 슬픈 눈을 크게 뜨고 물끄러미 쳐다본다.

"그리고 그는 아주 사려 깊은 사람이에요. 어머니나 누나가 오는 날이면 생리대를 사다놓을 정도로."

내 말에 여자가 아, 하고 감탄사를 토해낸다.

"그런 사람일 거라고 생각했어요. 왼손잡이니까."

여자의 말에 나는 여자의 손을 쳐다본다. 왼쪽 손등에 흉한 상처가 나 있다. 내 시선을 느꼈는지 여자는 오른손으로 울퉁불퉁한 흉터를 만지작거린다.

"왼손잡이란 이유로 어릴 때 놀림을 많이 받았어요. 엄마는 그런 나를 고쳐주려고 때려도 보고 묶어도 보고 별짓을 다 해봤지만 소용없었어요. 어느 날 엄마가 오른손으로 사과를 깎고 있었어요. 그때 나도 모르게 오른손이 엄마의 손에 들린 과도를 낚아챘어요. 그리고 내 왼쪽 손등을 찍어내렸어요. 그런데도 오른손을 쓸 수 없었어요."

힘없는 목소리로 말을 마친 여자가 내게 종이를 건넨다. 오늘은 왜 문에 붙이지 않았느냐고 묻자 여자는 그냥 직접 전해주고 싶었다고 말한다. 밖을 보니 날은 그새 더 어두워졌다. 여자가 가봐야겠다며 걸음을 옮긴다.

"다음에는 밝을 때 와요. 이 동네 아주 무서운 데란 거 알고 있죠?"

여자는 아주 희미한 미소를 지으며 돌아선다. 집에서도 선명하게 들리던 여자의 하이힐 소리가 오늘은 멍멍하게 들린다.

야채를 사들고 집으로 돌아온 나는 지금까지 여자가 주고 간 종이가 몇 장인지 세어본다. 모두 열다섯 장이다. 시는 모두 거꾸로 적혀 있다. 나는 손거울을 가져와 시를 비춰본다. 그제야 시가 거울이란 세계 속에 바른 방향으로 놓인다. 읽기가 훨씬 수월해진다. 나는 거울을 들여다보며 열다섯 편의 시를 빠른 속도로 읽어나간다. 읽는 도중에 나는 내 쪽으로 향해 있는 종이의 뒷면이 모두 같은 그림의 조각들이란 걸 발견한다. 열다섯 장의 종이를 방바닥에 거꾸로 뒤집어 펼친다. 맞추면 어떤 그림이 나올 것도 같다. 나는 퍼즐을 맞추듯 종이의 그림을 찾아서 하나로 연결한다. 예상대로 그림이 조금씩 드러나기 시작한다.

밝고 아름다운 시와 달리 그림은 아주 음음하다. 낡고 훼손된 묘비가 그림 곳곳에 무질서하게 세워져 있고 음습한 안개가 묘비 사이마다 낮게 깔려 있다. 몽환적이면서도 음침한, 인적이 끊긴 공동묘지 그림. 아름다운 시와는 전혀 어울리지 않는 분위기다. 문득 여자가 돌아서며 내게 지었던 희미한 미소와 멍멍하게 들리던 하이힐 소리가 생각난다. 여자는 이제 그를 찾아오지 않을 것이다.

잠결에 문 두드리는 소리가 들린다. 옆집에 또 누가 찾아온 모양이다. 이번에는 무슨 이유일까. 궁금증은 파도처럼 일지만 눈은 쉽게 떠지지 않는다. 대신 맬러뮤트가 번갈아가며 제자리에서 빙글빙글 돈다. 문 두드리는 소리는 점점 크게 들린다. 초인종 소리도 들린다. 초인종? 1109호라면 초인종이 울릴 리 없다. 갑자기 정신이 번쩍 든 나는 소리에 집중한다. 분명 내 현관문을 두드리는 소리다. 내가 이 집에 들어온 이래 한 번도 누군가가 찾아온 적은 없었다. 초인종을 누른 사람도 문을 두드린 사람도 없었다. 주인여자는 우유와 신문, 학습지 등 누군가 찾아올 만한 것들은 모두 끊고 떠났다. 나 또한 내가 이곳에 살고 있다는 걸 아무한테도 알리지 않았다. 그렇다면 누가 무슨 이유로 문을 두드리는 걸까. 상자 하나를 더 갖다주겠다던 그의 직장 동료인가.

나는 어안렌즈로 밖을 내다본다. 그의 직장동료는 아니다. 중년 남자가 인상을 잔뜩 구기며 주먹으로 현관문을 연신 두드리고 있다. 주먹심이 얼마나 대단한지 문이 다 흔들릴 정도다. 혹시 그때 그 사람일까. 내가 던진 돌멩이에 지붕이 찌그러진 지프 주인?

"문 안 열어! 내가 그때 똑똑히 봤어! 차 망가뜨린 년이 너지!"

내 속생각에 답을 주려는 듯 중년 남자가 큰 소리로 말한다. 문을 열라고? 어림도 없다. 나는 결코 문을 열지 않을 것이다. 이 집은 빈 집이고 나는 이 빈집을 지키는 파수꾼, 개에 불과하다. 이 집에서 소리를 낼 수 있는 건 아무도 없다. 1109호처럼 아무도 없다.

"당장 안 쫓아오니까 모르는 줄 알았지? 얼른 문 열어, 이 나쁜 년아!"

나는 현관 바닥에 웅크리고 앉아 남자가 돌아가기만을 숨죽여 기다린다. 맬러뮤트가 짖지 못한다는 게 천만다행이란 생각도 처음으로 든다. 시간은 어느새 삼십 분이 지나고 있다. 정말 끈질긴 남자다. 누가 더 끈질긴지 어디 한번 해보자는 생각이 든다. 그사이에 시간은 삼십 분이 더 지난다. 어느새 나는 무릎에 이마를 댄 채 꾸벅꾸벅 졸고 있다. 일어나보니 문 두드리는 소리도 사라지고 없다.

나는 어안렌즈로 밖을 내다본 후 문을 열어 복도 이쪽과 저쪽 끝을 살핀다. 아무도 없는 복도는 조용하다. 나는 남자가 정말 갔는지 확인하기 위해 밖으로 나가 엘리베이터와 계단 쪽도 한번 더 살핀다. 남자는 보이지 않는다. 나는 가슴을 쓸어내리며 돌아선다.

그때 1109호 현관문과 눈이 마주친다. 나는 집으로 들어가려다 1109호 현관문으로 조용히 다가선다. 나도 모르게 손가락이 초인종을 지그시 누르고 있다. 그는 언제쯤 돌아올까. 내 물음에 답을 주듯 초인종 소리는 나지 않는다.

소리가 나지 않자 갑자기 그의 현관문을 두드리고 싶어진다. 나도 모르게 초인종을 누른 것처럼 아무런 이유 없이 그냥 그러고 싶어진다. 단지 궁금한 게 있다면 내가 1108호를 떠나기 전에 그에게 물건을 전해줄 수 있을지다. 점점 늘어나는 그의 물건을 감당할 자신이 없다. 나는 많은 사람들이 그랬던 것처럼 그의 현관문을 주먹으로 세게 두드린다. 문이 열리지 않을 거란 걸 알면서도 계속 두드린다. 이유가 없기 때문인지 빈집을 두드릴 때마다 공허한 소리가 메아리처럼 흘러나와 내 가슴을 두드린다. 그 가슴도 텅 비어 있기는 마찬가지다.

나는
나를

가둔다

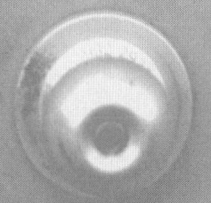

신은 우리에게 잠을 주었다.

노동 뒤의 피로와 헤어진 연인들의 슬픔을 위해. 병자들의 치료와 아이들의 성장을 위해. 희망의 다른 이름인 내일과 현실로부터의 일시적 일탈, 혹은 망각을 위해. 그리고 혼자라는 쓸쓸함과 여성들의 아름다움을 위해. 잠은 상처를 치료하고 외로움을 위로한다. 오늘을 마무리하고 내일을 준비하게 한다.

더불어 신은 잠의 한 귀퉁이에 꿈을 심어놓았다. 짓궂게도 그 어귀 언저리에는 고통도 함께 묻어놓았다. 때문에 우리에게 잠은 간혹 피로와 슬픔이 되고, 상처와 병이 되고, 악몽이 된다. 어떤 이에게는 달콤한 휴식이었던 그것이 이제는 두려운 골칫덩어리가 된다.

1

나는 두 시간째 잠을 이루지 못하고 있다. 잠을 위해 치르는 의식도 이젠 아무런 효력을 발휘하지 못한다. 따뜻한 물로 샤워를 해도, TV를 켜놔도, 전자레인지에 우유를 데워 마셔도, 알몸으로 누워 있어도 소용없다. 십 분이면 충분했던 수면 유도 시간은 두 달 새 두 시간으로 늘어나버렸다. 나는 스프링 인형처럼 침대에서 벌떡 일어난다. 어둠 사이로 벽시계가 희미하게 보인다. 시간은 내가 꼭 자야만 하는 열두 시를 향해 치닫고 있다. 쿵쿵, 시계 초침 소리가 거인의 발소리처럼 크게 들린다. 거인은 성큼성큼 다가와 내 앞에 멈춰 선다. 얼굴 없는 거인이 무시무시한 발을 쳐들어 나를 짓뭉개려는 순간, 소리없는 비명을 지르며 주변을 둘러본다. 그러자 나를 감싸고 있던 벽이 사방으로 밀려나 광활한 사막을 만든다. 잠을 위한 공간치고는 너무 사치스럽다.

옷을 대충 갈아입은 나는 스케치북을 들고 피난 가듯 오피스텔을 빠져나간다. 엘리베이터에서 내리자마자 손목시계를 보며 열심히 달리기 시작한다. 반드시 열두시에 자야만 한다. 나는 잠을 향해, 여자가 있는 곳을 향해 달린다. 여자의 눈을 들여다보면 분명 잠을 잘 수 있을 것이다. 63번 방이라면 삭막한 사막도 없고, 거인의 발소리도 들리지 않을 것이다. 어느새 나는 여자와 63번 방에 중독되었다. 그 중독은 알코올이나 수면 유도제의 유혹보다 더 강력했다. 어떻게든 그 유혹에서 벗어나려 노력했지만 오늘도 실패하고 말았다. 그러나 그것은 무엇보다 건강하고 유익한 유혹임에는 분명하다.

나는 숨을 헐떡이며 네온간판을 올려다본다. 수면 체험실. 꿈처럼 희뿌연 스모그 유리문을 열고 들어가자 고요하고 편안한 정적이 순식간에 나를 에워싼다. 프런트에 앉아 있던 여자가 자리에서 일어나 예의바르게 나를 맞는다.

"63번 방으로. 옷은 필요 없어요."

나는 숨을 고르며 여자의 눈을 집요하게 쳐다본다. 여자의 얼굴이 움직이면 내 눈도 따라서 움직인다. 여자는 금방이라도 잠이 쏟아질 것만 같은, 몽롱한 눈동자를 가졌다. 상대를 강력한 최면이나 수면에 걸리게 하는 신비하고도 매력적인 눈. 갑자기 주변의 모든 사소한 소리와 움직임조차 멈추고 머릿속은 수면제에 젖은 듯 몽롱해진다. 여자는 내가 집요하게 쳐다보는데도 싫은 내색을 하지 않는다. 무심한 듯, 아니 그게 자신의 임무인 듯, 할 일을 하고 있을 뿐이라는 듯, 전혀 불쾌해하지도 않는다. 그래서 나는 주저하지 않고, 조금은 당당하게 여자의 눈을 쳐다본다. 가끔 나는, 여자가 저 나른한 눈 때문에 이곳에 고용된 게 아닐까, 라고 생각한다. 여자의 전체적인 분위기는 이곳 수면실과 아주 잘 어울린다. 클레오파트라형 머리를 하고 무기력하게 서 있는 여자는 이곳을 지키는 여신 같다. 한낮의 빛을 피해 돌아다니다 사람들의 이마에 잠자는 약을 쏟아붓는 잠의 여신.

여자는 내게 방 번호가 적힌 열쇠를 건넨다. 여자는 열쇠를 주면서 내 눈을 정면으로 마주 본다. 아니, 마주 보는 것 같다. 나는 이 순간을 놓치지 않는다. 최면이 최절정에 달하는 찰나, 순식간에 눈꺼풀이 와르르 붕괴되고 눈앞이 몽몽해진다. 이번에는 꼭 보리라. 나는 여자의 눈을 확실하게 보기 위해 눈꺼풀을 조였다 풀기를 반복한다. 최대한 정신을 집중하고 여자의 눈동자를 응시한다. 보인다. 여자의 눈동자가 향하고 있는 그곳. 여자의 초점 없는 눈동자는 나를 향한 듯하지만 내게서 살짝 비켜나 있다. 항상 그랬듯 여자는 날 보고 있지 않다. 나만 여자를 보고 있는 것이다. 여자가 보고 있는 그곳은 어딜까. 왜 여자는 사람을 정면으로 쳐다보지 않는 걸까.

나는 졸린 눈을 비비며 여자로부터 등을 돌린다. 그러고는 몽유병 환자처럼 자동으로 앞으로 걸어나간다. 내 앞에는 다섯 개의 통로가 부채꼴 모양으로 펼쳐져 있다. 내 방은 맨 오른쪽 통로 끝에 자리하고 있고, 여자가 일하는 프런트는 통로 앞에 역시나 부채꼴 모양을 하고 있다. 나는 고개를 살짝 돌려 여자를 다시 한번 쳐다본다. 통로 쪽에서 본 여자는 마치 까다로운 기숙사 사감 같기도 하고 엄중한 교도관 같기도 하다.

나는 '63'이라고 적혀 있는 조그마한 방문을 열고 들어간다. 방은 잠을 위한 최소한의 공간과 사물들로만 이루어져 있다. 간이침대, 사이드 테이블, 옷걸이 그리고 라디에이터. 벽과 천장에는 벽시계와 환풍기가 있다. 칠십 개의 수면실은 모두 똑같은 크기와 똑같은 사물들로 이루어져 있다. 이 말에 누군가는 궁금해할지도 모르겠다. 다 똑같은데 왜 굳이 63번 방이어야 하느냐고. 이유는 간단하다. 가장 편안하기 때문이다. 아무리 똑같은 구조를 가지고 있더라도 느낌과 분위기는 엄연히 다르기 때문이다. 여러 방을 전전했지만 숙면을 취했던 방은 이 방뿐이었다. 다른 방에서는 뒤척이다 새벽에 깨기 일쑤였고, 어떤 방에서는 가위눌림을 당하기도 했다. 그렇다고 칠십 개에 달하는 모든 방에서 자봤다는 소리는 아니다.

숙면을 취하게 하는 원인은 냄새에 있었다. 이 방에는 다른 방에서는 맡을 수 없는 묘하게도 독특한 냄새가 흐른다. 그 냄새가 복잡한 마음을 진정시켜주고 지친 몸을 어루만져준다. 심호흡을 하고 있는 지금도, 나는 이 특이한 냄새의 정체가 뭔지 몹시 궁금하다. 하지만 아직까지는 그 정체가 무엇인지 도무지 알 수 없었다.

나는 방으로 들어가자마자 침대에 눕는다. 내 오피스텔에 비하면 초라하고 볼품없는 공간이지만 고요하고 아늑한 분위기만큼은 이 방을 따를 수 없다. 나는 여자와 이 방의 위력을 다시 한번 실감하며 안도의 한숨을 내쉰다. 다행히 벽시계는 아직 열두시를 넘지 않았다. 나는 이제야 눈을 스르르 감고 꿈을 꾼다. 생계를 위한 꿈을.

이곳은 사람들에게 잠자리를 제공하는 곳이다. 오직 잠자리만을. 물론 잠자기 전에 간단히 씻을 수 있는 세면실은 무료로 제공한다. 그러나 냄새를 풍겨가며 밥을 먹을 수는 없다. 소음을 일으키며 TV도 볼 수 없다. 배가 고프면 이 건물 이층 식당이나 편의점을 이용하면 된다. 영화를 보고 싶으면 DVD방에 가면 되고, 커피가 마시고 싶으면 자판기나 커피숍을 이용하면 된다. 이 건물에는 편의점과 커피숍 외에도 헬스장도 있고 호프집도 있고 PC방도 있다. 그리고 미용실도 있고 약국도 있다.

수면을 위한 공간인 만큼 이곳은 굉장히 조용하고 엄숙하다. 사람들은 말소리를 죽이고 발소리를 죽인다. 소음이라고는 수면실에 들고 날 때 나는 문소리뿐이다. 이곳에 들어오면 누구나 다 벙어리가 된다. 다른 사람의 잠을 방해하면 안 되기 때문이다. 어떻게 보면 죄지은 사람들처럼 주눅든 표정을 짓고 있는 걸로 보이기도 하다. 가끔 취객이 난동을 부리기도 하는데 그런 자들을 침묵하게 하는 역할 또한 내 담당이다. 나는 그 모든 것을 부채꼴 모양의 중앙 프런트에 앉아서 바라본다. 가끔은 바라보는 게 아니라 지켜보거나 감시하는 느낌도 든다. 수면실의 배치가 꼭 감옥 같고, 그곳을 들고 나는 사람들은 반드시 나를 거쳐야만 하기 때문이다. 그런 의미에서 나는 이곳에 없어서는 안되는 중요한 사람이다. 중앙에 자리하고 있는 나는 그래서 꼭 위엄을 갖춘 절대 권력의 제왕 같다.

이곳을 찾는 사람들은 나를 보며 하품을 하고 돈을 내민다. 그러면 나는 그들에게 방 번호가 새겨진 열쇠를 건넨다. 이곳을 나가는 사람들은 나를 보며 기지개를 켜고 열쇠를 반납한다. 그러면 나는 침묵한 채 고개만 까닥여 잘 가라는 인사를 한다. 그들이 내게 말을 걸지 않는 한, 내가 그들에게 묻는 말은 '옷은 필요 없나요?'가 전부다. 따지고 보면 이곳은 하룻밤 묵었다 가는 여관이나 모텔과 다를 바 없다. 다른 게 있다면 방이 한 사람을 위한 공간이라는 것과 화장실이 딸려 있지 않다는 것, 그리고 숙박계가 없다는 것이다. 칸만 칠십 조각으로 나눴다 뿐이지 요즘 성행하고 있는 찜질방과도 비슷하다고 볼 수 있다. 그보다 더 비슷한 건 아마 고시원일 것이다. 한마디로 이곳은 모텔 같기도 하고 찜질방 같기도 하고 고시원 같기도 한 좀 애매한 곳이다. 그래서 그런지 이곳에는 좀 애매해 보이는, 뭔가 좀 부족해 보이는 '~ 같은 사람들'이 많이 찾아온다. 학생 같은 사람, 채무자 같은 사람, 예술가 같은 사람, 노숙자 같은 사람, 고시생 같은 사람…… 그들이 내게 다가오지 않은 이상, 그리고 나 또한 그들에게 다가가지 않는 이상 그들은 이곳에서 모두 '~ 같은 사람'으로만 존재한다.

이곳의 방은 한 사람을 위한 공간이지만 그렇다고 꼭 한 사람만 들어가 자는 건 아니다. 욕정에 불타는 연인들은 방을 각자 얻은 뒤, 욕정이 더이상 참을 수 없는 지경에 이르렀을 때 방 하나를 몰래 비워둔다. 과감한 연인들은 처음부터 방 하나를 고집하기도 한다. 돈이 없어서가 아니라 욕정을 해소하는 데 타인의 시선이나 규칙 따위가 무슨 상관이냐는 뜻이다. 잠이라는 것에는 언제나 두 가지의 뜻이 내포되어 있다. 순수한 의미의 잠과 은유적인 의미가 담긴 은밀한 잠. 정말 돈이 부족한 가난한 여행자들은 방 하나를 얻어 세 명이 몸을 구겨넣고 자기도 한다. 사장은 손님 하나에 꼭 방 하나씩 배정해야 한다고 못박아뒀지만 딱한 사정을 외면할 수는 없었다. 나는 이곳을 찾는 누구에게나 방을 대여해줘야만 하는 입장이다. 방이 없다면 내 것이라도 내줘야 한다. 피곤에 찌든 그들에게 필요한 것은 편안한 잠이다. 그리고 나는 누구보다 편안한 잠의 의미를 잘 알고 있다.

이곳은 이십사 시간 연중무휴다. 끼니는 걸러도 잠은 거를 수 없는 것이기에 하루도 쉴 수가 없다. 다양한 사람들이 사는 세상인 만큼 방을 원하는 시간대도 다양하다. 솔직히 잠이라는 게 자고 싶을 때 자는 것이니 시간 구분은 무의미하다. 그래서 사람들은 이른 아침과 한낮에도 잠을 자러 온다. 잠이 절실히 필요한 사람들이기에 방으로 향하는 표정들은 저마다 무겁고 지쳐 있다. 난 그들을 볼 때마다 생각한다. 저들은 왜 '집'이라는 고유 공간을 놔두고 잠을 자기 위해 여기까지 와서 돈을 지불하는 것일까. 저들도 나처럼 피치 못할 사정이란 게 있는 걸까. 그렇다면 그 사정이란 도대체 무엇일까. 난 지금 칠십 개의 그 사정이 궁금하다. 개중에는 출장중인 사람도 있을 것이고, 집 열쇠를 잃어버린 자도 있을 것이다. 부인이나 남편으로부터 쫓겨난 사람, 혹은 술을 깨고 집에 들어가려는 사람, 갓난아이의 울음에 지친 사람, 여행중인 사람, 밤샘작업중인 사람, 가출한 사람, 밀애나 자위 공간이 필요한 사람, 자살을 고민중인 사람…… 모두들 돈을 주고 잠을 사는 사람들이다.

그중 한 명인 17번 방 빨간 지갑이 나를 향해 다가온다. 지금 시각은 새벽 다섯시다. 헝클어진 머리와 퉁퉁 부은 얼굴을 보니 지금 막 잠에서 깬 모양이다. 빨간 지갑은 벌써 나흘째 이곳에 머물고 있다. 첫날, 달랑 빨간 지갑 하나만 들고 이곳을 찾아온 빨간 지갑의 이마에는 피멍이 들어 있었다. 남편의 주먹질을 피해 도망나온 것 같은 사람. 툭 튀어나온 광대뼈와 각진 턱, 낮은 코, 궁기가 흐르는 얼굴이었다. 죽을 때까지 남편에게서 벗어날 수 없는 운명이 내 눈에 훤히 보였다. 아무리 도망쳐도 결국은 다시 남편에게 돌아갈 수밖에 없는 박복한 운명. 도망나온 사람임이 분명하다고 관상에서 금방 들통났다. 빨간 지갑은 나흘 동안 이층 식당에서 끼니를 해결했고 미용실에서 머리 모양을 두 번이나 바꿨다. 남는 시간에는 휴게실에 앉아 낯선 사람들과 화투판을 벌였다. 그러다 저녁이 되면 수면제를 사들고 17번 방으로 들어갔다.

빨간 지갑은 눈곱 긴 눈을 비비며 투박한 목소리로 내게 꿈 얘기를 주절주절 늘어놓는다. 꿈이 다 그렇듯 빨간 지갑의 얘기는 두서도 맥락도 없을뿐더러 재미까지 없다. 말솜씨가 부족하다보니 얘기는 더없이 짜증스럽게 들린다.

"보통 꿈이 아닌 것 같지? 그렇지?"

얘기를 모두 마친 빨간 지갑이 한껏 고무되어 묻는다. 나는 눈을 치켜뜨고 빨간 지갑을 쳐다본다. 내 매서운 눈빛에 빨간 지갑이 눈꺼풀을 움찔거린다. 빨간 지갑은 수면실에 머문 내내 내게 꿈 얘기를 했다. 그러나 빨간 지갑의 꿈은 의미 없는 개꿈에 불과했다. 빨간 지갑은 꿈을 통해 집으로 돌아가도 되는 안전한 날을 찾고 있었다. 어쩔 수 없는 자신의 운명을 따르고 있는 것이다.

세상에서 가장 지루한 일은 남의 꿈 얘기를 들어주는 일이다. 자못 진지한 척하면서 들어주기란 끈기를 필요로 하는 일이기도 하다. 꿈은 비현실적이고 비연속적이고 비논리적이며 비구성적이다. 그래서 꿈을 늘어놓는 자들의 말도 비현실적이고 비연속적이고 비논리적이고 비구성적일 수밖에 없다. 사람들은 꿈에서 자신의 가깝거나 먼 미래를 찾아내려고 한다.

빨간 지갑과 얘기를 나누는 사이에 한때 '예술가 같은' 사람으로 알고 있던 남자가 스케치북을 들고 63번 방에서 나온다.

2

방에서 나온 나는 여자에게 열쇠를 반납한다. 그러고는 프런트 옆, 간이소파에 앉아 스케치북을 펼친다. 나는 머리를 소파 뒤로 젖히고 눈을 감는다. 형형색색의 영상들이 슬라이드필름처럼 탁탁 소리를 내며 스쳐지나간다. 난 그 많은 영상들을 종합할 수 있는 대표적 상징물을 끄집어낸다. 푸른 하늘, 하얀 구름, 하늘을 나는 돛단배, 돛을 잡고

서 있는 사내, 눈처럼 휘날리는 낙엽들. 나는 눈을 뜨고 곧바로 그것들을 잠자리채로 잡아채듯 스케치한다. 이미지와 색상이 조금이라도 달아날까봐 빠른 손놀림으로 아기 살결처럼 하얀 스케치북을 검은 선들로 채운다.

스케치를 끝낸 나는 하품을 하고 잠시 미뤄뒀던 기지개를 켠다. 그제야 여자가 눈에 들어온다. 프런트 여자는 빨간 지갑을 든 중년과 대화에 열중하고 있다. 여자에게서 무슨 말을 들은 건지 빨간 지갑의 얼굴은 일그러지고, 독사 같은 여자의 눈은 금방이라도 맹독을 뿜어낼 것처럼 매섭게 빛난다. 나를 대하던 나른하고 몽롱한 눈빛은 어디에도 없다. 여자는 부업으로 손님들에게 신수를 봐준다. 사주, 이름풀이, 타로카드, 꿈해몽. 여자의 눈빛은 부업을 행할 때면 백팔십 도 달라진다. 마치 눈빛이 예사롭지 않아야 사람들이 자신의 말을 신뢰한다고 믿는 듯하다. 그래선지 여자는 사주풀이나 꿈해몽을 할 때면 무당처럼 반말로 지껄인다. 사람들 또한 여자의 매몰찬 반말에 그리 기분 나빠 하지 않는다. 원래 그런 말투를 지녀야 신뢰가 간다는 듯.

장소가 장소인 만큼 여자는 꿈해몽을 주로 의뢰받는다. 그리고 의뢰는 장소에 맞게 아주 조용하고 은밀하게, 속삭이듯 진행된다. 복채는 의뢰인의 기분에 따라 달라진다. 그 기분이란 여자의 입에서 좋은 말이 나오느냐 나쁜 말이 나오느냐로 결정된다. 안 좋은 말을 들은 사람은 복채는커녕 여자에게 화를 내고, 좋은 말을 들은 사람은 팁까지 얹어 배춧잎을 주기도 한다. 여자는 의뢰인이 주는 복채에 신경을 안 쓰는 눈치다. 주면 주는 대로 안 주면 안 주는 대로 만족한다. 재미 삼아 하는 부업이니 여자 입장에서는 괜한 에너지를 소모할 필요가 없는 것이다.

여자에게 꿈은 부업이지만 내겐 생업이자 삶의 원동력이다. 나는 반드시 잠을 자야만 하고 잠을 자면 반드시 꿈도 꿔야 한다. 그래야 생계가 유지된다. 나는 판화가다. 내 목판화에 새겨지는 그림들은 모두 내 꿈에서 비롯된다. 꿈은 곧 작품이 되고 돈이 된다. 그러니까 난 꼭 꿈이 필요하다. 그게 바로 내가 매일 밤 잠을 자야만 하는 강박에 시달리는 이유다.

그렇게 강박적인 것임에도 내가 가장 자유를 느낄 때는 잠을 잘 때다. 그리고 꿈을 꿀 때다. 잠은 인간에게 신비한 경험을 선사한다. 현실에서는 감히 경험할 수 없는 세계, 혹은 내가 미처 경험해보지 못했던 매력적이고 신기한 사건들의 총체. 예를 들면 날개 없이도 하늘을 날 수도, 죄의식 없이 살인을 저지를 수도, 아름다운 여자와 섹스를 할 수도 있다. 물론 우리는 영화를 통해 비슷한 경험을 하기도 한다. 간혹 문학작품을 통해서도 가능하다. 그러나 그것은 리얼리즘이 결핍된 간접경험에 불과하다. 하지만 꿈은 그렇지 않다. 어디서든 내가 존재하고 내가 주인공이다. 그리고 그 모든 걸 내가 직접 보고 듣고 만지고 체험한다. 영화에서 주인공이 죽지 않듯, 꿈에서의 나 또한 절대 죽지 않는다. 꿈에서는 모든 것이 가능하다. 특히 나는 꿈에서 현실보다 더 생생하게 움직이는 내 몸을 느낀다. 내 의지대로 그곳에서는 뭐든 할 수 있고 분명하게 나를 의식하고 인식한다. 꿈에 나를 맡기는 것이 아니라 내가 꿈을 주도하고 이끌어나간다. 그건 맘만 먹으면 얼마든지 꿈의 스토리를 유리한 쪽으로 조정할 수 있다는 뜻이다. 유일하게 내 맘대로 되는 것, 누구도 끼어들 수 없고 훔쳐볼 수 없는 나 혼자만의 공간체험. 이상한 사건이 당연시되는 곳. 무엇보다 꿈은 부조리하지 않다.

내가 잠을 신봉하고 꿈을 예찬하는 것은 지극히 정상이다. 꿈은 무한한 상상력과 창조력, 가능성의 세계다. 창조자에게 잠은 중요하고, 창작으로 먹고사는 내게 꿈은 더없이 훌륭한 소재를 제공한다. 반대로 현실은 그렇지 않다. 그러므로 내가 꿈을 신봉하는 건 당연하다. 내가 잠과 꿈에 심취하게 된 건 부조리한 현실이 날 받아들이지 않기 때문이다. 아니 어쩌면 내가 그 현실을 받아들이지 않는 것인지도 모르겠다. 어느 쪽이든 지금의 나는, 권태로운 일상의 반복에 흥미가 없다. 일상이란 더이상 매력이 없는 현상이다. 낭만도 희망도 없다. 현실은 삶의 의지만 쉴새없이 꺾어놓고 날 비겁한 도망자로 만든다. 거기에는 기억하고 싶지 않은 지독한 악몽만이 남아 있다. 내게는 현실이 곧 악몽이다. 어느 한곳에서 만족을 얻지 못한 자는 본능적으로 다른 곳에서 만족을 찾으려 애쓰게 되어 있다.

여자와 이곳은 내가 찾은 만족을 아슬하게 이어주고 있었다. 그래서 고맙다. 그래서 오늘도 여자에게 작으나마 도움이 되고 싶다. 난 프런트로 다가가 여자에게 스케치북을 내민다.

"오늘 꾼 꿈입니다. 해몽을 부탁합니다."

꼭 해몽을 바라고 한 말은 아니다. 그저 여자의 부수입을 조금 올려주고 싶은 것뿐이다. 여자가 매서운 눈빛으로 스케치북을 들여다본다. 여자에게서 익숙한 냄새가 난다. 어디서 많이 맡아본 차분한 냄새. 그러나 어디서 맡아본 건지 기억이 잘 안 나는 냄새다. 여자는 어떤 꿈을 꿀까. 여자도 자신의 꿈에 집착하고 사주나 신년운수로 미래를 내다볼까. 자신의 미래를 낱낱이 알고 있는 자의 삶은 어떤 것일까.

　잠시 명상에 잠겨 있던 남자가 눈을 뜨고 급하게 스케치를 한다. 조금이라도 지체하면 머릿속 영상들이 연기처럼 날아가버리기라도 할 것처럼 아주 빠르게. 남자가 그리는 것이 간밤에 꾼 꿈이라는 걸 얼마 전에야 알았다. 남자가 내게 다가와 꿈해몽을 부탁했기 때문이었다. 다가와 내게 말을 겲으로써 나는 남자가 애매한 '예술가 같은' 사람이 아닌 '예술가'란 사실도 알게 되었다. 앞으로 자주 내게 말을 건다면 아마 난 남자에게 똑바로 된 시선을 주게 될 것이다.

　스케치를 끝마친 남자가 자리에서 일어나 다가온다. 이번에도 남자는 스케치북을 들이밀며 간밤에 꾼 꿈을 내게 설명할 것이다. 예상대로 남자가 입을 연다.

　"오늘 꾼 꿈입니다. 해몽을 부탁합니다."

　그때 남자가 개처럼 코를 살짝 킁킁거린다. 나는 신경쓰지 않고 해몽에 집중한다. 푸른 하늘, 하얀 구름, 하늘을 나는 돛단배, 돛을 잡고 서 있는 사내, 눈처럼 휘날리는 낙엽들. 스케치북에 그려진 그림은 지극히 단순하다. 하지만 명료하다. 남자는 이해를 돕기 위해 그림에 약간의 설명을 덧붙인다. 그 설명 또한 그림만큼이나 간단명료하다. 이상하게도 남자가 털어놓는 꿈 얘기는 아무리 들어도 지루하지 않다. 어쩌면 남자는 알고 있는지도 모른다. 상대방의 꿈을 들어주는 일이 얼마나 지루하고 인내를 요하는 것인가를.

　"운수가 대통할 징조야. 하지만 방해자가 너무 많아. 조심해."

　나 또한 간단명료하게 해몽을 끝마친다. 남자는 이번에도 내게 만원을 건넨다. 수고에 비하면 너무 많은 돈이다. 내가 아마 집안에 우환이 들끓고 하는 일마다 실패할 징조야, 라고 했어도 남자는 같은 복채를 지불할 것이다. 남자는, 좋은 얘기가 나오면 성의껏 지불하고 그렇지 않으면 동전 몇 개 던져주고 마는 사람들과 조금 다르다. 그런 사람들 때문에 나는, 끝까지 캐묻지 않는 이상 좋은 점괘만 얘기하곤 한다. 좋은 얘기를 듣고 지갑을 열지 않을 사람은 없기 때문이다.

남자는 꿈이 내포하고 있는 암시적 의미에 별 관심이 없는 것 같다. 꿈 그 자체를 중요시하는 게 분명하다. 방에서 나오자마자 이렇게 스케치북에 그날 꾼 꿈을 잡아두는 걸 보면 말이다.

"아가씨는 간밤에 무슨 꿈을 꿨나요?"

남자의 갑작스런 질문에 난 당황한다. 내게 꿈을 묻다니, 여태껏 없었던 일이다. 남의 꿈을 알아서 뭘 하려는 것일까.

"그건 왜요?"

난 조금 차가운 어투로 묻는다.

"그냥 고마워서요."

"네?"

내게 고마울 게 뭐가 있단 말일까. 남자는 간밤의 내 꿈 얘기를 듣지 않으면 돌아가지 않을 태세다. 난 불안한 사람처럼 눈동자를 이리저리 굴린다. 무슨 얘기를 해야 할까. 정말 귀찮고 난감하다. 그때 35번 방 고시생과 47번 방 강아지처녀가 방을 나온다. 나는 두 사람을 저울질한다. 사람들은 수면의 욕구를 채우고 나면 종종 자기 것을 놓고 가거나, 잊고 가거나, 버리고 간다. 지갑, 옷, 꿈, 때로는 목숨까지도. 47번 방 강아지처녀는 얼마 전 자신이 키우던 병든 강아지를 47번 방에 버리고 갔다. 강아지는 청소하던 아줌마한테 발견되어 사장에게 인도되었다. 사장은 강아지를 인근 대학 수의학과에 갖다줬다고 했다. 소문에 의하면 그렇게 버려진 병든 개들은 실험용으로 쓰인다고 했다. 강아지처녀는 간밤에 강아지가 나오는 꿈을 꾸고 이곳을 다시 찾아오게 됐다고 말했다. 강아지처녀는 내게 자기가 나가고 나서 47번 방에 묵었던 손님이 누군지 가르쳐달라고 했다. 숙박계가 없는 이곳에서 그걸 알기란 불가능했다. 나는 모른다고 잡아뗐다. 차마 수의학과 얘기는 할 수 없었다. 아니, 이곳은 말보다 침묵이 어울리는 곳이기에 침묵했다. 강아지처녀는 후회의 눈물을 흘리며 강아지와 마지막으로 지냈던 방에서 하룻밤을 묵었다. 난 고시생 쪽으로 마음을 결정한다.

"넓은 들판에 나무를 심었어요. 심는 사이에 나무는 벌써 큰 나무가 되어 꽃을 피우고 열매를 맺었어요. 난 그 나무에 올라가 과일을 따먹었어요."

나는 꿈을 생생하게 늘어놓는다. 남자는 열심히 내 꿈, 아니 고시생의 꿈을 스케치북에 옮긴다. 고시생은 하숙생처럼 두 달째 이곳에 머물고 있는 사람이다. 공부는 국립도서관에서 하고 잠은 이곳에서 잔다. 미래가 불안한 고시생은 신기한 꿈을 꾼 날이면 내게 달려와 꿈을 몽땅 털어놓는다. 가난해서 복채는 이백원짜리 자판기 커피로 대신한다. 난 그것도 마다하지만 고시생은 그래야 꿈이 효험을 발휘한다고 믿는다. 꿈에 의하면 고시생은 분명 시험에 합격해 나중에 크게 출세할 것이다.

"꿈에 대해 잘 모르지만 왠지 좋은 꿈 같네요."

남자는 내 눈을 진지하게 바라보며 방시레 웃고는 스모그 유리문을 밀고 나간다. 남자가 몽몽한 안개 틈으로 꿈처럼 어렴풋이 사라진다.

일반적으로 사람들은 하루에 4~5회의 꿈을 꾼다. 그러나 난 꿈을 꾸지 않는다. 아니 꾸지만 기억할 수 없다. 일종의 무의식의 기억상실이다. 내 꿈은 저 스모그 유리처럼 뿌연 막으로 덮여 있어 분명하지 않다. 그렇기 때문에 내 꿈은 얘기할 수도 풀이할 수도 없다. 물론 기억나는 꿈은 있다. 그러나 그 꿈은 누구에게도 말하고 싶지 않은 불쾌한 과거로 뒤엉킨 꿈이다. 난 꿈에서조차 미래가 없다. 미래를 꿈꿔본 적도 관심도 없는 나다. 항상 지긋지긋한 과거만이 존재하는 나는 내 사주풀이조차 해본 적이 없다.

교대 시간이다. 난 프런트에서 열쇠를 꺼내들고 부챗살처럼 뻗어 있는 통로로 간다. 맨 오른쪽 통로 끝에 있는 63번 방. 남자가 잤던 방이다. 남자는 꼭 이 방만을 원했다. 처음에 남자가 이 방을 끈질기게 고집했을 때 난 몹시 불쾌했었다. 많고 많은 방 중 하필 왜 그 방인가. 63번은 내가 선택한 내 전용방이기에 방이 부족하지 않는 이상 대여하지 않은 방이다. 나를 감싸주는 더없이 조용하고 아늑한 공간. 아무도 방문을 열 수 없고, 내 수면을 방해할 수 없는 공간. 나를 고립시킴으로써, 외부와 단절됨으로써, 더없이 자유로워지는 공간. 그런데 남자로 인해 63번 방은 다른 방들처럼 누군가와 공유하는 방이 되고 말았다. 다른 게 있다면 나만은 공유자가 누군지 알고 있다는 것이다.

남자가 밤 열두시에 들어가 자면, 난 일이 끝나는 오전 아홉시 무렵에 그 방으로 들어간다. 내 모든 생활은 이곳에서 시작해 이곳에서 끝난다. 도망치듯 집을 나와 산 지도 벌써 일 년째다. 이곳은 살아가는데 크게 불편한 점이 없다. 나는 이곳에서 번 돈으로 이곳에서 밥을 먹고 목욕을 하고 옷을 사입고 커피를 마시고 인터넷을 한다. 불편한 점이 있다면 고양이가 보고 싶을 때다. 내게 집이란 두고 온 고양이가 그리울 때 가끔 생각나는 곳이다.

　나는 불을 끄고 바닥에 누워 눈을 감는다. 그러나 오늘도 잠은 쉽게 오지 않는다.

3

　이제 더이상 오피스텔에서 잠을 잘 수 없게 되었다. 무서운 질병이자 습관이다. 오피스텔은 더없이 낯설고 차가운 공간으로 전락했다. 난 열두시가 되기 전에 출근하듯 으레 집을 나와 여자가 있는 곳으로 도망간다. 오늘은 스케치북 외에 물건 하나가 더 추가되었다. 여자에게 줄 목판화다.

　여자는 오늘도 변함없이 나른한 표정으로 프런트에 서서 나를 맞는다. 나는 그 표정에 안도하고, 여자는 이제 내가 프런트로 다가가기도 전에 알아서 63번 방 열쇠를 건네준다. 마치 내가 오기를 기다리며 내내 손에 꼭 쥐고 있었던 것 같다. 난 여자의 눈을 바라본다. 역시나 여자의 눈동자는 내게서 조금 비껴나 있다.

　"아가씨! 절 좀 똑바로 봐주실래요?"

　다소 갑작스럽고 당돌한 요청에 여자는 당황한 눈치다. 조금 커진 여자의 눈이 요구대로 날 똑바로 쳐다본다. 치명적인 몽롱함이다. 난 눈을 깜빡이며 손에 들고 있던 비닐 포장된 판화를 여자에게 건넨다. 그리고는 아무 말 없이 돌아서서 좀비처럼 63번 방으로 들어간다.

잠이 든 지 얼마나 됐을까. 비명소리에 놀라 화들짝 잠에서 깼다. 무슨 소리였을까. 아주 가까운 곳에서 가쁜 숨소리가 들리고 비릿한 땀냄새가 난다. 나는 침대에서 일어나 불을 켜고 밖을 내다본다. 밖은 아주 조용하다. 프런트의 여자는 무심하게 자신의 일에 열중하고 있다. 나는 문을 닫고 침대 끝에 엉덩이를 걸치고 앉는다. 가랑이 쪽에서 땀냄새가 물큰 올라온다. 나한테서 나는 냄새였을까. 그러고 보니 가슴이 바람 든 듯 심하게 들썩이고 있다. 그렇다면 그 끔찍한 비명이 내 입에서 나온 소리였단 말인가. 벽시계의 시곗바늘은 새벽 네시를 가리키고 있었다.

악몽을 꿨다. 쫓기다 누군가가 칼로 나를 죽이려 하자 비명을 지르던 장면이 어렴풋이 떠오른다. 몇 달간 잠잠하던 잠의 악몽이 다시 나를 찾아든 것일까. 그 끔찍한 악마 같은 밤과 저주스런 잠이 되살아난 걸까. 이 방만은 끝까지 날 구원해줄 거라 믿었는데. 혹시 방의 효력이 다한 걸까. 내가 안심하고 방심한 사이 그들이 이곳을 찾아낸 것일까. 그렇다면 난 또다른 안락한 방을 찾아 떠나야 한다는 말인가.

그러나 내게는 도망갈 힘이 더는 남아 있지 않다. 그동안의 유배생활과 떠돌이생활로 죗값을 다 치렀다고 생각했다. 잠들고 싶어도 잠들지 못하는, 수면의 자유를 박탈당함으로써 어느 정도는 면죄되었다고 생각했다. 그런데 아직도 치러야 할 형벌이 더 남아 있단 말인가. 그나마 내가 그 형벌을 참아낼 수 있었던 건 불면의 고통 뒤에 찾아드는 꿈에 있었다. 그것은 채찍 뒤에 물려주는 달콤한 사탕과도 같은 것이었다. 나는 그 속에 나를 가두고 자유를 만끽했다. 꿈을 꾸면서 과거와 현실의 불쾌한 기억을 모조리 상실했다. 내겐 과거 따위는 존재하지 않았고, 현실은 부조리하고 무기력한 일상의 반복에 불과하기에 전혀 매력이 없었다. 꿈은 나를 쫓는 사람들을 피해 달아날 수 있는 일시적이지만 유일한 도피처이자 안식처였다. 오직 미래와 파라다이스만이 펼쳐져 있는 곳. 내 의지가 숨쉴 수 있는 곳. 그런데 오늘, 악몽을 꾸고 말았다. 형벌은 불면의 고통으로도 모자라 내 꿈에까지 침투해 날 괴롭힌다. 꿈이란 것도 과거나 현실로부터 완전히 차단되거나 자유로울 수 없는 것이다. 그렇다면 이것은 고문이다.

나는 죄인이다. 가족에게 상처를 주고 친구를 능멸하고 동료를 배신하고 약혼자를 기만한 죄인이다. 죄인이기에 난 그들로부터 버림받았고 도망을 쳤다. 그리고 그들은 날 버렸으면서도 죄를 묻기 위해 끈질기게 쫓고 있다. 현실은 전혀 내 마음대로 되지 않는다. 내 현실은 모조리 그들에게 저당잡혀 있다. 그런데 유일하게 내 것이었던 꿈마저 그들이 앗아가려 한다. 점거하려 한다. 그 꿈에 내 아픈 과거를, 이물질을 악의 씨앗처럼 심어놓으려 한다. 그건 현실보다 더한 악몽이다. 전지전능할 것 같던 내 의지도 악몽 속에서는 물거품처럼 힘을 잃어버린다. 악몽에서는 내가 아무리 마음을 단단히 먹어도 스토리를 유리한 쪽으로 조정할 수 없다.

나는 다시 눈을 감고 잠을 청해본다. 그러나 시간이 갈수록 정신은 또렷해진다. 수면제라도 털어넣어야 할까. 술을 마셔볼까. 아니다. 그런 건 다 부질없는 짓이다. 술과 수면제는 내 육체와 정신을 병들게만 할 뿐, 조금도 도움될 게 없다는 걸 오랜 경험으로 이미 알고 있지 않은가.

나는 조여오는 급한 마음에 방을 뛰쳐나가 여자에게 간다. 충혈된 눈을 부릅뜨고 여자의 눈을 매섭게 노려본다.

"잠이 오지 않아요. 제발 잠 좀 자게 해주세요. 아니 악몽을 꾸지 않게 해주세요. 당신의 신을 좀 불러주세요."

내 입에서 나도 알 수 없는 말이 꾸물꾸물 흘러나온다. 혹 꿈을 꾸고 있는 것인가. 여기는 꿈속인가. 여자가 나를 똑바로 쳐다보며 큰 소리로 말한다.

"정신 차려요! 난 무당이 아니에요!"

꿈이 아니다.

하루 일과를 마친 도시인들이 쉼 없이 들어오고 또 쉼 없이 나간다. 페인트공 같은 사람, 실연을 당한 것 같은 아가씨, 간밤에 격렬한 섹스를 끝낸 듯한 연인, 부랑자처럼 보이는 노인, 고액 연봉을 받을 것 같은 깔끔한 양복 차림의 회사원. 나와 말을 섞지 않고, 내게 다가와 고단한 속사정을 털어놓지 않고, 또 꿈 얘기도 하지 않는 이상 내가 혹은 그들이 서로에 대해 아는 건 단 하나뿐이다. 모두들 잠을 자기 위해 여기 있다는 것. 그래서 이곳은 질문이 필요 없는 곳이다. 질문이 필요 없어 대답 또한 필요 없는 곳이다. 그래서 말이 없고 소음이 없어 조용한 곳이다. 그래서 잠을 자기에 좋은 곳이다.

피곤에 찌든 그들은 쾌적하고 조용한, 외부의 방해가 없는 일시적인 휴식 공간을 원한다. 아니 휴식을 위한 공간이 아니라 도피처를 원하는 건지도 모른다. 화장실 같은 자기만의 공간. 가족으로부터도 방해받고 싶지 않은 수면의 자유. 삶이 역겨운 현대인에게 잠은 점점 도피의 의미가 되어간다. 어떤 이는 더러 이곳을 마지막 안식처로 선택하기도 한다.

한 달 전, 오십대로 보이는 콧수염을 기른 아저씨가 숨진 채 발견된 적이 있었다. 이마에 주름이 깊게 팬 콧수염은 절망적인 얼굴을 하고 내게 방을 달라고 했다. 표정에서 싸늘한 기운과 암울한 느낌이 전해졌다. 그러자 직감적으로 콧수염의 운명이 보였다. 누구도 막을 수 없고 막아서도 안 되는 운명이었다. 난 콧수염에게 9번 방 열쇠를 주었다. 그런데 콧수염은 재수 없게도 64번 방을 달라고 고집했다. 그 방은 내 방인 63번 방과 마주하고 있는 방이었다.

"방 하나 내 맘대로 고를 권리가 없습니까!"

콧수염은 더욱더 절망적인 표정으로 이곳의 암묵적 규칙인 '정숙'을 깨고 목소리를 높였다. 몇 시간 후면 죽을 사람 부탁 하나 못 들어줍니까! 내게는 그 말이 그렇게 들렸다. 난 더이상 고집을 피우지 않고 64번 방을 내주었다. 마지막인 사람에게도 방은 필요할 것이고, 내가 해줄 수 있는 것은 그것뿐이란 생각이 들어서였다. 그래도 어떻게든 막아보려고 수시로 콧수염을 감시했지만 자신이 감시당하고 있다는 걸 눈치챈 콧수염은 내가 방심한 틈을 타 유서 한 장 남기지 않고 죽은 채로 발견됐다. 사장은 소문이라도 날까봐 전전긍긍하며 시신을 은밀하게 처리했다. 어쩌면 난 자살을 방조했는지도 모른다. 그런데 과연 미래 없는 삶이 죽음과 다를 게 뭐가 있을까. 난 방문을 열고 나와 64번 방과 마주칠 때마다 생각한다. 콧수염이 자살에 실패했다면 콧수염에게 남아 있는 미래는 어떤 의미가 되었을까. 그리고 콧수염이 마지막으로 꾼 꿈은 어떤 색깔이었을까.

남자가 퉁퉁 부은 얼굴로 63번 방에서 나온다. 남자는 곧 쓰러질 것 같은 자세로 소파로 가 털썩 주저앉는다. 남자는 며칠째 잠을 이루지 못하고 있다. 안쓰러울 정도로 고통스러워한다. 며칠 전에는 새벽에 갑자기 스케치북을 들고 방에서 뛰쳐나와 내게 이런 말까지 했다.

"잠이 오지 않아요. 제발 잠 좀 자게 해주세요. 아니 악몽을 꾸지 않게 해주세요. 당신의 신을 좀 불러주세요."

나를 신들린 무당으로 착각한 것 같아 정숙하거나 침묵해야 하는 이곳의 규칙을 깨고, 잠자는 사람들이 모두 깰 정도의 큰 목소리로 말했다.

"정신 차려요! 난 무당이 아니에요!"

남자는 그제야 정신이 번쩍 든 것 같았다. 언뜻 본 스케치북의 그림도 시커먼 게 악몽에 가까웠다. 그 일이 있은 뒤로 남자는 내게 꿈해몽을 의뢰하지 않았다. 굳이 내게 꿈을 털어놓지 않아도 스스로가 더 잘 알고 있을 터였다. 아무리 내용이 좋은 꿈이라도 꾸고 난 뒤 기분이 개운치 않다면 그게 바로 흉몽이다.

무의식의 기억상실인 내가 기억하는 꿈도 모두 흉몽이다. 그 꿈속에는 항상 아버지가 있다. 아버지가 나오는 꿈은 무조건 내겐 흉몽이고 악몽이다. 아버지 때문에 나는 나머지 가족 모두를 덤으로 버렸다. 아버지는 새벽 두세시에 일을 끝내고 집으로 돌아오는 사람이었다. 집으로 들어선 아버지가 제일 먼저 하는 일은 집 안의 방문과 창문을 모조리 열어젖히는 것이었다. 그러고는 나를 비롯해 자고 있는 식구들을 발로 차 무자비하게 깨웠다.

"가장이 들어왔는데 내다보지도 않아!"

그래도 일어나지 않으면 바가지로 물을 퍼 얼굴에 끼얹었다. 하루도 조용히 잠들 날이 없었다. 잠의 평화는 내게 오랫동안 누릴 수 없는 권리였다. 아버지는, 시집 안 갈 거면 나가 살라는 엄마나, 나를 용돈 주는 사람쯤으로 생각하는 동생들보다 더 지겹고 불쾌한 존재였다. 불면의 요소는 무궁무진하고 도처에 널려 있는 법이다. 하지만 누군가로부터 잠의 행복을 빼앗긴다는 건 가장 불행하고 고통스런 일이다. 그게 가족이라면 더욱 치명적이다. 그래서 난 편안한 잠을 찾아 돌아다니다 직장을 때려치우고 이곳에 들어왔다. 한낱 노숙자에게도 잠잘 권리는 있다. 그러나 그건 나만의 안위를 위한 선택이었고 다른 가족에게 불행을 떠넘긴 비겁한 선택이었다. 그 때문에 나는 완전한 자유를 얻지 못했다. 그 부자유는 기억되는 꿈으로 나타나곤 했다. 가끔은 눈을 뜨고도 꿈을 꾼다. 수면실이라는 공간의 특성상 이곳은 너무 조용해 분명 눈을 뜨고 있는데도 잠들어 있다는 몽롱한 착각에 빠져들게 만든다. 그러면 저 수많은 방 어딘가에서 바가지를 든 아버지가 문을 열고 나타나 내게 물을 끼얹을 것만 같다. 꿈에서 아버지를 만나지 않는다면 난 완전히 해방될 수 있다.

그렇다면 남자는 왜 매일 이곳을 찾는 걸까. 나 같은 불행한 사정이 있어 보이지 않았다. 솔직히 난 남자를 이해할 수 없다. 돈을 내고 잠을 자는 이유 말이다. 특별한 이유도 없이 이곳에 묵는 사람들이 종종 있긴 하다. 그러나 남자처럼 출근 도장 찍듯 규칙적으로 찾아오지는 않는다. 집이 없는 것 같지도 않고 그렇다고 직장에 얽매인 사람도 아닌 것 같다. 예술가 특유의 기벽일까. 나는 남자가 얼마 전에 준 목판화를 프런트 서랍에서 꺼낸다. 목판화에는 고시생의 꿈이 새겨져 있다. 자잘한 나무들 한가운데 우뚝 솟아 있는 아름드리나무 한 그루. 나로 보이는 사람이 나뭇가지에 앉아 열매를 따먹고 있다. 몽환적인 아름다움과 고요한 평화가 깃들어 있는 그림이다. 이 목판화에 의하면 남자는 꿈을 목판에 새기는 작업을 한다. 남자에게 꿈은 아주 중요한 창작 소재란 뜻이다. 계속되는 불면과 악몽으로 남자는 지금 창작의 고통에 봉착해 있다. 누구보다 나는 그 고통을 잘 안다.

남자가 시르죽은 표정으로 소파에서 일어난다. 이번에도 내게 다가올까. 남자는 스케치북을 축 늘어뜨린 채 걸어온다. 슬쩍 넘겨본 스케치북에는 아무것도 그려져 있지 않다. 남자는 절망에 빠진 얼굴로 나를 지나친다. 침묵이 대부분인 이곳에서 유일하게 내게 의무적으로 질문을 던지던 남자가 오늘은 입을 꾹 다문 채 스모그 유리문을 열고 나간다. 저 익숙한 얼굴…… 불길한 얼굴이다.

4

판화는 인간의 삶과 닮았다. 꽉 움켜쥔 손안에 그어진 선들, 얼굴에 드리워진 길흉화복, 탄생의 순간 정해지는 사주. 인간은 한번 정해진 그 틀로 쉼 없이 일상을 찍어낸다. 달라지지도 달라질 수도 없는, 똑같은 선과 면 들. 그래서 나는 판화에 꿈을 새긴다. 꿈은 희망이자 미래이고 설렘이다. 지루한 반복은 일상으로도 충분하다.

그런데 나는 계속되는 불면증과 악몽 때문에 며칠째 손을 놓고 있다. 몸은 공중에 붕 떠 있는 것 같고 집중력은 현저하게 떨어져 있다. 눈은 분명 뜨고 있는데 머리는 잠든 것처럼 몽롱하다. 그동안 내가 꾼 꿈들을 목판에 새긴다면 아주 소름 끼치는 작품이 되고 말 것이다. 그걸 종이에 수십 장 찍어내기라도 한다면…… 생각만으로도 끔찍하다. 그렇다고 마냥 손을 놓고 있을 수도 없다. 나는 오늘도 오피스텔을 빠져나간다.

스모그 유리문을 열고 수면 체험실로 들어간다. 프런트 여자가 나를 똑바로 쳐다본다. 며칠 전부터 여자의 시선은 다른 곳을 향해 있지 않았다. 내가 들어오면 자동으로 내 눈을 똑바로 쳐다봐주었다.

"오랜만이에요. 오늘은 좀 늦으셨네요."

오늘은 여자가 예전에 들을 수 없었던 친절한 인사말까지 건네며 열쇠를 내민다. 여자가 먼저 말을 건 게 이번이 처음이다. 난 열쇠를 물끄러미 쳐다보다 말한다.

"오늘은 자러 온 게 아니에요."

"그럼……"

"절 좀 도와주세요."

난 간절한 음색과 눈빛을 곁들여 말한다.

"뭘……"

"아가씨 꿈을 제게 잠시 빌려주세요."

내 말에 여자가 당황해하는 눈치다. 내 꿈이 안 되면 다른 사람의 꿈을 새기면 된다. 저번처럼 여자의 꿈을 목판에 새기면 아마도 좋은 작품이 될 것이다.

"전…… 꿈을……"

여자는 내 얼굴을 쳐다보며 오랫동안 망설인다. 나는 더욱더 간절한 눈빛을 여자에게 보낸다.

"좋아요."

나의 절박함이 통한 걸까. 여자가 어렵사리 승낙한다. 여자의 허락을 받아내자 믿을 수 없게도 갑자기 졸음이 쏟아지기 시작한다. 오랜만에 몰려온 졸음은 황홀하기까지 하다. 난 이 순간을 놓치고 싶지 않다. 그렇다, 여자는 아직도 내게 잠의 여신인 것이다. 여자만은 나를 버리지 않을 것 같아 안심이 된다. 난 프런트에 놓여 있는 따뜻한 열쇠를 꽉 움켜쥔다.

방문을 열고 들어가 침대에 반듯하게 눕는다. 그런데 발치께에 딱딱한 것이 놓여 있다. 판화다. 내가 여자에게 준 그 판화. 이게 왜 여기 있을까. 열매를 먹고 있는 판화 속 여자에게서 익숙한 냄새가 난다. 이 방에서 나던 그 냄새. 나는 냄새에 취하고 잠에 취해 뒤로 쓰러진다. 나는 조그마한 방에 나를 가두고 잠에 나를 가둔다. 그리고 꿈을 찾아 다시 눈을 뜬다. 잠과 꿈은 내가 나를 가두는 자유로운 감옥이다.

잠에서 행복과 쾌감을 얻은 자들, 쾌면을 취하고 나오는 자들의 얼굴은 환하다. 반면 그렇지 못한 자들의 얼굴은 고통으로 일그러져 있다. 수면의 자유, 스스로를 가둘 수 있는 자유마저 박탈당한 그들은 불쌍하고 안쓰럽다. 잠은 왜 꼭 자야만 하는 것일까. 꼭 자야만 함에도 왜 불면의 고통이 생겼을까. 그냥 자게 내버려둘 수는 없는 것일까. 이제는 잠에도 노동에서 요구되는 긴장이 필요해졌다. 잠들기 전의 고된 시간은 하루 중 가장 억압받는 시간이 되어버렸다. 그러나 그들은 알고 있다. 기나긴 억압이 끝나면 자유가 시작된다는 것을. 그래서 그들은 오늘도 참아내고 이겨내어 잠을 쟁취하고 꿈을 꾼다.

시험을 코앞에 두고 있는 고시생은 불안한지 자판기 커피만 연신 뽑아 마시고 있다. 고시생은 새벽에 수시로 일어나 휴게실에서 담배를 피우다 들어가곤 했다. 그럴 때마다 나는 알려주고 싶었다. 당신이 꾼 꿈은 아주 훌륭했다고. 그러니 걱정할 필요가 없다고. 빨간 지갑은 그저께 또 남편에게 진탕 얻어맞고 집을 나왔다. 그러고는 아직도 꿈속을 헤매고 있는 듯한 얼굴로 내게 다가와 주절거렸다. 그럴 때마다 나는 빨간 지갑에게 알려주고 싶었다. 마음을 모질게 먹지 않는 이상 당신은 죽을 때까지 남편으로부터 벗어날 수 없을 거라고. 그러니 내게 더이상 지루한 꿈 얘기를 늘어놓지 말라고. 병든 강아지를 유기한 강아지처녀는 아직도 희망을 잃지 않고 있다. 나는 강아지처녀에게 말해주고 싶다. 강아지가 하늘나라에서 당신을 원망하고 있을 거라고. 불면증과 악몽에 시달리던 63번 방 남자는 며칠째 보이지 않는다. 절망에 빠져 있던 남자의 얼굴이 머릿속에서 지워지지 않는다. 혹시 무슨 일이 일어난 건 아닌지 걱정도 된다. 남자가 나타나면 나는 말해주고 싶다. 적어도 내 앞에서만은 그런 절망적인 표정을 짓지 말라고. 그런 표정을 보고 있노라면 가슴이 무너질 것만 같다고.

무너질 것만 같은 내 심정을 안 걸까. 남자가 스모그 유리문을 열고 나타난다. 지금은 새벽 다섯시. 남자가 매일 찾아오던 그 시간대는 아니다. 남자의 갑작스런 출현이 조금 당혹스러우면서도 반가워 처음으로 내가 먼저 남자에게 말을 건넨다.

"오랜만이에요. 오늘은 좀 늦으셨네요."

그러면서 나는 주머니 속에 넣어두었던 63번 방 열쇠를 꺼내 내민다. 그러나 남자는 열쇠를 덥석 움켜쥐지 않고 멀뚱히 쳐다보다 말한다.

"오늘은 자러 온 게 아니에요."

"그럼……"

"절 좀 도와주세요."

도와달라니 뭘 말인가. 나는 간절해 보이는 남자의 눈을 뚫어지게 쳐다본다.

"아가씨 꿈을 제게 잠시 빌려주세요."

꿈을 빌려달라니, 난 꿈을 꾸지 않는다. 아니 기억하지 못한다. 그런 내가 어떻게 꿈을 빌려줄 수 있을까. 내가 기억하는 그 꿈이라도 빌려 달라는 말인가. 하지만 그 꿈은 내겐 악몽이다. 악몽은 남자의 판화에 새겨서는 안 되는 꿈이다. 남자의 얼굴이 점점 절망의 빛으로 물들어 간다. 그럴수록 내 가슴은 부풀어 터질 것만 같다. 내가 냉정하게 거절 해버리면 남자는 저 절망적인 표정으로 끔찍한 일을 저지를지도 모른 다. 그게 63번 방이 된다면 곤란하다. 나는 나도 모르게 고개를 끄덕 이며 좋다고 말해버린다. 순간 남자의 표정이 노곤하게 풀어진다. 잠 을 자러 온 게 아니라던 남자는 열쇠를 움켜쥐고 63번 방으로 간다.

세상에 꿈은 많고도 많다. 남자는 내 꿈을 빌려달라고 했지만 내가 남자에게 빌려주는 꿈은 모두 내 꿈이 된다. 난 남자에게 다양한 꿈을 빌려줄 수 있다. 이곳에서 사람들은 대부분 침묵하지만 어떤 이는 흔 적처럼 꿈을 남겨놓고 간다. 내가 지금껏 이곳에서 해몽해준 다른 사 람의 꿈만으로도 충분하다. 그리고 이곳에는 칠십 개의 방이 있고 매 일 수십 개의 꿈이 그 방에서 쏟아져나온다. 고르고 골라 아름답고 신 비한 꿈만 빌려줘도 전혀 부족하지 않을 것이다. 남자는 나와 방을 나 눠 쓰는 유일한 사람이다. 그러니 꿈도 나눠 쓰는 사이가 되어도 좋을 것이다.

오전 아홉시, 일을 마칠 시간이다. 그런데 남자는 아직까지도 방에서 나오지 않았다. 오랜만에 단꿈에 젖어들기라도 한 걸까. 나는 남자가 방에서 나오기를 기다리며 프런트 앞을 서성인다. 그러나 남자는 정오가 지나도 나오지 않는다. 남자를 기다리는 동안 졸음이 쏟아져 눈앞이 가물거린다. 너무 피곤해 쓰러질 듯 현기증이 인다. 더이상은 참을 수 없을 것 같다. 나는 주머니에서 따로 복사해둔 열쇠를 꺼내들고 내 방, 63번 방으로 간다.

　문을 열고 안으로 들어간다. 침대에 반듯하게 누워 있는 남자가 어둠 속에서 희미하게 보인다. 남자는 코까지 골며 아주 깊은 단잠에 빠져 있다. 나는 소리나지 않게 조심하며 바닥에 눕는다. 남자와 나는 같은 공간에 누워 있고 같은 시간에 잠을 자려 한다. 남자는 지금 무슨 꿈을 꾸고 있을까? 나는 스르르 눈을 감는다. 스스로 선택한 어둠에 자유와 평화가 깃든다. 나도 이젠 그 속에서 좋은 꿈을 꾸고 싶다. 꾼 꿈을 선명하게 기억하고 소유하고 싶다. 그래서 남자에게 다른 사람 꿈이 아닌 오롯이 내 꿈을 빌려주고 싶다. 내 꿈이 판화에 새겨지고 수십 장씩 찍히면 기분이 어떨까. 오늘은 왠지 편하게 잠이 들 것만 같다. 그리고 남자와 같은 꿈을 꿀 것만 같다.

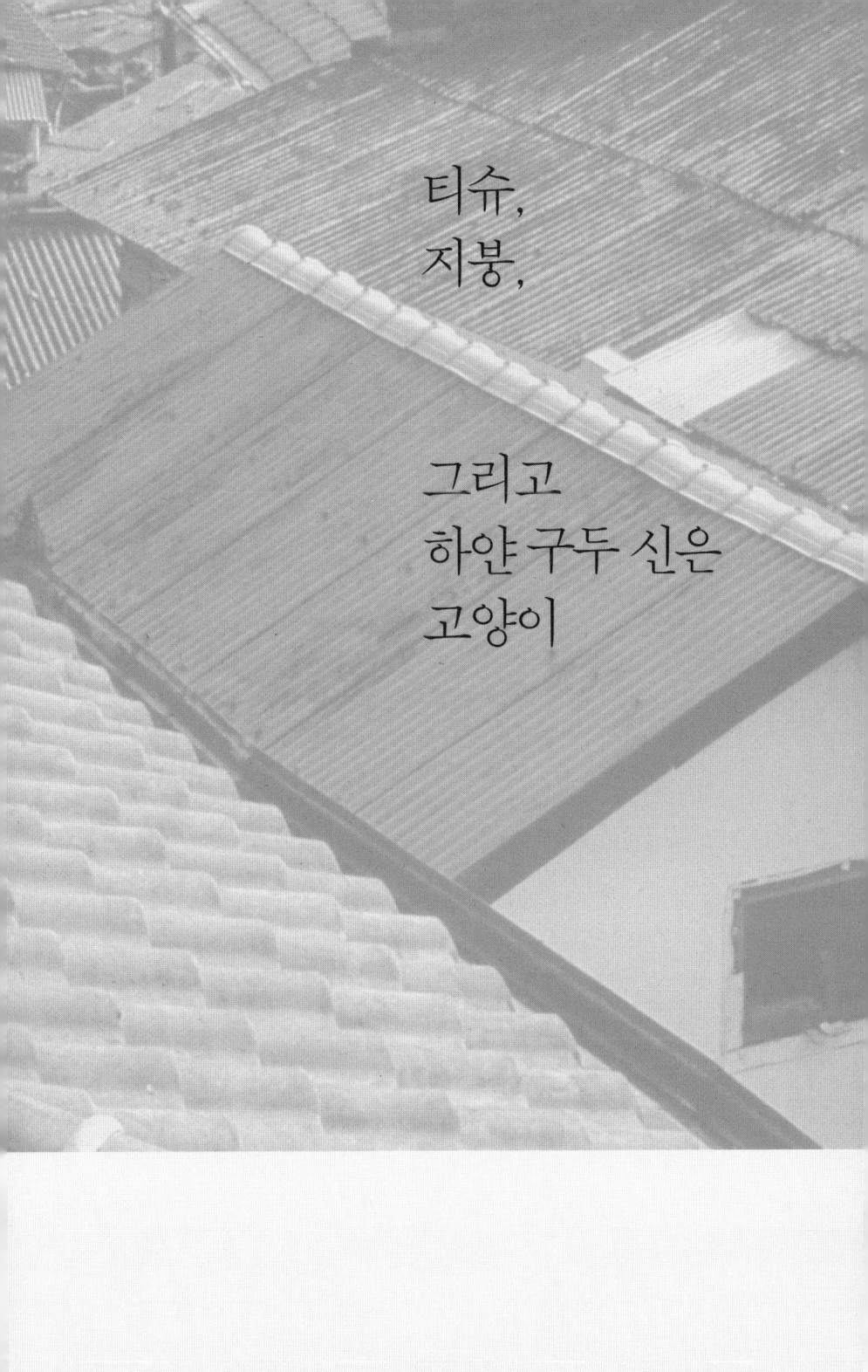

티슈,
지붕,

그리고
하얀 구두 신은
고양이

고개를 떨군 채 지붕에 앉아 있을 때, 새털처럼 가벼운 티슈 한 장이 내 손등으로 떨어졌다.

그것은 여자의 피부처럼 하얗고 부드러웠으며 거북하지 않을 만큼의 향기를 품고 있었다. 주유소에서 서비스로 찔러주는 질 나쁜 티슈가 아니란 것쯤은 금방 알 수 있었다. 대체 어디서 날아온 걸까. 고개를 들어 주변을 두리번거렸다. 때마침 티슈 세 장이 새처럼 날개를 퍼덕이며 하늘에서 내려오고 있었다.

나는 자리에서 일어나 티슈가 각각 어디로 떨어지는지 지켜봤다. 한 장은 광장의 녹음 짙은 느티나무 우듬지에, 또 한 장은 주차된 자동차 사이드미러에, 마지막 한 장은 만화책을 보며 걷고 있던 초등학생 가방 위로 살포시 내려앉았다. 티슈가 떨어지는 속도와 위치는 모두 제각각이었다.

티슈는 아주 깨끗해서 다른 용도로 얼마든지 쓸 수 있었다. 나는 부드러운 그것으로 눈가에 어룽진 눈물 자국을 닦아냈다. 그때 문득, 내가 울고 있는 걸 누군가 본 게 아닐까 싶어 다시 하늘을 올려다봤다. 티슈는 고층 아파트에서 떨어진 게 분명했다. 이 근방에서 가장 높은 건물은 얼마 전 입주가 시작된 십육층짜리 아파트뿐이었다.

유명 남자 연예인이 광고모델로 나오는 브랜드 아파트가 들어서기 전, 그 터에는 앉은뱅이처럼 낮은 집들이 옹기종기 모여 있었다. 아버지는 이번에도 남루한 사람들이 살던 그 땅을 건설업체에 팔아 상당한 돈을 벌어들였다. 입주 전 아파트에는 암흑만이 거주했지만 지금은 별빛과 경쟁이라도 하듯 저녁이면 불빛이 유난히 반짝거렸다. 허공의 빛이 늘어날수록 아버지 소유의 땅은 줄어들었다. 그렇다고 아버지가 인근 최고 부자 자리를 잃은 건 아니었다. 아버지는 죽어서 하늘나라에 가더라도 부자일 것이다.

나는 쭈글쭈글 주름진 티슈를 담장 밖으로 던져버리고 다시 지붕에 앉아 맥주캔 하나를 땄다. 미지근한 맥주는 맛이 없었고 맛동산 봉지에는 땅콩 부스러기만 남아 있었다. 점심때가 됐는지 출출해지기 시작했다. 나는 모자를 쓰고 마당에 어머니가 있는지 살핀 뒤 철제 사다리를 타고 아래층으로 내려와 무사히 밖으로 빠져나갔다.

마트에 들러 차가운 맥주와 오징어를 사고 점심으로 먹을 김밥과 만두를 주문했다. 주문한 음식이 나오길 기다리는 사이 내 옆에 서 있던 늙은 여자가 힐끗거리며 혹시, 최사장네 막내아들 아니냐고 물었다. 모자챙을 내리누르며 사람 잘못 본 것 같다고 말했는데도 늙은 여자는 끈질기게 얼굴을 확인하려 들었다. 귀찮아진 나는 주문한 음식을 취소하고 마트를 나와 베이커리에 들러 치즈버거 두 개와 샌드위치를 샀다.

대문 틈으로 화분에 물을 주고 있는 어머니가 보였다. 어머니가 집 안으로 들어갈 때까지 기다리며 담벼락에 기대어 담배를 피웠다. 담 위로 모락모락 올라가는 담배연기를 봤는지 어머니가 현관문을 열고 들어가는 소리가 들렸다. 어머니는 현관문을 세게 닫는 것으로 나 들 어간다, 라고 말을 하고 있었다. 나는 그 틈을 놓치지 않고 마당을 지 나 지붕으로 다시 올라갔다.

어머니는 요즘에서야 내 생활방식을 이해하는 것 같았다. 한번은 이 층 다락방과 지붕에서만 지내는 내가 마뜩잖아 사다리를 치운 적이 있 었다. 그것을 없애면 아들이 계단을 타고 내려와 현관문을 이용할 거 란 생각에서였다. 아마도 어머니는 내게 정상적인 입구와 출구를 찾 아주고 싶었으리라. 그런데 나는 어떻게 행동했던가. 나는 의지가 확 고하다는 걸 보여주고자 지붕에서 과감히 뛰어내렸다. 배가 무척 고픈 터라 떨어져 죽으나 굶어 죽으나 매한가지 상황이기도 했고, 높은 데 서 뛰어내리면 키가 자란다는 친구 말에 속아 죽을 뻔했던 유년 시절 이 그리워 다시 시도해보고도 싶었다. 다행히 이를 악물고 추락한 덕 에 파스를 붙이는 정도의 가벼운 타박상만 입었다. 그후 어머니는 더 이상 어떤 것도 강요하지 않았다. 어머니는 사다리를 조용한 새벽에 다시 갖다놓았고 방문을 두드리는 일도 하지 않았다. 오히려 지금은 어머니가 내 눈치를 살피며 지내고 있었다. 어머니한테는 늘 미안하지 만 당분간은 얼굴을 마주치지 않는 게 서로에게 좋을 듯싶었다.

오늘도 같은 시간에 하얀 티슈가 공중에 흩날렸다. 벌써 오 일째였다. 이번에는 바람이 불지 않아 나한테 도달한 티슈는 없었지만 전보다 더 많은 티슈가 날리고 있었다. 아무것도 아님에도, 그것은 아름다운 장관을 연출하고 있었다. 지나가던 아파트 사람들이 모두 걸음을 멈추고 얼굴을 찌푸려 뜨거운 하늘을 올려다봤다. 그들의 관심은 티슈가 아니라 누가 어디서 저런 휴지 조각을 떨어뜨리는지에 있는 것 같았다. 단 한 사람도 티슈를 잡으려고 팔을 뻗지 않은 걸 보면 알 수 있었다. 그러나 내게는 바닥으로 무심히 떨어지는 티슈가 아깝게만 느껴졌다. 깨끗한 티슈는 더러워지면 못 쓰게 되는 게 아닌가.

어디선가 허둥지둥 달려나온 경비가 집게와 쓰레받기를 들고 광장에 널린 티슈를 한 장 한 장 집어올렸다. 그것은 하늘에 떠 있는 순간에는 하얀 새들이 날갯짓하는 것처럼 보였지만 길바닥이나 먼지 쌓인 나무에 걸려 있자 쓸모없는 쓰레기가 되었다. 가치의 변화란 그렇듯 순식간에 찾아왔다. 브랜드 아파트의 이미지 훼손을 우려해선지 경비는 부지런히 티슈를 쓸어담았다. 그때 나는 아파트에서 막 떨어지는 티슈 한 장을 발견했다. 누군가가 팔을 조금 내밀어 티슈를 떨어뜨리는 순간을 찰나적으로 목격한 것이었다. 재빨리 그 지점을 포착해 층수를 알아냈다. 십사층이었다. 경비가 티슈를 줍기 위해 우리 집 담 옆에 주차된 자동차로 다가왔을 때 물었다.

"대체 누가 티슈를 떨어뜨린답니까?"

"글쎄, 저도 아직은 모르겠습니다. 철없는 아이의 장난이겠지요."

조금 여유롭게 대답하는 경비한테 십사층이라고 말해주려다 관뒀다. 여유가 있어 보여 굳이 알려주지 않아도 될 것 같았다. 경비는 티슈보다 지붕에 앉아 치즈버거를 먹고 있는 내 상황이 더 궁금한 눈치였다. 나는 다시 아파트를 올려다봤다. 경비의 생각처럼 철없는 아이의 장난은 아닌 것 같았다. 단순한 장난이라면 철 있는 어른에 의해 한번쯤은 제지당했을 테고, 무엇보다 방금 봤던 그 묵직한 손은 분명 어른의 것이었다.

나는 티슈를 날려보내는 사람이 막연하게, 여자일 거라는 생각이 들었다. 티슈는 남자보다 여자에게 더 친근한 물건이 아닌가. 그렇다면 여자는 왜 티슈를 날려보내는 것일까. 높은 곳에서 떨어지는 그것은 집 안 어딘가에 얌전히 놓여 있을 때와는 다르게, 분명 생경하고 특별하게 느껴졌다. 여자도 혹시 그 점을 노린 걸까. 여자의 행동에 어떤 메시지가 담겨 있는 건 아닐까. 나는 치즈버거를 한입 베어물며 티슈여자 생각에 골똘히 빠져들었다.

그때 치즈버거 빵 틈새에서 빠져나온 토핑과 소스가 미끄럼 타듯 정강이를 타고 발등까지 흘러내렸다. 투덜대며 닦아낼 만한 것을 찾았지만 주변에 널려 있는 거라고는 비닐로 된 빠닥빠닥한 과자봉지뿐이었다. 할 수 없이 손으로 대충 걷어낸 뒤 기왓장 모서리에 대고 다시 긁어냈다. 그러나 끈적끈적한 소스는 흙먼지와 함께 이미 다리털과 손에 지저분하게 엉겨붙어 있었다. 부드럽고 흡수력 뛰어난 티슈 한 장의 간절함에 양손을 엉거주춤 벌린 채 여자의 아파트를 쳐다봤다. 티슈에 물이 스며들듯 티슈여자가 어느새 내 일상으로 스며들어온 기분이었다.

어제저녁부터 내린 비가 지붕을 반질반질 적셔놓고 있었다. 빗물은 완만한 지붕 경사면을 타고 조용히 흘러내렸다. MP3 이어폰을 귀에 꽂고 창틀에 걸터앉아 조용히 눈을 감는다. 집으로 돌아온 지도 벌써 두 달이 돼가고 있었다. 그사이 꽃샘추위는 물러갔고 계절은 봄을 건너뛰어 곧바로 여름이 되었다. 계절도 그렇게 순식간에 변화를 거듭하건만 나의 다락방은 삼 년 전과 달라진 게 하나도 없었다. 어머니는 내가 다시 돌아오리라는 걸 점치고 있었던 사람처럼 물건을 치우지 않고 그대로 놔두었다. 한눈에 봐도 방이 매일 관리되어왔음을 알 수 있었다.

명절 때마다 그녀와 함께 집에 내려와서도 나는 이 방에 들어온 적이 없었다. 원래 창고로 쓰던 다락방인데다, 결혼과 동시에 떠난 방이니 본래 용도로 돌아가 있을 거라 생각했고, 더이상 머물지 않을 곳이라 단정하니 한때 품었던 특별함마저 사라지고 없었다. 한 시절 내가 살았던 공간에 대해 그녀가 조금이라도 궁금해했다면 한번쯤 올라와봤을 테지만 그녀는 시종 무관심으로 일관했다. 그건 이상한 일이었다. 아니, 결혼 전에도 궁금해하지 않았으니 굳이 이상하다고 생각할 것도 없었다.

그러고 보면 어머니는 참 현명하다. 아주 많은 것이 변해 돌아온 내게, 아무것도 변한 게 없는 이 방은 어색하고 낯선 시간의 다리를 건널 수 있게 해주고 있으니 말이다. 그동안 내게 벌어진 일들을 의외로 빨리 잊을 수 있었던 건 적어도 이 방에는 그 낯선 시간이 존재하지 않았기 때문인지 모른다.

천신만고 끝에 딸 다섯을 낳고 아들을 본 어머니는 날 항상 품에 끼고 살았다. 그 때문에 초등학교를 졸업할 때까지도 내 방은 없었고, 나는 늘 어머니 아버지 사이에서 잠이 들었다. 어엿한 내 방이 생긴 건 중학교에 들어가고 나서부터였다. 어머니는 이층 지붕으로 나 있는 다락 한쪽에 화장실을 내고 침대와 책상을 들여 사춘기에 접어든 내게 방을 만들어주었다. 그러나 콩나물처럼 쑥쑥 자라는 키가 낮은 천장을 감당 못 하자 방보다는 지붕에서 보내는 시간이 많아졌다. 지붕은 어둡고 텁텁한 다락방에 비해 쾌적한 공기와 따뜻한 햇볕이 넘쳐나는 낭만의 장소였다. 나는 지붕에 반듯하게 누워 주로 음악을 듣거나 책을 읽었고, 밤에는 찬바람을 맞아가며 바이올린을 켜거나 천체망원경으로 별자리를 찾았다. 비가 오는 날에는 창턱에 앉아 손바닥으로 빗물을 받아마셨고 겨울이 되면 지붕 끝에서 자라나는 고드름을 따먹었다.

지붕은 내게 안전한 도피처이기도 했다. 아버지에게 혼날 때마다 쥐새끼처럼 창문을 넘어 지붕으로 달아나면 승리는 항상 내 것이었다. 고소공포증이 있는 아버지가 나를 두들겨패려고 야구방망이를 들고 쫓아오다 지붕에서 떨어진 뒤로, 그곳은 누군가를 피해 달아나기에 더없이 안전한 장소가 되었다.

지난 시절의 지붕은 다시 돌아온 내게 여전히 무소불위의 장소가 되어주었다. 그녀와 헤어지고 억수같이 퍼붓는 비를 쫄딱 맞으며 다락방으로 돌아오던 날, 나는 방문을 잠가버렸다. 어머니 아버지에게 인사 한마디 없이 시작된 이 철없는 행동은 아직까지도 계속되고 있었다. 어머니가 얘기 좀 하자며 방문을 수없이 두드렸지만 난 열지 않았다. 아니, 열 수 없었다. 어렸을 때 나의 잦은 단식투쟁을 막기 위해 방문 밑에 뚫어놓은 배식 구멍으로 그때처럼 어머니가 밥을 밀어넣어주었지만 나는 먹지 않았다. 아니, 먹을 수 없었다.

MP3에 저장된 서른아홉 곡의 가요가 끝나자 눈을 슬며시 뜬다. 그때까지도 비는 그치지 않았고, 세찬 빗소리가 음악을 대신해 귓속으로 스며들어왔다. 이젠 비가 오면 그녀와 헤어져 집을 나오던 그때가 떠오른다. 그녀가 그날 우산만 챙겨줬어도 비 맞은 몸이 그렇게까지 아프지는 않았을 것이다. 나는 그녀가 뒤늦게라도 쫓아나와 내 손에 우산을 쥐여줄 거라 기대했었다. 그러나 뒤돌아본 그곳에는 빗줄기만 하얗게 쏟아져내리고 있었다.

나는 이어폰을 빼고 끄물끄물한 하늘을 올려다본다. 침침한 눈과 빗물 사이로 하얀 티슈가 흩날리고 있는 게 보인다. 티슈는 비 때문에 멀리 날아가지도 못하고 빠른 속도로 추락하고 있었다. 바닥으로 떨어진 티슈는 금방 흐물흐물 갈라지고 찢어지더니 형체를 알아볼 수 없을 만큼 투명하게 녹아버렸다. 그때 내 귀로 또다른 가녀린 소리가 스며들어왔다.

비를 쫄딱 맞으며 그날 지붕에 앉아 있던 것은 도둑고양이였다. 녀석은 고양이 특유의 안정된 자세에 도도한 자태까지 더해 도둑고양이 같지 않은 품위를 내뿜고 있었다. 사람을 두려워하는 보통의 고양이와 달리 녀석은 내 앞에 드러누워 유혹하듯 갖은 애교를 부려댔다. 고양이의 그런 행동은 친근감의 표현이라고 어떤 책에서 읽은 기억이 났다. 정통 도둑고양이 출신이 아닌, 한동안 사람 손에 키워졌다 버림받은 불운한 고양이임에 틀림없었다.

고양이 몸은 전체적으로 검은 털로 뒤덮여 있었지만 목덜미와 네 개의 발끝만은 하얬다. 그래서 마치 목에는 고급 캐시미어 목도리를 두르고, 발에는 하얀 구두를 신고 있는 것처럼 보였다. 지붕에 서서 가느다란 눈으로 어딘가를 날렵하게 응시할 때는 귀족 같은 풍채가 더욱 돋보였다.

먹고 남은 음식을 몇 번 던져주자 하얀 구두는 지붕 한쪽을 아예 자신의 보금자리로 삼아버렸다. 담과 지붕을 가뿐하게 넘나드는 하얀 구두는 높은 곳을 두려워하지 않았다. 균형감각이 발달된 녀석은 지붕에서 추락하더라도 아버지처럼 되지는 않을 것이다. 아버지는 나를 잡으려다 지붕에서 떨어진 뒤로 병원 치료를 여러 번 받아왔다. 요즘은 노환까지 겹쳐 어머니 도움 없이는 화장실 가기도 힘든 신세가 되었다. 아버지는 그 때문에 태어나지 말았어야 할 놈이 태어나 당신 인생을 망쳐놨다며 가시 돋친 눈으로 날 쳐다봤다. 하나같이 똑똑하고 야무진 다섯 딸들에 비해 의지가 박약하고 뭐든 제멋대로인데다 재산만 축내는 나는 아버지에게 골칫덩어리였다. 몇 년 전부터는 당신이 죽으면 재산은 다섯 등분으로 나누라고 어머니에게 입버릇처럼 얘기해오고 있었다.

내가 하는 일은 뭐든 탐탁지 않게 생각하는 아버지는 그녀와 결혼하겠다고 했을 때에도 어디서 며느리 노릇 못 할 계집을 데려왔느냐며 노골적으로 반대했다. 나보다 네 살이나 많다는 것도 문제였다. 최 사장네 외아들이 이혼당하고 집으로 돌아왔다는 소문이 나도는 요즘, 아버지는 당신에게 닥친 운신의 어려움을 못내 다행으로 여겼으리라. 물론 나는 그 소문처럼 이혼당했다고 생각지 않는다. 더 나은 미래를 위해 서로를 놔준 것뿐이었다. 그러나 아버지는 그녀에게 애인이 있었으니 이혼을 먼저 요구한 것도 그녀일 거라고 단정지었다. 그리고는 소문대로 계집한테 이혼까지 당한 형편없는 놈으로 여겨버렸다. 어머니와 아버지는 이혼사유가 무엇인지 구체적으로 알지 못했다. 어머니가 다락방 문을 수없이 두드렸던 것도 그 이유를 소상히 듣고 싶어서였을 것이다.

사흘 동안 쉬지 않고 내리던 비가 멈추고 햇볕이 과자처럼 바삭바삭 비치던 날 티슈가 또 흩날렸다. 날씨가 맑아지자 그 양은 세 배로 늘어나 있었다. 유유히 떨어지는 그것은 유난히 짙은 하늘 때문에 구름 덩어리처럼 보였다. 양이 너무 많아 그냥 바라보고 있기가 아까워 담장을 넘어 아파트 광장으로 달려갔다. 경비 아저씨가 거둬가기 전에 서둘러야 했으므로 이리저리 날뛰며 최대한 많은 양의 티슈를 낚아채려고 진땀을 흘렸다. 그러나 의외로, 그것은 럭비공처럼 어디로 튈지 모르는 성질을 갖고 있어서 생각만큼 녹록지 않았다. 그 때문에 바닥으로 무참히 떨어진 것도 많았고 장난기 많은 바람이 먼 곳으로 데려가버린 것도 상당했다. 약 올리듯 어떤 것은 땅에 닿았다 다시 하늘 높이 솟구쳐오르기도 했다. 티슈를 낚고 있을 때 십사층 여자가 나를 본 것도 같았지만 개의치 않았다. 아파트 경비처럼 쓰레기 취급하지 않고 누군가가 티슈를 가져가주길 여자도 바라고 있을 것 같아서였다. 나중에는 내 행동이 여자가 진정 원하던 것인지도 모르겠다는 생각이 들자 스스로 자랑스럽기까지 했다. 흠결 없는 물건은 남에게 유익함을 줄지언정 피해를 줄 수는 없는 것이다.

그리고 보니 티슈는 가볍지만 아주 다양한 용도로 쓰이는 물건이었다. 화장을 지우거나 고칠 때, 눈물을 닦을 때, 사랑을 끝낸 후 사랑의 흔적을 닦을 때, 물건에 쌓인 먼지를 닦을 때, 화장실에서 일을 보고 뒤처리를 할 때, 식사를 마치고 입술을 정리할 때, 그리고 여성들이 손수건 대용으로 가방 속에 소지하는 것. 어쩌면 그것은 매일 밥을 먹듯 매일 쓰는 물건임에도, 참을 수 있는 한도를 넘어 그 무감각할 만큼의 허무한 가벼움 때문에 사람들이 하찮게 생각하는 것인지도 몰랐다. 급하게 쓸 일이 있을 때만 존재 가치를 한번씩 떠올리게 되는 그것은 그래서 진정 슬픈 물건인지도 몰랐다. 사람들의 사연 어디쯤에서 없어서는 안 될 엑스트라이자 막이 내리면 누구도 기억하지 않는 비운의 그것, 용도가 끝나면 쉽게 버려지듯 쉽게 잊히는 물건.

나는 티슈를 손에 잔뜩 들고 지붕으로 올라왔다. 하얀 구두가 바람이 데려온 티슈 한 장을 나비라도 되는 양 잡으려고 앞발을 휘저었다. 티슈는 고양이의 하얀 발끝에 걸렸다가 우산 모양을 그리며 지붕 아래로 떨어졌다. 하얀 구두가 안타깝다는 듯 고개를 쭉 내밀어 그것을 갸우뚱 지켜봤다.

티슈를 무릎에 올려놓고 한 장 한 장 정리하다 무언가가 묻어 있는 티슈 세 장을 발견했다. 한 장은 물에 젖어 쭈글쭈글해진 티슈였고, 나머지 두 장에는 사각 모서리에 아주 연한 연분홍빛 입술 자국이 찍혀 있었다. 물 묻은 티슈야 비가 왔으니 물기 있는 곳에 닿아 생긴 흔적일 수 있었다. 그러나 립스틱 자국은 우연일 수 없었다. 게다가 일부러 찍어놓은 듯 입술 자국은 흐트러짐 없이 뚜렷했고 티슈 또한 구김이 없었다. 막연히 여자라고 생각했던 추측이 확실해지는 것 같아 갑자기 기분이 상큼해졌다.

나는 립스틱 자국에 살며시 코를 대 냄새를 맡아본 뒤 입술을 그 위에 포갰다. 부드러운 감촉과 함께 화장품 냄새가 은은하게 번지자 마치 진짜 입술을 맞대고 있는 느낌이었다. 낯선 여자와 몰래 키스를 하는 것처럼 심장이 조금 두근거려 나중에는 으흐흐, 하고 어깨까지 추어올리며 웃었다. 여자가 혹 이 장면을 목격한다면 기분이 나쁠까? 나는 정리한 티슈를 반으로 접어, 읽고 있던 『참을 수 없는 존재의 가벼움』에 책갈피처럼 끼워뒀다. 양이 상당히 많아 그렇지 않아도 두꺼운 책이 이스트를 넣은 빵처럼 부풀어올랐다. 왠지 아버지가 부럽지 않을 만큼 부자가 된 기분이었다.

김치 한 봉지와 컵라면, 그리고 하얀 구두에게 줄 꽁치 통조림을 사들고 지붕으로 올라왔다. 깡통에서 꽁치 두 토막을 건져 그릇에 놔주자 녀석은 우아한 자세로 걸어와 얌전히 식사를 했다. 며칠 동안 관찰해보니 녀석은 굉장히 겁이 많은 성격이었다. 사람보다 고양이나 개를 더 두려워했고 스스로 먹이를 찾아다닐 줄도 몰랐다. 심지어는 쥐가 나타나도 놀라서 몸을 사렸다. 버려진 지 얼마 안 되어서 어떻게 살아가야 하는지 방법을 터득하지 못한 것 같았다. 사람을 무척이나 잘 따르는 녀석을 왜 버렸을까. 어쩌면 그래서 더 쉽게 버릴 수 있었던 것인지도 모르겠다. 고양이는 본능적으로 독립성이 강한 동물이니 녀석도 곧 자유로운 도둑고양이 생활에 익숙해질 것이다.

나는 컵라면 뚜껑을 열고 라면을 먹기 시작했다. 고양이의 독립성을 생각하다 어느새 생각은 그녀에게로 옮겨가고 있었다. 지금 생각해보면 고양이를 닮은 그녀였다. 처음에 그녀가 나를 떠나겠다고 했을 때 그녀의 유별난 독립성이 결국 문제를 일으키고 말았다고 생각했다. 혼자서도 잘 살 수 있는 여자니 내가 더이상 필요 없어진 거라고, 그녀라면 충분히 그럴 수도 있겠다고. 자유롭고 독립적인 성격의 그녀는 평소에도 누군가와 잘 어울리지 못했다. 다른 사람이 하는 일에는 도통 관심이 없었고 그 특유의 무관심은 나와 연애를 하는 동안에도 계속되었다. 그녀는 내가 좋아하는 것이 무엇이고 싫어하는 것이 무엇인지 궁금해하지 않았다. 그리고 내가 그녀를 얼마나 사랑하는지도. 이상한 건 그때의 나는 그 점에 대해 불만이 전혀 없었다는 것이다. 그저 나보다 나이가 많다는 이유에서 비롯된 감정의 절제라 생각했고, 그녀의 시니컬함은 오히려 매력으로 다가왔다.

결혼을 해서도 그녀의 고양이 습성은 변하지 않았다. 부모님과 함께 사는 걸 원치 않은 건 물론이고, 그녀는 자신을 소개할 때 '집사람'이나 '아내'란 말을 쓰지 말아달라고 부탁했다. 당시 나는 그녀가 나이가 많다는 사실에 생각보다 심한 콤플렉스를 가지고 있어서 그런 요구를 해온 거라 생각했다. 그렇다면 그녀 입장에서 '아내'란 호칭은 충분히 나이들어 보일 수 있었다. 그녀의 부탁대로 결혼 후에도 여자친구라고 부른다면 늘 새롭고 특별한 관계가 유지될 것도 같았다. 결혼했다는 사실을 숨길 필요도 없지만, 그렇다고 굳이 드러내고 살 필요 또한 없는 것이다.

그런데 어느 날 침대에 누워 어둠을 용기 삼아 이유가 뭐야? 라고 장난스럽게 물었을 때 그녀는 의외의 대답을 했다. 누군가에게 영원히 종속되어버린 것 같아서, 왠지 자유롭지 못한 느낌이 들어서 싫어! 눈이 되려다 만 겨울비가 내리던 날이라 그녀의 말은 유난히도 차갑고 냉정하게 들렸다. 나는 침대에서 일어나 불을 켜려고 했지만 그녀가 옆으로 돌아눕는 바람에 타이밍을 놓쳐버렸다. 나 또한 그녀의 독립적인 성향이 빚어낸 독특한 사고방식이라 여기며 옆으로 돌아누웠다.

그러나 지금 생각해보면 그녀는 나와 결혼한 순간부터 헤어질 준비를 하고 있었던 듯했다. 진정으로 자신을 '아내'라고 불러줄 사람, 자유와 독립을 반납하고 '종속'되고 싶은 단 한 사람을 간절히 원하고 있었던 것이었다. 그녀와 삼 년을 살았지만 난 늘 혼자였기에 그녀가 떠난 지금도 결락감이 느껴지지 않았다. 그렇다면 그건 그녀의 의도된 배려였을까.

그릇을 깨끗하게 비운 하얀 구두가 옆으로 다가와 가느다란 목소리로 애교를 떨었다.

"너 같은 고양이들도 자유를 버리고 싶을 때가 있을까?"

하얀 구두가 뜻을 알 수 없다는 듯 내 얼굴을 찬찬히 쳐다보며 고개를 갸웃거렸다. 그때 손등으로 빗방울이 떨어지기 시작했다. 여름인데도 왠지 차갑게 느껴지는 비였다.

아파트 경비는 아직도 티슈가 어디서 떨어지는지 알지 못했다. 경비란 직업이 생각만큼 한가한 직업이 아니라서 나처럼 가만히 앉아 현장을 잡아낼 수 없는 모양이었다. 사람들이란 한곳에 머물지 않고 끊임없이 움직여야만 먹고살 수 있으니 이 근방에서 백수는 티슈여자와 나뿐인 것 같았다.

그런데 요 며칠 사이 여자는 조금씩 움직이고 있었다. 그 이동경로라고 해봐야 아파트 내부에 불과했지만 십사층에서 높아지기도 하고 다른 라인으로 옮겨가기도 했다. 변화는 위치뿐만이 아니었다. 여자가 떨어뜨리는 티슈에도 약간의 변화가 생겼다. 바로 색깔이었다. 한동안 여자는 무늬 없는 흰색 티슈만 고집했었는데 이제는 색깔과 무늬가 들어간 티슈를 날려보내고 있었다. 그래서인지 여성적인 색채가 물씬 풍겨났다.

그러나 진짜 중요한 변화는 따로 있었다. 평상시처럼 공짜로 얻은 티슈를 한 아름 품에 안고 지붕으로 올라와 정리하던 중 그것을 발견했다. 여자가 티슈에 짧은 문장 몇 개를 볼펜으로 적어놓은 것이었다. 그냥 장난삼아 적어놓은 것인지, 나를 의식해 적어놓은 것인지는 알 수 없지만 글이라는 건 소통의 실마리를 제공하기도 하는 것이니 지나칠 수 없는 중요한 단서였다. 상당히 곱고 예쁜 글씨체로 쓰여진 문장들은 이러했다.

나한테 무슨 문제가 있는지 모르겠다.
Please Please.
아무도 모른다.

즉흥적으로 생각난 문장을 생각 없이 적었다고 하기에는 문장에서 공통적으로 어떤 절박함이 묻어났다. 물론 절박함이 여자와 직접 연관되어 있다고 확신할 수 없지만 티슈를 떨어뜨리는 독특한 행위를 보면 단순하게 넘길 일도 아닌 것 같았다. 여자한테 무슨 일이 벌어지고 있는 걸까. 그리고 제발 제발, 하며 간절히 바라고 있는 건 무엇이며 자신만이 알고 있다는 건 또 뭘까.

그 문장들은 무수한 상상 속으로 나를 몰아넣었다. 여자는 아파트에 갇힌 채 한 남자에게 짐승 취급을 받으며 살고 있다. 그래서 누군가로부터 도움의 손길을 요청하고 있는 것이다. 티슈로 일단 가볍게 관심을 유발시킨 후 자신의 애타는 메시지를 전하려는 계획일지도 모른다. 아니면 돈 많고 고상한 여자가 너무도 심심해서 나 같은 무료하고 목마른 사내를 꼬시기 위해 창의적인 퍼포먼스를 벌이고 있는 것일까. 그도 아니면 진짜 미친 사람의 의미 없는 소행에 말려들어 내가 맞장구쳐가며 흥미를 보이고 있는 것인가. 어느 것도 정답이 될 수 있지만 또 어느 것도 오답이 될 수 있었다.

　어쩌면 여자가 원하는 건 의외로 단순한 것일지도 모른다. 주유소나 유흥지, 학교 교문 앞에서 사람들에게 공짜로 나눠주는 홍보용 티슈처럼 별 의미 없는 것 말이다. 단지 다르다면 여자는 부득이한 사정으로 높은 곳에서 한 장씩 날려보내고 있다는 것이다. 그러니 필요한 사람은 조금만 수고하여 능동적으로 가져가라는 뜻일지도 모른다. 여자가 그로써 홍보하려는 건 글쎄, 외로움이나 자신의 답답한 마음의 한 자락을 보여주려는 것일까?

　나는 복잡한 머리를 뒤로하고 지붕에서 일어나 아파트에서 떨어지고 있는 티슈를 오랜만에 가만히 지켜만 봤다. 사람들은 이제 조금씩 그 광경에 익숙해진 듯했고, 나 말고도 티슈에 관심을 보이는 사람들도 생겨났다. 아이들은 누가 더 많은 티슈를 잡나 경쟁을 벌였고, 곱게 단장하고 외출중이던 아가씨는 티슈를 낚아채 에나멜 구두에 광을 냈으며, 아이 엄마는 아이 입가에 묻은 아이스크림과 콧물을 닦아주었고, 더벅머리 사내는 티슈를 주워다 사이드미러에 묻은 빗물을 닦아냈다. 어떤 이는 자기 가슴으로 우연히 날아든 티슈를 그냥 주머니 속에 구겨넣고 가던 길을 마저 재촉하기도 했다. 사람들은 지금 여자가 걸어놓은 마법에 걸려들어 그녀가 바라던 대로 어떤 미션들을 한가지씩 수행하고 있는 것 같았다.

나는 방으로 들어와 『참을 수 없는 존재의 가벼움』을 펼쳐 두툼한 티슈를 꺼냈다. 이 많은 걸 언제 다 쓴담. 그러나 용도가 무궁무진하니 금세 유용하고도 적절하게 소비할 수 있을 것이다. 창문에 묻은 얼룩도 제거하고 하얀 구두 눈곱도 떼어주고 내 눈물도 닦고, 외로운 저녁에는 내 파트너가 되어 깔끔하게 뒷마무리를 해줄 수도 있을 것이다. 그때는 특히나 티슈여자가 생각나겠지.

모처럼 비가 내리지 않아 책으로 얼굴을 덮고 지붕 위에서 자고 있을 때였다. 옆에서 곤히 낮잠을 자고 있던 하얀 구두가 별안간 잠에서 깨어나 내 팔을 무참히 짓밟고 지붕 끝으로 잽싸게 달아났다. 나 또한 놀라서 자리에서 벌떡 일어났다. 얼굴을 덮고 있던 책이 기왓장을 타고 돌돌돌 떨어졌다. 지붕 아래로 고개를 내밀었을 때 커다란 돌멩이가 기습적으로 날아와 머리를 정통으로 맞췄다. 그러고는 연달아 돌멩이 세 개가 더 날아왔다. 아버지였다.

아버지는 목발을 짚은 채 정원에서 힘겹게 돌멩이를 줍고 있었다. 허리를 펴고 돌멩이를 던지려고 지붕을 올려다보는 아버지의 노기 띤 눈이 나와 마주쳤다.

"미친놈! 당장 안 내려와?"

아버지가 입술을 꽉 깨물며 돌멩이를 있는 힘껏 내게 내던졌다. 그러나 다리 하나가 균형을 잃고 비틀거리는 바람에 돌멩이는 지붕에 닿지도 못하고 바닥으로 맥없이 떨어졌다. 아버지는 그 때문에 더 화가 나 얼굴을 붉혔다.

"이유가 뭔지 왜 말을 못 해? 네놈 때문에 동네 창피해서 돌아다니지도 못해, 알아?"

"잘됐네요. 어차피 잘 걷지도 못하시잖아요!"

"뭐야? 계집년한테 사기나 당한 한심한 주제에 뭐가 잘났다고 주둥아리를 나불댈!"

그때 어머니가 달려나와 아버지를 현관으로 끌어당겼다. 아버지는 그 와중에도 던질 만한 물건이 없는지 주변을 두리번거리다 당신이 신고 있던 낡은 플라스틱 슬리퍼 한 짝을 벗어 던졌다. 슬리퍼는 지붕까지 오지 못하고 대신 이층 유리창을 깨뜨렸다. 아버지는 그에 더 화가 나 짚고 있던 목발을 사다리로 던져 쓰러뜨렸다. 그러자 어머니가 허겁지겁 아버지를 부축해 방으로 데리고 들어갔다. 잠시 후 어머니는 방에서 다시 나와 사다리를 지붕에 대충 걸쳐놓았다.

담 옆에 심어져 있는 오래된 은행나무 사이로 하얀 구두가 보였다. 은행나무는 녀석이 무언가로부터 위협을 받을 때마다 올라가 숨는 곳이었다. 녀석도 높은 곳이 위험으로부터 자신을 보호할 수 있는 안전한 곳이라는 걸 알고 있었다. 내가 이제 내려와도 된다는 제스처를 보냈는데도 녀석은 아직도 불안한 눈초리로 사방을 두리번거렸다. 몸을 옹송그리고 나뭇가지에 앉아 있는 자세가 다소 위태롭게 보였지만 녀석이 걱정되지는 않았다.

나는 비스듬한 사다리를 반듯하게 고정한 뒤 떨어진 책을 가지고 올라왔다. 아버지는 그녀를 아예 사기꾼으로 생각하고 있었다. 나도 한동안은 그녀한테 사기당한 것 같은 느낌에 분노한 적이 있었다. 네가 원하는 건 다 줄 수 있어. 이혼을 결심하면서 내가 그녀한테 했던 말이었다. 그러자 그녀는 기다렸다는 듯 모든 걸 가져갔다. 그녀는 내가 운영하던 스포츠센터를 위자료로 줄 것을 요구했고, 아파트를 처분한 돈의 절반과 자동차도 달라고 했다. 그녀는 내가 애지중지 키우던 강아지까지 데리고 가버렸다. 한번씩 나를 떠올리며 자식처럼 키우고 싶다는 것이었다. 한때 나는 이런 상상도 했었다. 어쩌면 그녀의 뱃속에 진짜 내 자식이 자라고 있을지도 모른다고. 그래서 그 자식이 생긴 시점을 그녀는 나와 헤어질 적기로 삼았을 거라고. 어찌 됐든 한 여자로 인해 나는, 자식과 직장과 보금자리를 동시에 잃었다.

내게서 이것저것을 요구하던 당시의 그녀는 작정이라도 한 듯 상당히 뻔뻔했다. 그녀는 마치 위자료를 받아낼 목적으로 나와 결혼한 사람처럼 보였다. 그 추측이 사실로 드러났을 때의 충격이란 실로 엄청난 것이어서, 나는 며칠 동안 분을 이기지 못해 그녀를 죽이고 싶은 충동까지 느꼈다. 나를 사랑하지도 않으면서 나의, 아니, 내 아버지의 돈에 현혹되어 나와 결혼한 그녀. 수많은 반대를 무릅쓰고 어린아이의 투정처럼 우겨서 결혼한 꼴이니, 누군가와 결혼을 해야만 했던 그녀에게 귀찮게 쫓아다니는 나는 그야말로 훌륭한 배우자감이었던 것이다. 종속되는 것 같다며 '아내'라는 말조차 싫어했던 그녀가 결혼하자마자 서둘러 혼인신고를 한 것부터가 앞뒤가 안 맞는 얘기였다.

한숨을 내쉬며 고개를 들었을 때 색색의 티슈가 바닥에 나뒹굴고 있었다. 공중에 떠 있는 건 한 장도 없었다. 티슈가 날린 지 한참이 지났다는 뜻이었다. 나는 꼬리를 물고 늘어지는 생각들을 멈추고 싶어서 담을 넘어 아파트 광장으로 땀나게 뛰어갔다. 한쪽에서 티슈를 줍고 있던 경비가 반가운 듯 내게 인사를 건넸다. 나는 아직도 알아내지 못했느냐고 물으려다 관뒀다. 미치지 않았다면 여자도 언젠가는 지칠 테니까. 나는 바닥에 떨어져 있는 티슈로 고개를 떨궜다. 립스틱 자국이 묻어 있는 티슈에 어떤 문구가 적혀 있었다.

누가 방법을 알려준다면.

오늘 따라 티슈가 여인의 고운 손짓처럼 느껴져 지붕을 내려와 광장으로 갔다. 누가 방법을 알려준다면. 그 말이 내내 마음에 걸려 나도 모르게 라인 입구로 들어서고 있었다. 엘리베이터를 타고 십사층에서 내렸다. 막상 1403호 현관문 앞에 서자 초인종을 눌러 여자에게 내가 간직하고 있는 티슈를 보여주고 싶은 생각이 들었다. 당신을 지켜보며 걱정하는 사람이 있다는 걸 알려주고 싶었다. 당신으로 인해 즐거운 나날을 보내고 있는 사람이 여기 있다는 걸 말해주고 싶었다. 그러나 차마 그럴 수는 없었다. 나는 여자가 간절히 원하고 있는 그 방법을 알려줄 수 없기 때문이다.

계단참으로 가 창문을 열고 밖을 내다봤다. 여자와 똑같은 높이와 위치에서 내려다보는 세상은 넓고도 멀었다. 한편으로는 그 높이가 까마득해 두렵기도 했다. 주머니에서 여자의 티슈를 꺼내 여자처럼 한 장 한 장 허공으로 날려보냈다. 티슈가 바람을 타고 너울너울 천천히 바닥으로 떨어졌다. 아래에서 볼 때처럼 위에서 보는 티슈도 어디로 날아갈지 알 수 없기는 마찬가지였다. 나는 각각의 티슈가 어디로 안착하는지 눈을 떼지 않고 지켜봤다.

마지막 남은 티슈를 떨어뜨리려는 순간 등뒤에서 딸깍, 하고 현관문 열리는 소리가 들려왔다. 나는 티슈를 얼른 허리춤에 감추고 돌아섰다. 넙데데한 얼굴과 숱진 머리와 눈썹이 인상적인 남자가 담배를 입에 물고 나왔다. 눈이 마주친 남자가 나를 수상쩍게 쳐다봤다. 여자의 남편인 모양이었다. 남자는 자기 여자가 티슈를 날려보내는 걸 알고 있을까. 여자가 현재 겪고 있는 고통과 절박한 심정을 짐작이나 하고 있을까. 어쩌면 관심도 없거나 다른 사람들처럼 자기 여자를 미쳤다고 생각할지도 모른다. 생각이 거기까지 미치자 남자가 갑자기 미워지기 시작했다. 남자의 손에 여자의 필체가 담긴 이 티슈를 쥐여준다면 혹 눈치를 챌까. 나는 서서히 남자에게 다가갔다. 그러나 남자를 태운 엘리베이터는 다급한 듯 굳게 닫혀버리고 말았다.

나는 아쉬운 듯 돌아서서 허공으로 팔을 뻗어 마지막 티슈를 날려보냈다. 여자의 얼굴이라도 볼 수 있기를 바랐지만 오랫동안 기다려도 여자는 나오지 않았다. 나는 아파트를 나와 집으로 슬렁슬렁 걸어갔다. 화단 회양목 위에 티슈 한 장이 사뿐히 내려앉아 있었다. 반가운 마음에 촐싹대며 회양목으로 다가갔다.

누가 방법을 알려준다면.

허무하게도 방금 내가 십사층에서 떨어뜨린 그 티슈였다. 나는 그것을 다시 주워 주머니에 넣었다.

아침부터 요란하게 퍼붓는 빗소리와 그보다 더 요란하게 울리는 사이렌 소리에 잠이 깼다. 시계를 보니 여덟시가 조금 넘은 시간이었다. 불이라도 났나 싶어 창밖을 내다봤지만 연기 같은 건 보이지 않았다. 사이렌 소리가 점점 더 또렷하게 들려오는 것 같았다. 마침 초록색 경광등을 번뜩거리며 하얀색 앰뷸런스가 아파트 입구 쪽을 향해 달려오고 있었다. 고개를 왼쪽으로 돌리자 아파트 광장에 형형색색의 우산을 들고 모여 있는 사람들이 보였다. 그러나 우산에 가려 거기서 무슨 일이 벌어지고 있는지는 알 수 없었다. 나는 대충 옷을 챙겨 입고 담장을 넘었다. 우산이 없어 몸은 금세 빗물에 젖고 말았다.
우산을 비집고 들어서자 사람 하나가 아파트 화단에 피를 흘리고 쓰러져 있었다.
"저기서 뛰어내렸다니까. 내가 이 두 눈으로 똑똑히 봤어."
무슨 일이냐고 묻는 내 말에 두부를 손에 든 아줌마가 아파트 꼭대기 쪽을 가리켰다. 고개를 들어 그곳을 올려다봤다. 아줌마가 가리킨 곳 베란다 창문이 보란 듯이 활짝 열려 있었다. 빗줄기 때문에 눈을 여러 번 깜빡거려야 했지만 맨 위에서 세번째 칸인 그곳은 내게 너무도 익숙한 십사층이었다. 온몸 구석구석 공포감이 전해오면서 그 높이 때문에 잠시 머리가 어지러웠다. 나는 비를 맞으며 화단에 엎드려 있는 남자에게로 다급하게 시선을 옮겼다. 그러고 보니 주변에 티슈들이 어지럽게 널려 있었고 남자의 우직한 손에도 티슈 한 뭉치가 비에 젖은 채로 쥐여 있었다. 티슈가 빗물을 순식간에 빨아들이고 있었다. 어쩌면 빗물이 티슈를 빨아들이는 것인지도 몰랐다.

"미쳤나봐. 아, 글쎄 티슈를 양손에 한 움큼 쥐고서 뛰어내리더라니까. 저 나무에 안 걸렸으면 큰일 날 뻔했어."

잠옷 차림의 남자가 그때 신음소리를 내며 다리를 조금 꼼지락거렸다. 앰뷸런스에서 내린 사람들이 상태를 확인하기 위해 남자의 몸을 조심스럽게 뒤집었다. 정말, 남자였다. 일전에 아파트 계단에서 마주쳤던 넙데데한 얼굴과 숱진 머리와 눈썹이 인상적이었던 그 남자. 남자의 얼굴로 빗물이 떨어졌다. 주위에 우산 든 사람은 많았지만 누구도 그 남자에게 우산을 받쳐주려고 하지 않았다. 장대비를 맞고 있는 건 남자와 나뿐이었다. 문득 멈추지 않는 비가 야속해, 하늘에서 수십만 장의 티슈가 내려와 쏟아지고 있는 비를 모조리 흡수해줬으면 좋겠다는 생각이 들었다.

"괜찮나요?"

나는 의료진에게 다가가 친분 있는 사람이나 되는 것처럼 남자의 상태에 대해 물었다. 의료진은 다행히 생명에 큰 지장은 없을 것 같고고 말했다. 안도의 한숨이 절로 나왔다. 남자는 이동식 바퀴침대에 옮겨졌고, 그때 남자의 한쪽 손이 힘없이 펴지면서 티슈 뭉치가 빠져나왔다. 남자를 실은 앰뷸런스는 다시 요란한 소리를 내며 아파트 광장을 급하게 빠져나갔다.

"방금 봤어? 저 남자 입술에 립스틱 묻어 있는 거?"

"아이섀도랑 마스카라도 했어. 매니큐어도. 정말 미친 사람인가봐."

출근길이던 사람들은 한동안 자리를 뜨지 않고 자기들끼리 수군거리기 시작했다. 아파트 경비가 비에 젖어 갈기갈기 찢긴 티슈를 맨손으로 주워올리며 혼잣말처럼 중얼거렸다.

"결국 범인이 자수를 했네."

경비는 젖은 티슈가 잘 거둬지지 않자 짜증이 나는지 내내 미간을 찌푸렸다. 나는 광장을 벗어나 다시 지붕으로 올라갔다. 비를 너무 많이 맞아서인지 올라가는 내내 힘 빠진 다리가 주체할 수 없을 만큼 후들거렸다.

남자는 집으로 돌아왔을까. 남자가 병원으로 실려간 뒤로 티슈는 한 장도 떨어지지 않았다. 티슈여자가 정말 그 남자였을까, 라는 의심이 들 때마다 십사층을 올려다보며 티슈가 떨어지기를 바랐지만 그런 일은 일어나지 않았다. 그게 남자의 잘못은 아닌데도 말이다.

남자의 추락을 목격한 뒤로 내겐 높이에 대한 공포가 생겨버렸다. 고작 이층에 불과한 높이인데도 지붕에서 아래를 내려다볼 때마다 마치 십사층에서 내려다보는 것과 같은 아득한 공포가 느껴졌다. 창틀에 앉아 샌드위치를 먹다 말고 『참을 수 없는 존재의 가벼움』을 펼쳤다. 이제 남은 티슈는 딱 세 장, 아니 주머니 속에 구겨져 있는 것까지 합치면 네 장이었다. 주머니에서 마지막으로 주웠던 티슈 한 장을 꺼냈다.

"누가 방법을 알려준다면."

나는 티슈에 적혀 있는 문장을 소리내어 읽어봤다. 남자의 바람처럼 누군가가 방법을 알려줬다면 남자는 뛰어내리지 않았을까. 어쩌면 그게 누군가가 알려준 방법이었는지도 모르겠다는 생각이 들었다. 보통 사람과 다른 삶을 살고자 하는 사람에게는 다른 삶의 방법이 필요한 법이다. 그러나 우리는 보통 사람이므로, 그래서 다른 삶의 방법에 대해 알지 못하므로 알려줄 수 없다. 우리가 할 수 있는 건 쉽게 생각하고 비난하고 감싸지 않고 또 이해하지 않음으로써 상처주는 것뿐이다. 그녀도 방법을 스스로 찾아내지 않았다면 높은 곳에서 뛰어내렸을까.

그녀에게 나는 그녀가 찾아낸 하나의 '방법'이었다. 그녀에게는 이혼 경력이 필요했고 그보다 더 간절하게 돈이 필요했다. 그녀는 첫 결혼의 실패가 두번째 결혼을 절반이라도 정당화시켜줄 수 있을 거라 계산하고 나를 선택했다. 그녀는 나와의 결혼생활이 자신에게 얼마나 큰 불행인지 사람들에게 보여줄 필요가 있었다. 그렇게만 된다면 이후 자신이 선택한 삶을 사람들이 어쩔 수 없이 인정해줄 거라 생각했다. 나와 헤어지고 두번째 삶을 살고 있는 지금, 그녀를 바라보는 주변의 시선이 그녀의 바람대로 바뀌었는지 알 수 없지만 적어도 나와 살 때보다는 행복할 거라 확신할 수는 있었다.

그녀에게 애인이 있다는 걸 알게 된 건 결혼하고 이 년 반이 지나서였다. 스포츠센터 일을 마치고 집으로 돌아와 차를 주차시키고 있을 때, 그녀가 누군가와 다정하게 포옹한 뒤 격렬한 키스를 나누고 있었다. 머리가 긴 그녀의 애인은 무척이나 아름다웠다. 나는 그녀의 그녀를 딱 두 번 본 적이 있었다. 한 번은 결혼식 때였고 나머지는 우리의 결혼 일주년 기념일 때였다.

결혼기념일 날 그녀의 그녀는 물기로 범벅된 얼굴로 나타나 나를 놀라게 했다. 놀라게 한 건 얼굴에 흐르는 물기를 따라 시궁창처럼 번져 있던 시커먼 마스카라 자국이었다. 유난히 새까만 색이 불길하게 느껴졌던 건지도 모르겠다. 만약 그날 비가 오지 않았다면, 그래서 그날 그녀의 그녀 얼굴에 번져 있던 마스카라 자국이 빗물이 아닌 눈물 때문에 생긴 거란 걸 알았더라면 그녀들의 관계를 좀더 일찍 눈치챘을 것이다. 내가 씌워준 원뿔모자를 벗으며 그녀는 그녀를 말없이 위로했다. 그녀의 그녀는 그날 우리 집에서 그녀와 함께 샤워를 하고, 그녀의 반바지와 티셔츠로 옷을 갈아입은 뒤, 식탁에 앉아 나와 저녁을 먹었다. 시간이 너무 늦어지자 그녀는 그녀에게 자고 가라고 했고 그 때문에 나는 소파에서 잠을 설쳐야 했다.

뒤늦게 상황파악을 하고 나서야 모든 게 이해됐다. 환한 미소에서 언뜻언뜻 비치던 슬픈 눈빛의 그녀들과 그녀가 던진 부케를 받으며 눈물짓던 그녀의 그녀, 강한 인상으로 남을 만큼 질투의 눈빛으로 날 쳐다보던 그녀의 그녀, 즐거운 날 그녀에게 화를 내어 그녀를 몹시 당황하게 만들었던 그녀의 그녀, 그리고 늘 나를 목마르게 했던 나에 대한 그녀의 끈질긴 무관심까지도. 아마 그녀들은 나를 의식하고 집 앞에서 위험한 키스를 나누었으리라. 내게서 받아낸 위자료 정도면 주변의 따가운 시선을 받지 않고도 살 수 있을 것이고, 스포츠센터가 있으니 굳이 직장에서 불이익을 받으며 일하지 않아도 될 것이다. 그녀에게 나는 유일한 삶의 방법이었다.

그녀와 헤어지고 나서야 그녀의 눈시울이 젖어 있던 날들이 많았다는 걸 깨달았다. 그녀는 쌀을 씻으면서도 나와 섹스를 하면서도 눈물을 흘렸다. 눈물에도 종류가 많다는 걸 지금에야 알았다. 그녀에게 그 눈물은 그녀의 그녀에 대한 그리움이거나 나에 대한 미안함이거나 혹은 삶에 대한 버거움이었을 것이다. 그런데 난 그 모든 걸 환희의 눈물로만 여겼다. 그래서 그녀에게 티슈 한 장 건네지 않았다. 긍정의 눈물은 굳이 닦을 필요가 없다고 생각했다. 가벼운 티슈 한 장의 위력을 그때는 왜 몰랐을까.

며칠이 지나 십사층 베란다 창으로 사람 손이 나뭇가지처럼 불쑥 나와 있는 걸 볼 수 있었다. 그 남자가 병원에서 돌아온 게 분명했다. 남자는 더이상 티슈를 떨어뜨리지 않았다. 대신 담배꽁초를 몇 번 떨어뜨리고는 문을 닫아버렸다. 나는 티슈가 몹시 필요했지만 더이상 공짜로 얻어 쓸 수 있는 티슈가 없다는 걸 알게 되었다. 마음이 허전해지자 배가 고프기 시작했다. 지붕 끝으로 가 아래를 내려다봤다. 추락사고를 목격한 뒤로 아버지처럼 고소공포증이 생겨버려서 사다리를 탈 때마다 다리가 심하게 후들거렸다. 나는 먹고 싶은 음식만을 떠올리며 사다리를 간신히 내려갔다.

사다리를 반쯤 내려왔을 때야 마음이 허전한 진짜 이유를 알 것 같았다. 하얀 구두를 보지 못한 지 나흘째가 되고 있었다. 여기저기 돌아다니는 걸 좋아하는 녀석이라 신경을 놓고 있었는데, 이렇게 갑자기 사라질 줄은 몰랐다. 다시 후들후들 사다리를 타고 올라가 녀석의 이름을 부르며 지붕과 은행나무를 살폈다. 역시 녀석은 보이지 않았다. 언젠가는 떠날 거란 걸 짐작은 하고 있었지만 어디로 간 걸까. 녀석도 방법을 터득해 이젠 내가 필요 없어진 걸까. 진짜 고양이답게 사는 법을 배웠다면 굳이 한곳에 머물 필요는 없다. 독립적이고 자유로운 생활을 누릴 수 있다면 그게 곧 고양이니까. 그러고 보니 난 녀석이 수컷인지 암컷인지도 모른다. 하긴 그게 무슨 상관인가. 수컷이면 짝을 찾아 돌아다닐 테고, 암컷이면 새끼를 낳아 잘 기를 테지.

지붕을 무사히 내려오자 안도의 숨이 절로 나왔다. 마당을 지나는데 안방 창문에서 아버지의 잔기침소리가 들려왔다. 나는 그 소리를 뒤로한 채 대문을 나와 마트로 갔다.

카트를 밀며 필요한 물건을 양껏 담았다. 그것은 지붕을 오르내리는 횟수를 줄이기 위한 일종의 방책이었다. 하얀 구두를 생각하며 통조림 코너를 돌아나오자 화장지가 진열된 코너와 마주쳤다. 진열대한가득 쌓여 있는 티슈 상자 앞에 나도 모르게 발걸음이 멈춰졌다. 문득 삼십 년을 넘게 살아오면서 티슈를 사본 기억이 없다는 걸 깨달았다. 나는 천천히 진열대를 살폈다. 티슈의 종류는 다양했다. 나는 하얀색 갑티슈 한 개를 카트에 넣고 무늬와 색깔이 들어간 티슈도 각각한 개씩 집어들었다. 그리고 손을 닦을 수 있는 물티슈도 몇 개 집어들었다. 티슈는 상할 일도 없고 용도도 다양하니 많이 사도 상관없었다. 마치 티슈 한 장의 크기만큼 세상을 알게 된 것 같아 코너를 나오다 갑티슈 한 개를 더 집어들었다. 나중에는 티슈를 구매한 사람들에게 다가가 괜히 말까지 걸고 싶어졌다. 티슈 한 장이 우주를 빨아들일수 있다는 걸 아세요? 나는 혼자서 키득, 웃었고 그때 어떤 여자가 티슈를 고르다 말고 나를 이상한 눈으로 쳐다봤다.

나는 집으로 가기 전에 아파트에 들렀다. 경비가 나를 보고 반갑게 인사하며 여긴 어쩐 일이냐고 물었다. 나는 대답 대신 봉지에서 갑티슈 한 개를 꺼내 경비에게 건넸다. 경비는 뜬금없다는 표정을 지으며 티슈를 받아들더니 그간 몹시 궁금했다는 듯 또 물었다.

"대체 왜 지붕에서 지내세요?"

나는 경비에게 티슈가 얼마나 쓸모가 많은 물건인지 아느냐고 물으려다 관뒀다. 대신 고개를 들어 아파트를 올려다보며 말했다.

"방법이 없어서요."

허전한 웃음을 짓는 경비를 뒤로하고 엘리베이터를 탔다. 1403호 앞에 선 나는 남자가 지금 무슨 생각을 하고 있을지 상상하며 티슈 한 상자를 현관문 앞에 내려놓고 초인종을 눌렀다. 그러고는 재빨리 엘리베이터에 몸을 실었다. 나는 닫히는 엘리베이터 문을 보며 생각했다. 남자는 방법을 찾았을까. 아마 찾았다면 남자는 내가 준 티슈를 아주 요긴하게 쓸 것이다.

아파트를 나오자 빗방울이 떨어지고 있었다. 한 손에는 티슈가 든 봉지를 다른 한 손에는 과자와 빵, 음료수가 든 봉지를 들고 대문으로 급히 들어섰다. 지붕으로 올라가기 위해 사다리 앞에 서자 갑자기 다리에 힘이 빠지는 기분이 들었다. 빗줄기는 아까보다 더 굵어지고 있었다. 이렇게 무거운 봉지를 양손에 들고 사다리를 오르다가는 균형을 잃기 십상이었다. 설사 올라가더라도 비 때문에 오늘은 지붕에서 지낼 수도 없을 것이다. 게다가 다락방에는 우산도 없었다. 나는 고개를 들어 지붕을 올려다봤다. 유년 시절 지붕에 매달려 죽을 뻔했던 날 살린 건 아버지였다. 오늘따라 그 지붕이 너무 높게 느껴져 잠시 몸이 비틀거렸다. 봉지 손잡이 한 줄이 손에서 벗어나자 안에 든 과자와 빵, 음료수가 눈에 들어왔다. 그걸 보고 있자니 얼큰한 김치찌개가 간절하게 먹고 싶어졌다.

나는 눈앞의 철제 사다리를 지나 도둑고양이처럼 현관문으로 조용히 다가갔다. 집에 돌아온 후 처음으로 현관에 발을 들이는 순간이었다. 티슈 상자에서 몇 장의 티슈를 뽑아 몸에 묻은 빗물을 닦아낸 다음 조심스레 문을 열고 들어갔다. 부엌에서 마침 매콤한 김치찌개 냄새가 흘러나왔다. 나 또한 그들처럼 방법을 고안해낸 걸까. 문득 삶이란 마음먹기에 따라 가벼울 수도 상쾌할 수도 있겠다는 생각이 들었다. 한 장의 티슈처럼. 나는 부엌으로 가 티슈가 든 봉지를 식탁 위에 가만히 올려놓았다.

찾아가는
도서관

남자가 모는 대형 버스가 아파트 입구로 들어섰다. 입구가 좁아 핸들 꺾기가 다소 힘이 드는지 남자가 이맛살을 살짝 찡그렸다. 남자는 양쪽 사이드미러를 번갈아 쳐다보며 거북이처럼 엉금엉금 차머리를 왼쪽으로 돌렸다. 버스 꼬리 부분이 길을 가로막고 있는 통에 뒤쪽에서 승용차들이 지나가지 못하고 연달아 멈춰 섰다. 성미 급한 운전자들은 버스 꽁무니를 향해 신경질적으로 클랙슨을 울려댔고, 설상가상으로 아파트 입구 코너에서 마티즈 한 대가 기어나와 남자의 버스와 대치했다. 마티즈 운전자는 조금 난감해하는 것 같더니 할 수 없다는 듯 후진을 했다. 오늘도 어김없이 몸통 큰 버스를 사이에 두고 앞뒤로 차가 막히는 상황이 연출되고 있었다. 자전거를 붙든 채 버스가 지나가기만을 기다리던 중년 여자는 시간이 지체되자 짜증난 얼굴로 차창을 올려다봤다. 남자가 미안한 듯 방긋 웃었지만 여자는 이 상황에 웃음이 나오냐는 듯 차갑게 외면해버렸다. 무안해진 남자는 난처한 웃음을 거두고 마티즈가 길을 비켜주기만을 기다렸다.

아파트 관리사무소 앞에 간신히 주차를 마쳤을 때 남자의 셔츠는 땀에 젖어 등에 달라붙어 있었다. 남자는 시동을 끄고 자리에서 일어나며 힘없이 중얼거렸다.

"더워죽겠구만. 쓸데없이 차가 너무 커."

남자는 느티나무가 심어져 있는 화단에 걸터앉아 집에서 준비해온 냉커피를 마셨다. 한여름의 아파트단지는 나른할 정도로 조용했다. 삼십 분이 지나도록 책을 빌리러 오는 사람도, 빌린 책을 반납하러 오는 사람도 없었다. 남자가 기억하기로 지난주에 이곳에서 책을 빌려간 사람은 다리를 저는 사내와 노인정의 할머니가 전부였다. 남자는 버스 위에 네 방향으로 벌어져 있는 나팔꽃 모양의 스피커를 올려다봤다. 네 개의 스피커는 주민들에게 '찾아가는 도서관'의 도착상황을 알리기 위해 설치해놓은 것이었다. 그러나 저 스피커를 맘껏 사용해본 적은 없었다. 방송이라도 할라치면 생선이나 과일 장수 취급하듯 주민들의 항의가 빗발쳤고, 버스엔진 소리조차 참지 못하는 아파트 주민들 때문에 남자는 한여름에도 에어컨을 켜지 못했다. 주민들의 불만이 접수된 뒤로 남자는 정해진 시간을 채우면 쥐도 새도 모르게 조용히 순회지역을 빠져나갔다. 쓸모없어진 스피커는 이제 시든 나팔꽃이나 다름없었다. 만남이란 누군가가 찾아가고 찾아오는 속에서 이루어진다는 걸 그들은 알지 못했다.

무료하기 짝이 없는, 도서관 정차 시간도 얼마 남지 않았다. 남자가 막 자리에서 일어나려는데 양산을 쓴 아가씨 하나가 버스 내부를 기웃거렸다. 몇 주 전에도 버스 주변을 어슬렁거렸던 그 아가씨였다. 이번에는 결심이 섰는지 양산을 접어들고 조심스럽게 버스로 올라섰다. 한참이 지나 남자가 보온병을 들고 버스로 들어서자 아가씨는 책을 둘러보다 말고 화들짝 놀랐다.

"뭡니까?"

도서관을 찾은 사람한테 뭡니까라니. 남자는 생각 없이 뱉어낸 말을 만회하고자 나볏한 목소리로 다시 물었다.

"책, 빌리시게요?"

양산을 쥔 아가씨의 손목에 힘이 잔뜩 들어가 있었다. 아가씨 입장에서는 이 커다란 버스에, 그것도 그리 친절하지 않은 남자와 단둘이 있다는 게 불안하기도 할 것이다.

"아무한테나 빌려, 주나요?"

나지막하고 자신감 없는 목소리였다.

"아니요. 만 십팔 세 이상 이 지역 거주자여야 하고, 일단 회원가입을 하셔야 합니다. 가입하려면 주민등록증과 사진 한 장이 필요합니다."

남자의 딱딱한 억양에 아가씨가 천천히 뒷걸음질치더니 버스에서 내려버렸다. 남자는 아차 싶어, 재빨리 사무적이던 말투를 살짝 바꿔 조급하게 물었다.

"혹 이슬비란 이름을 가진 아이를 알고 계십니까?"

아가씨가 양산을 펼치다 말고 출입문을 빼꼼히 들여다봤다. 아가씨는 남자의 물음에 아랑곳하지 않고 한층 자신 없는 목소리로 물었다.

"몇 권까지 대출이 가능한지……"

남자는 자기 질문에 대답하지 않은 아가씨가 못마땅해 쳐다보지도 않고 가방에 보온병을 쑤셔넣으며 말했다.

"일주일에 세 권이요."

남자가 운전석에 앉았을 때 아가씨는 벌써 저만치 걸어가고 있었다.

남자는 도서관을 운행하면서 사람들이 책을 빌리는 데에도 많은 고민과 시간을 필요로 한다는 걸 알았다. 저 아가씨도 몇 달이 지나야 정식으로 회원가입을 할 게 분명했다. 남자는 시간이 십오 분이나 남았는데도 다음 순회지역으로 가기 위해 시동을 걸었다. 다음 지역은 현대 3차 아파트, 여자를 만날 수 있는 시간이었다. 여름 날씨만큼이나 나른하고 무료해 보이던 남자의 얼굴이 금세 환해졌다. 오늘 책을 반납하지 않은 두 사람은 전화로 대출 연장 신청을 하거나 아파트 관리사무소에 맡겨놓으면 될 것이다.

현대 3차 아파트에 도착하자 오후 두시가 되었다. 출출해진 남자는 버스 출입문을 잠가놓고 편의점으로 갔다. 편의점에서 컵라면과 삼각김밥을 사들고 한참만에 다시 버스로 돌아왔지만 그사이 책을 대출하러 온 사람은 없었다. 늘 그렇듯 찾아오지 않아 어디든 찾아가지만, 아무도 찾아오지 않는 게 바로 이 도서관이었다.

남자는 컵라면 받침대로 쓸 두툼한 책 한 권을 책장에서 골라 들고, 버스 맨 뒷좌석으로 가 다리를 뻗고 앉았다. 용기 뚜껑을 열자 골고루 익은 먹음직스런 면발이 김을 뿜어냈다. 버스 창문을 따라 양쪽으로 배열되어 있는 책장 사이사이로 얼큰한 김치라면 냄새가 퍼져나갔다.

면발을 다 건져 먹고 뜨거운 라면 국물을 후루룩 마시고 있을 때 대학생 청년 하나가 급하게 버스로 올라섰다. 순간 버스가 출렁이더니 남자의 입가에서 국물이 새어나와 책으로 떨어졌다. 청년은 인상을 쓰고 있는 남자에게 뻘쭘하게 인사한 뒤 빌려갔던 책을 책장 위에 던져놓고 곧바로 버스에서 내렸다.

"이봐 학생, 책 안 빌려?"

남자의 말에 청년이 출입문 계단으로 다시 올라섰다.

"방학이잖아요. 다음주에 해외로 배낭여행 가거든요. 여기는 여행 서적 같은 건 없죠?"

청년은 남자의 대답도 듣지 않고 곧바로 버스에서 내려버렸다.

"유럽 쪽이면 어디 한 권은 있을 텐데. 찾아보면."

남자는 혼자 중얼거리다 책장을 한번 흘끗거렸다.

남자는 출입문 계단에 앉아 가글한 물을 수차례 뱉어내며 여자를 기다렸다. 그러나 시간이 꽤 많이 지났는데도 여자는 나타나지 않았다. 무슨 일이 생겼나. 여자는 매주 '찾아가는 도서관'을 찾아오는 이용자 중 한 사람이었다. 방송통신대 유아교육과에 다니고 있는 여자는 낮에는 주로 책을 읽고 글을 쓰며 지낸다고 했다. 유치원 교사가 되고 싶다는 여자는 동화작가라는 또다른 꿈을 가지고 있었다. 그래서인지 여자가 대출해가는 책은 아동도서가 대부분이었다. 여자는 우수회원이기도 해서 대출 제한 권수를 초과해 매주 다섯 권 이상의 책을 빌려갔다.

남자는 여자에게 전화하고 싶은 충동을 겨우 참아냈다. 오늘도 이렇게 지나버리면 이 주째 여자를 못 보게 되는 것이었다. 무슨 이윤지 여자는 지난주에도 책을 직접 반납하지 않고 관리사무소에 맡겨뒀었다. 남자는 여자의 휴대폰 번호를 여섯 자리까지 누르다 말고 폴더를 닫아버렸다. 전화를 주고받는 사이가 되고 싶지 않다던 여자의 말이 떠올라서였다. 여자는 한마디로 쿨하게, 자유롭게 만나자고 했다. '자유'라는 말 속에는 언제든 관계를 끝낼 수 있다는 뜻도 포함되어 있었다. 남자는 다른 여자들처럼 여자도 도서관을 찾지 않음으로써 관계를 정리하겠다는 뜻을 전달하고 있는 건지도 모르겠다고 생각했다. 진정 여자의 뜻이 그렇다면 남자로서도 어쩔 수 없었다. 애초부터 서로 필요로 하는 게 일치할 때만 보자는 것이 이 만남의 목적이었으니까. 쿨한 관계를 유지하기 위해서는 잡스러운 감정이 섞이지 않도록 주의해야 했다.

각 순회지역마다 주어진 정차 시간은 한 시간 삼십 분이었다. 시간이 다 됐을 거라 생각하고 휴대폰을 들여다봤는데 아직도 이십 분이나 남아 있었다. 이십 분의 무료함을 어떻게 달랠까 고민하던 참에 아파트 주차장을 지나 화단 쪽으로 천천히 걸어오고 있는 검정개 한 마리가 눈에 띄었다. 몇 주 전부터 점찍어뒀던 그 개였다. 비루먹은 개는 코를 킁킁거리더니 주민들이 내다버린 쓰레기봉투를 쏠기 시작했다. 남자는 허겁지겁 버스에서 주홍색 노끈을 찾아들고 나왔다. 이번에는 기필코 잡고 말 테다! 남자는 노끈을 허리 뒤춤에 감추고 녀석을 향해 천천히 다가갔다. 그러나 워낙 날쌘 녀석인지라 금세 눈치를 채고는 'ㄱ'자 모양의 아파트 골목을 따라 사라져버렸다.

푹푹 찌는 날씨 때문에 벌써부터 남자의 목줄기는 땀으로 번들거렸다. 시간이 얼마 남지 않아 더이상 지체할 수 없었다. 마음이 조급해진 남자는 녀석이 사라진 아파트 반대쪽으로 달려가 모퉁이에 몸을 숨기고 동태를 살폈다. 녀석은 먹을 걸 찾느라 주둥이를 땅에 처박고 정신없이 걷고 있었다. 드디어 경계가 풀린 녀석이 남자가 숨어 있는 모퉁이까지 당도했다. 남자는 기회를 놓치지 않고 잽싸게 노끈 고리를 녀석의 머리 위로 던졌다. 줄을 재빨리 잡아당기자 고리가 녀석의 목을 단단하게 조였다. 성공이었다. 남자는 개를 질질 끄집고 버스로 갔다. 개는 버둥거리며 노끈을 이빨로 물어뜯었지만, 그래봤자 목만 더 조여들 뿐이었다.

책 그림이 그려진 버스 트렁크를 열자 역한 개냄새가 훅, 풍겨왔다. 남자는 녹이 슨 케이지 안에 개를 집어넣었다. 남자는 개와 눈을 맞추지 않으려고 일부러 시선을 딴 데 두고 트렁크 문을 닫았다. 수요가 많을 때라 값을 꽤 많이 쳐줄 것이다. 비록 오늘은 여자가 찾아오지 않아 우울했지만 대신 개가 찾아와 쓸 만한 하루가 되었다. 그러나 이번이 마지막이라고, 남자는 속으로 중얼거렸다.

경기도 ○○시 시립도서관에서는 도서관 이용이 어려운 지역과 소외 계층을 위해 찾아가는 도서관을 운영하고 있었다. 찾아 움직이는 도서관, 움직이는 도서관, 이동 문고, 이동 도서관 등 책을 운반하는 차량을 지칭하는 용어는 다양했다. 말 그대로 '찾아가는 도서관'은 지식과 정보를 원하는 사람에게 '찾아주는' 역할을 하고 있었다. 그래서인지 찾아가는 도서관은 일반인보다 거동이 불편한 장애인에게 인기가 많은 편이었다. 그들이야말로 이 도서관을 통해 진정한 삶의 의욕을 고취시키고 있는지도 몰랐다. 남자가 몰고 있는 버스에는 맹인을 위한 점자책도 여러 권 비치해두고 있었다. 남자는 도서관을 월요일부터 금요일까지 운행했다. 월수금에는 시내 아파트단지를 중심으로 순회하고 화요일과 목요일에는 변두리 쪽인 읍면리를 대상으로 운행했다.

앞 유리 상단에 'ㅇㅇ찾아가는 도서관'이라고 적혀 있는 버스가 논과 논 사이로 난 좁은 길로 천천히 들어섰다. 흙길은 길었고 뙤약볕은 무심할 정도로 뜨겁게 내리쬐었다. 우둘투둘한 길을 저속으로 오 분을 달리자 B가 살고 있는 집이 보였다. 아니, 집이라기보다는 천막이나 움막에 가까운 주거형태였다. B는 책 읽는 걸 누구보다 좋아하는 사람이었다. 주변에 집 한 채 없이 외따로 살고 있어서 남자는 자신이 B였어도 책에 흥미를 붙일 수밖에 없을 거라고 생각했다. 게다가 B는 대학에서 아랍어를 전공했고 부전공으로 국문학을 공부했으니 책과 친할 수밖에 없는 사람이었다. 원래는 마을회관 앞이 정차 구역이지만 지리상 이동이 불편한 B의 입장을 고려해 남자는 다음 순회지역과 반대 방향임에도 불구하고 B의 집에 꼭 들렀다. 찾아가는 도서관이니 어디든 찾아가야 한다고 남자는 생각했다. 그건 이 직업의 사명이기도 했다.

남자는 시동을 끄고 B가 부탁한 책을 들고 버스에서 내렸다. 뜨거운 열기가 온몸을 뱀처럼 휘감았다. 마치 채찍으로 내리치기라도 한 듯 살갗이 뜨겁게 달아올랐다. 남자는 손부채로 땀을 식히며 담도 없는 B의 집으로 향했다. 남자의 발소리에 철창 안에 갇혀 있던 개들이 일제히 일어나 짖어대기 시작했다. 저 짖어댐이 낯선 자에 대한 경계를 의미하는 것인지 여기서 좀 꺼내달라는 요청인지 남자는 알 수 없었다. 길 한쪽 파란 비닐 포장지 위에는 음식물쓰레기가 고약한 냄새를 풍기며 햇볕에 바짝 말려지고 있었다. 그것은 철창에 갇힌 개들을 위한 만찬이었다. 때가 될 때까지 살아 있기 위해서는 그들도 먹어야만 했다.

남자는 움막으로 들어섰다. 그러나 B는 보이지 않았다. B는 누구보다 남자가 오는 날을 손꼽아 기다리는 사람이었다. 남자도 오늘은 B를 만나 꼭 할 얘기가 있었다. 남자는 움막 안 서늘한 그늘에 앉아 밖을 내다봤다. 더위에 지친 개들이 혀를 길게 빼물고 숨을 헐떡이고 있었다. 그러다가도 남자가 몸을 조금이라도 움직일라치면 자리에서 벌떡 일어나 온 힘을 다해 짖어댔다. 무료해진 남자는 개를 가두는 철창이 몇 개나 되는지 손가락으로 하나하나 짚으며 세어봤다. 모두 서른여섯 개였다. 그중 비어 있는 철창은 열여섯 개였다. 그때까지도 개들의 시선은 일제히 남자에게 쏠려 있었다. 그러나 남자는 어떤 개하고도 눈을 맞추려하지 않았다. 오늘부로 이 일을 그만두게 되면 그때는 애정 어린 눈길로 봐줄 수 있을 것이다.

갇혀 있는 개들의 품종은 아주 다양했다. 똥개부터 애완용으로 길러졌을 골든레트리버와 코커스패니얼 그리고 달마시안까지. 진돗개도 몇 마리 보였다. B의 말에 의하면 이곳으로 보내지는 개들의 절반 이상이 유기견이라고 했다. 아예 주인이 몰래 이곳에 버리고 간 경우도 있다고 했다. 그동안 잡혀온 개들이 얼마나 많았는지 철창 밑에는 배설물들이 산더미처럼 쌓여 있었다. 틈으로 이미 하얗게 부식된 배설물이 뚫고 올라간 곳도 있었다. 곳곳에는 고물상이나 폐가처럼 냄비와 프라이팬, 숟가락 등속이 흙먼지를 뒤집어쓴 채로 어지럽게 나뒹굴고 있었다.

비위생적인 광경에 남자는 답답할 정도로 목이 조여오는 느낌이 들어 자리에서 일어섰다. 남자는 물이 있을 만한 곳을 찾아 움막 뒤로 갔다. 네 개의 가마솥이 걸려 있는 음습한 아궁이를 지나자 실타래처럼 길게 늘어져 있는 푸른색 고무호스가 보였다. 남자는 아리아드네처럼 고무호스를 따라 발을 옮겼다. 수도꼭지에 다다를 즈음 남자가 귀신이라도 본 것처럼 갑자기 걸음을 멈추더니 뒤돌아섰다. 남자 뒤에 진돗개 한 마리가 공중에 목이 매달린 채로 축 늘어져 있었다.

남자는 숨을 거칠게 몰아쉬며 황급히 움막으로 돌아왔다. 끔찍할 정도로 기분이 불쾌해지자 정신이 번쩍 들었다. 어느 틈엔가 시커멓게 수염을 기른 B가 움막 안으로 들어서고 있었다.

"홍씨, 많이 기다렸어?"

B가 땀에 흠뻑 젖은 러닝셔츠를 벗어던지며 남자를 향해 하얀 이를 드러내고 씩 웃었다. 그 웃음이 남자에게 자못 작위적으로 보였다.

"오늘은 몇 마리?"

남자는 아무 말 없이 손가락으로 버스를 가리켰다. B는 웃통을 벗은 채 버스로 다가갔다. 땀에 젖은 구릿빛 넓은 어깨가 햇볕에 건강하게 번들거렸다. B는 트렁크를 열고 케이지에서 개 두 마리를 꺼냈다. B는 노련하게 개 목덜미를 양손에 거머쥐고 철창으로 갔다. 그러고는 그것들을 철창 안으로 거칠게 집어넣고 도망이라도 갈까봐 자물쇠를 단단히 채웠다.

움막으로 돌아온 B는 남자에게 개 두 마리 값과 지난번에 빌려간 책 세 권을 건넸다. 돈과 책에서 역겨운 개냄새가 올라왔다.

"물량이 좀 달려서 그러는데, 모레 한 번 더 들를 수 있어?"

남자는 달리기는 뭐가 달리느냐는 표정으로 철창을 쳐다봤다.

"전부 내일 중으로 처리할 것들이야. 혼자서 벅차긴 하지만 삼백육십오 일 이맘때 같으면 좋겠어."

B는 그러면서 또 작위적인 웃음을 흘렸다. 이젠 안 할 거야! 남자는 속으로만 외쳤을 뿐 오늘도 무력하게 B의 부탁에 고개를 끄덕인 뒤 받은 돈을 셔츠 주머니에 구겨넣고 말았다. 남자가 주머니에서 손을 뺐을 때 종이 한 장이 딸려나와 바닥으로 떨어졌다. B가 몰래 종이를 펼쳐들어 적힌 내용을 훑어보고는 텁텁한 목소리로 읽어내려갔다. 놀란 남자가 황급히 B의 손에서 종이를 낚아챘다. 그 바람에 낡은 종이는 접힌 선을 따라 찢어지고 말았다.

"보아 하니 유서 같은데, 홍씨 거야?"

남자는 아니라고 무뚝뚝하게 말하고는 서둘러 움막을 나왔다. 남자가 밖으로 나오자 개들이 또다시 사력을 다해 짖어대기 시작했다.

"쓸데없는 생각 말고 날도 더운데 몸보신이나 하고 가. 손질만 하면 금방 되는데. 불경기에 이만한 돈벌이가 어디 있다고 죽으려고 그래? 그나저나 찾는다는 사람은 찾았어?"

남자는 뒤도 안 돌아보고 곧바로 버스에 올라탔다. 남자는 지금까지 B에게 넘긴 개들이 몇 마리였는지 헤아려봤다. 한 스무 마리? 남자는 다음번에는 B에게 꼭 말하겠다고 굳게 다짐하며 핸들을 움켜잡았다. 남자의 버스가 B의 집을 지나가고 있을 때, B는 철창에서 꺼낸 개 한 마리를 고무호스가 있는 쪽으로 끌고 가고 있었다. 개는 제 운명을 아는지 온 힘을 다해 뒷다리로 힘겹게 버텼다.

남자는 왼쪽 셔츠 주머니에서 유서를 꺼내 펼쳤다. 늘 그렇듯 유서와 맞닿아 있던 심장이 순간 서늘해져왔다. 찢어진 유서는 유리 테이프로 가운데를 붙여놓았다. 10포인트로 인쇄되어 있는 글자가 A4용지 한 장을 가득 메우고 있었다. 여러 번 접었다 폈다 했더니 접힌 선에 걸린 글씨들은 닳아서 희미해져 있었다. 남자는 집으로 돌아가면 컴퓨터에 저장해둔 유서를 다시 출력해야겠다고 생각했다.

유서는 친구의 것이었다. 일 년 전 친구는 늦은 새벽에 전화를 걸어 곤히 자고 있는 남자를 깨웠다. 친구는 잠을 깨워 미안하다고 말한 뒤 나직한 목소리로 주절거렸다. 술에 취한 목소리도 아니었고, 지극히 평범하고 일상적인 얘기는 지루하기만 했다. 그래서 남자는 중간중간 하품을 했고 내일 점심으로 뭘 먹을 것인지 메뉴 고민을 했다. 하고 싶은 말을 다 끝낸 친구는 마지막으로 잘 자, 라고 인사하고 전화를 먼저 끊었다. 남자는 싱거운 친구라고 중얼거리며 다시 이불 속으로 기어들어가 잠을 청했다. 피곤해서 그런지 잠은 금방 찾아왔다.

남자의 집으로 친구의 등기우편물이 도착한 것은 다음날 아침이었다. 우편물은 두 개였다. 하나는 남자 앞으로 보낸 것이었고 다른 하나는 친구의 유서였다. 작으면 읽기 힘들 거라 생각했는지, 유서는 편지지 세 장에 걸쳐 사인펜으로 큼지막한 글씨로 써내려가고 있었다. 남자한테 보낸 편지 말미에 친구는 유서를 '슬비'에게 전해달라고 부탁했다. 부들거리는 손으로 급히 친구에게 전화를 걸어봤지만 불통이었다.

남자는 곧바로 택시를 잡아타고 친구 집으로 달려갔다. 그러나 집이 있어야 할 자리에는 시커먼 재만 덩그러니 남아 있었다. 이웃 주민들은 친구가 남자에게 전화를 걸었던 그날 새벽 집에 불을 질렀다고 했다. 불은 옆집 두 채를 태우고 나서야 겨우 꺼진 것 같았다. 이웃들은 뒈지려면 곱게 혼자 뒈질 것이지 다른 사람 인생까지 망쳐놨다고 친구에게 욕을 퍼부었다. 내가 자주 찾아갔다면 녀석은 죽지 않았을까. 그렇게 친구는 더이상 찾아오지 못하는 사람이 되어버렸고, 남자에게는 찾아갈 수 있는 친구가 없어져버렸다.

남자는 친구의 마지막 전화를 귀담아들어주지 못한 게 미안해 유서를 주머니에 넣고 다녔다. 그러던 어느 날 식당에서 주문한 음식이 나오기를 기다리며 물을 마시고 있을 때, 뒤 테이블에 앉아 있던 여자아이가 숟가락을 들고 장난치다가 남자의 팔꿈치를 건드렸다. 컵에서 쏟아져나온 물이 남자의 왼쪽 가슴 주머니로 차갑게 스며들었다. 순간 심장이 얼어붙은 듯했다. 남자가 유서를 펼쳤을 때 글자들은 이미 물에 번져 있었다. 다행히 재빨리 물수건으로 찍어낸 덕에 글자를 식별하는 데 큰 어려움은 없었다. 남자는 나온 음식을 먹지도 못하고 허겁지겁 집으로 달려가 유서를 한 자 한 자 타이핑했다. 친구의 떨리던 필체는 사라지고 없었지만 절박했던 내용만은 손상되지 않게 그대로 옮길 수 있었다. 모든 유서가 그러하듯, 뭐든 이해해야 될 것 같은 내용이었다. 남자는 타이핑한 유서가 너덜너덜해질 때마다 새로 출력해 주머니에 넣고 다녔다. 슬비가 언제 남자 앞에 나타날지 모를 일이었다.

유서를 접어 주머니에 막 넣으려는데 버스 안으로 여자가 들어섰다. 여자는 바다에서 돌아온 차림새였다. 챙 넓은 피크닉 모자 아래 여자의 얼굴은 검게 그을려 있었다. 새까맣게 타버린 몸 때문에 남자는 여자를 잠시 못 알아봤다. 여자의 몸에서 짠 바다 냄새가 바람처럼 몰려왔다.

"그동안 잘 지냈어요?"

여자가 모자를 벗자 그제야 남자는 여자를 알아봤다. 남자가 고인 침을 한번 꿀꺽 삼키더니 잇바디를 드러내며 웃었다.

"어디 갔었어요?"

"제주도요. 친구가 살거든요. 방학도 되고 해서, 푹 쉬다 왔어요."

마치 증거품을 제시하듯 여자가 가방에서 커다란 소라를 꺼내 내밀었다.

"선물이에요. 귀에 대봐요. 시원한 파도 소리가 들려요."

제법 무거운 소라를 받아든 남자는 여자의 말대로 눈을 감고 귀에 대봤다. 정말로 제주도의 시원한 파도 소리가 여기까지 밀려와 들리는 것 같았다. 눈을 떴을 때 여자는 다리 하나를 앞쪽으로 꽈배기처럼 꼰 채 책장 앞에 서서 남자에게 교태스런 눈빛을 보내고 있었다.

남자는 출입문을 잠그고 차창에 드리워진 커튼을 단단히 쳤다. 남자는 소라를 책장 위에 올려놓고 여자의 초콜릿빛 목덜미를 힘껏 빨았다. 이러다 정말 여자의 몸이 초콜릿처럼 녹아 없어질 것만 같아, 남자는 조금이라도 아껴 먹고 싶은 생각에 입술의 힘을 뺐다. 남자는 대신 숨을 헐떡거리며 여자의 옷을 벗겨내려갔다. 초콜릿을 감싸고 있는 얇은 은박지처럼 여자의 옷은 가벼운 손놀림에도 힘없이 벗겨졌다. 여자의 몸은 속까지 검게 타 있었다. 남자는 말랑말랑한 가슴을 깨물며 차가운 버스 바닥으로 여자를 무너뜨렸다. 그들의 격렬한 몸부림에 버스가 한번씩 덜컹거렸고, 그럴 때마다 책장 위에 올려놓은 소라가 아슬아슬 흔들렸다. 눈치 없게 누군가 밖에서 도서관 출입문을 두드렸지만 그들은 잠시 움직임을 멈추는 것으로 그 누군가를 무시했다. 밖의 누군가한테는 꼭 지금이 아니어도 되지만 안의 남자한테는 꼭 지금이어야만 했다.

"찾아가는 여관으로, 이름을 바꿔야 하는 거, 아니에요?"

신음소리에 섞여든 여자의 장난말이 남자의 오랜 무료함을 단번에 사라지게 했다. 남자는 여자의 젖꼭지를 깨물며 대답했다.

"난 찾아오는, 여관이 더, 좋은데."

그러자 여자가 몸을 비틀며 말했다.

"당신이 찾아오고, 내가 찾아가면, 우린 계속, 만날 수 있어요."

여자는 꼬인 브래지어 끈을 반듯하게 정리하며 책장에서 책 다섯 권을 꺼내들었다. 모두 아동도서였다.

"다음주에 봐요."

여자는 다시 모자를 쓰고 출입문을 나섰다. 남자는 점점 멀어져가는 여자의 구릿빛 등을 보며 아쉬움에 입가를 혀로 핥았다. 정말 초콜릿 맛이 났다. 찾아가는 도서관이 뭐예요? 문득 여자가 남자에게 처음 했던 말이 떠올랐다. 여자는 매주 정확한 시간에 아파트로 들어오는 커다란 이 버스를 매우 궁금해했다. 어느 날 여자는 목욕 바구니를 들고 출입문을 빼꼼히 들여다보며 남자에게 찾아가는 도서관이 뭐냐고 물었다. 남자는 늘 그렇듯 눈을 맞추지 않은 채 기계적인 말투로 도서관에 대해 설명해주었다. 아하, 그렇군요. 저처럼 시간에 쫓기는 사람한테는 유용하겠네요. 여자의 반응은 호들갑에 가까웠다. 그러면서 여자는 출입문 계단으로 홀짝 올라섰다. 목욕을 막 마친 여자의 젖은 머리에서는 싱그러운 오이 냄새가 났다. 저는 보습학원이나 도서관에 다니는 학생들을 실어나르는 차량인줄 알았어요. 요즘 학생들 머리가 터지도록 공부하잖아요. 집에 가는 시간에도 공부하라고 마련된 책상

딸린 차 말이에요. 여자의 그럴듯한 설명에 남자는 여자의 눈을 쳐다보며 그 자리에서 질탕하게 웃었다. 회원가입을 하는데 오랜 시간이 걸리는 보통 사람들과 달리 여자는 그날 바로 회원가입 신청을 했다.

남자는 화단 턱에 앉아 냉커피를 마시며 담뱃재를 털어냈다. 소형 아파트에 어울리지 않는 은색 아우디 한 대가 정문으로 천천히 들어왔다. 차 안에는 폭스형 선글라스를 낀 중년 여자가 타고 있었다. 중년 여자는 도서관 바로 옆에 차를 세우더니 길게 빠앙, 하고 클랙슨을 울려댔다. 차를 비키라는 뜻이었다. 주차 공간이 부족한 아파트를 순회하다보면 종종 발생하는 일이었다. 중년 여자가 차창 밖으로 얼굴을 내밀며 당신 차야? 라고 반말로 묻더니 차를 후진시키라는 뜻으로 손가락을 까딱였다. 남자의 버스는 현재 주차 공간 네 개를 차지하고 있었다. 그러나 반대쪽에도 차를 주차시킬 만한 공간은 얼마든지 있었다.
"저기다 그냥 주차하시죠?"
남자가 귀찮다는 표정을 짓자 여자는 선글라스를 벗어 주름이 오글오글 잡히도록 눈살을 찌푸렸다.
"내 차는 지정석이 따로 있다고!"
남자는 할 수 없이 담배를 화단 풀밭에 짓이겨 끄고 차에 올랐다.
"그래, 쓸데없이 차가 큰 게 문제지."
남자가 중얼거리며 버스를 후진시키자 아우디가 곧바로 주차를 마쳤다. 중년 여자가 지정석이라고 한 주차 공간에는 장애인 마크가 그려져 있었다. 그러나 아우디에서 내린 중년 여자의 사지 어디에서도 장애 마크는 보이지 않았다.

"남편 아니면 자식이 장애인 모양이지. 아니면 저 여자 정신머리가 장애든가."

남자는 또 중얼거리며 시동을 껐다.

십 분만 참으면 오늘 일과도 다 끝난다. 남자는 서서히 시립도서관으로 돌아갈 채비에 들어갔다. 책을 정리하고 출입문을 닫으려는데 어디선가 노인이 불쑥 나타나 문을 두드렸다. 남자는 시간이 다 됐다는 뜻으로 손목시계 유리를 손가락으로 툭툭 쳤다. 그런데도 노인이 막무가내로 차창을 두드리자 남자는 할 수 없이 문을 열었다.

"할머니, 책 빌리시게?"

노인은 고개를 가로저으며 손에 잡고 있던 노란 줄을 잡아당겼다. 그러자 작은 개 한 마리가 딸려왔다. 귀가 나뭇잎처럼 더펄거리는 어린 비글이었다.

"내가 저 가게에 볼일이 있어서 그러는데 십 분만 맡아줄라요? 가게 주인이 개털 알레르기가 있어서 아주 치를 떨어."

노인과 개가 동시에 애절한 눈빛으로 남자를 쳐다봤다.

"그럼 빨리 다녀오세요. 저도 곧 가봐야 하니까요."

말이 떨어지기 무섭게 노인은 개를 출입문 계단에 올려놓고 가게를 향해 바쁘게 걸어갔다. 그러나 이십 분이 지나도 노인은 돌아오지 않았다. 개를 품에 안고 노인이 볼일이 있다던 가게를 찾아갔지만 주인은 그런 사람은 모른다고 했다. 주인은 개를 보고 치를 떨지도 않았고 개털 알레르기도 없어 보였다. 남자는 그제야 노인한테 속았다는 걸 깨달았다.

사슴처럼 가냘프게 생긴 개가 바들바들 몸을 떨며 남자를 한번씩 올려다봤다. 개는 자기 이름이 새겨진 목걸이와 모자 달린 옷을 입고 있었다. 방금 목욕을 마쳤는지 몸에서는 향긋한 샴푸 냄새가 났다. 보통 애완견을 내다버릴 때 양심 있는 주인들은 이 개처럼 한껏 치장을 하거나 목욕을 시킨 뒤 밖에 내놓았다. 운이 좋으면 새 주인을 만날 수도 있기 때문이었다.

남자는 지금까지 아파트를 돌아다니며 스무 마리가 넘는 개를 잡았다. 남자는 주민들에게, 잡은 개들은 유기견보호소로 보낸다고 말해왔다. 그 때문에 어떤 주민은 개를 잡는 데 일조하기도 했고 좋은 일을 한다며 칭찬을 하기도 했다. 가끔은 도서관으로 찾아와 개 좀 잡아가달라고 은밀히 부탁하고 가는 사람도 있었고, 사정상 키울 수 없게 됐다며 직접 맡기고 가는 경우도 있었다. 어쩌면 주민들 대부분은 개들이 보호소로 보내지지 않는다는 걸 알고 있는지도 모른다. 어차피 유기견보호소로 보내져봤자 정해진 보호기간이 지나면 개죽음을 당하는 건 마찬가지였다. 혹시 노인도 보호소로 보내지 않는다는 걸 알고서 맡긴 걸까. 개에게 물려 상처 입거나 죽은 아이의 사건이 뉴스를 타면서 신경이 예민해진 주부들에게 남자는 존재 의미가 있었다. 하지만 남자는 이미 손을 털기로 다짐한 터였다. 남자는 길가에 버릴까 하다 일단 개를 트렁크 케이지에 넣었다. 트렁크를 닫을 때 남자의 눈이 개의 까만 눈동자와 마주쳤다.

현재 남자가 관계를 맺고 있는 도서관 이용자는 네 명이었다. 그중 세 명은 기혼자였다. 모두들 이 삭막하고 심심한 도시의 아파트 거주자였다. 집에서 애를 키우고 살림만 하고 사는 여자들은 지루하고 따분한 일상을 견디지 못했다. 그들은 늘 무심한 남편과 시끄러운 아이들로부터 벗어나길 원하고 있었다. 그리하여 그들은 찾아가는 도서관이 찾아오는 날만을 손꼽아 기다렸다. 그건 혈기왕성한 삼십대 중반의 남자에게도 마찬가지였다. 비가 오나 눈이 오나 정해진 날이면 어김없이 찾아가고, 또 찾아주는 도서관은 그들에게 일상 탈출을 위한, 청정한 한줄기 바람이었다. 그리고 책은 유희의 비밀을 지켜주는 그야말로 완벽한 오브제였다. 일을 마치고 아무 책이나 뽑아들고 버스에서 내리는 그들의 어깨는 어느새 삶의 충만함으로 단단해져 있었다. 그 모습이 하도 당당해 가끔은 떳떳해 보이기까지 했다. 남자는 무료한 자신이 누군가의 무료를 알아봤다는 사실에 모종의 흐뭇함을 느꼈다. 그들이 도서관을 찾는 목적이 무엇이든 남자는 자신을 찾아준 그들이 고마웠고, 그들로 인해 남자 또한 일상의 무료를 달랠 수 있어 즐거웠다. 남자와 관계를 끊고 싶을 때 여자들은 모두 약속이나 한 듯 책을 빌리러 오지 않는 것으로, 찾아주지 않는 것으로 뜻을 전달해왔다. 너무도 편리하고 깔끔한 마무리에 가끔 헛웃음이 나오기도 했지만 남자는 그런대로 만족했다. 단지 남자는 그들이 들고 간 책들을 한 번이라도 펼쳐보는지 궁금했다. 그러나 그들은 책에 대해서는 한마디도 해주지 않았다.

아줌마만 상대하다 화요일에 여자를 만날 때면 기분은 두둥실, 구름을 탄 듯 황홀했다. 미혼이란 점이, 어떤 가능성을 남겨두어 남자의 가슴을 시리게 했고 그날을 손꼽아 기다리게 만들었다. 그러나 남자는 일부 눈치 빠른 사람들의 의심스런 눈이 도서관을 꿰뚫고 있다는 걸 미처 알지 못했다. 남자에 대한 안 좋은 소문이 곰팡이처럼 소리 없이 빠르게 퍼져나가고 있다는 것도.

"당신은 왜 매번 그렇게 무료한 표정이에요?"

여자가 팔을 뒤로 돌려 브래지어 후크를 채우며 물었다.

"방금 제 표정이 그랬어요?"

남자는 여자를 애무하는 동안에 자신도 모르게 그런 표정을 지은 게 아닐까 염려되었다.

"지금 그랬다는 게 아니라, 버스에 앉아 있을 때 당신 표정이 늘 그 래요. 이 일이 따분해 보이긴 하지만 이렇게 책이 많은데. 책을 읽으면 무료함이 덜하지 않을까요?"

여자는 이해할 수 없다는 표정을 지으며 반바지 지퍼를 올리고는 남자의 팔을 베고 누웠다.

여자의 말처럼 남자도 한때는 대부분의 시간을 책을 읽으며 지낸 적이 있었다. 책을 읽는 동안에는 책을 대출하러 오는 사람이 없어도 전혀 무료하지 않았다. 가끔은 버스로 불쑥불쑥 쳐들어오는 사람들이 방해된다고 생각한 적도 있었다. 그랬던 남자가 책 읽기를 중단하게 된 것은 친구의 유서를 타이핑하면서부터였다. 물에 젖은 유서를 컴퓨터로 한 자 한 자 옮기던 손이 갑자기 굳어버리더니 낯선 공포감이 밀려왔다. 너무도 생경하고 급작스런 공포라 그것은 현실감마저 사라지게 했다. 유서를 쓸 당시 친구의 복잡했을 심정과 우편물을 보낸 후 석유에 불을 댕길 때까지 친구가 감당해야 했을 시간의 두려움이 글자를 통해 또렷이 전해져왔다. 무엇보다 글자 한 자 한 자에 서려 있는 친구의 마지막 삶의 온기가 심장을 강하게 후벼팠다.

그후 남자는 무언가를 읽을 때마다 죽은 자가 남긴 글을 읽고 있다는 느낌이 들어 불안해졌다. 심장이 뛰고 눈에 경련이 일어서 글자를 읽는 눈동자가 자신도 모르게 자꾸 흔들리고 더듬거려졌다. 그러면 어김없이 글자는 뒤로 읽혀지거나 더디게 읽혔고, 행간을 옮길수록 숨이 가빠와 페이지 한 장을 넘길 때마다 죽을 것만 같았다. 그렇게 따지면 세상의 모든 책은 결국 죽은 자가 남긴 글이 될 것이기에 남자는 죽을 때까지 책을 못 읽게 될지도 모르겠다고 생각했다.

"눈더듬이라고 들어봤어요?"

남자가 여자의 얼굴을 가만히 들여다보며 물었다.

"그게 뭔데요?"

"말더듬이랑 비슷한 건데 글자를 읽지 못하는 사람을 그렇게 부른대요."

"불행한 사람이군요. 아는 사람 중에 눈더듬이가 있나봐요? 누군데요? 어쩌다 그렇게 됐대요?"

여자가 호기심 가득 찬 얼굴로 물었지만 남자는 여자에게만은 친구 얘기를 꺼내고 싶지 않았다.

"그냥 도서관 버스 운행하다 만난 사람이에요."

"그런 사람이 어떻게 도서관을 찾아와요?"

"그러게요."

여자는 그뒤로 말이 없었다. 남자가 고개를 돌려보니 여자는 남자의 팔을 베고 새근새근 잠들어 있었다.

이십 분 후 기지개를 켜며 잠에서 깬 여자는 책 다섯 권을 들고 버스 출입문 쪽으로 걸어갔다. 그때 여자가 갑자기 생각났다는 듯 남자를 향해 물었다.

"혹시 개 키워요?"

"아니 왜요?"

"아까 차 안에서 낑낑대는 소리를 들은 것 같아서요."

"아파트에서 들려온 거겠죠. 아무리 무료해도 개까지 데리고 다니진 않아요."

"이상하다. 분명히 들었는데. 책에서도 개냄새가 나요."

여자는 콧등을 찡그리며 돌아섰다. 남자는 여자가 당신 몸에서도 개냄새가 나요, 라고 하면 어쩌나 걱정되었다. 여자는 지금까지 한 번도 보여준 적 없던 불쾌한 표정을 지으며 마지막으로 한마디를 더 했다.

"그런 냄새는 분위기를 망가뜨리기 십상이죠."

그건 당신 몸에서도 개냄새가 나요와 다름없는 말이었고, 아무리 일회적인 관계라도 에티켓을 지켜달라는 여자의 우회적인 표현이자 요구였다. 개냄새 때문에 여자가 앞으로 찾아오지 않게 될까봐 남자는 조급해졌다.

더이상 지체해서는 안 될 것 같아 남자는 일정을 마치자마자 B의 집으로 버스를 몰았다. 움막에 도착했을 때 더위는 한풀 꺾여 있었다. 그 많던 개들이 어디로 갔는지 철창 안에 갇혀 있는 개들은 고작 여섯 마리뿐이었다. 남자는 움막 안으로 들어갔다. 그러나 B는 보이지 않았고 대신 움막 뒤에서 사람들의 웅성거림이 들려왔다. 남자는 발소리를 죽여 뒤뜰로 가봤다. 장정 서너 명이 평상에 모여앉아 개고기를 뜯으며 소주를 마시고 있었다. 가마솥이 걸려 있는 아궁이 주변에는 새카맣게 털이 그을린 개 세 마리가 나무토막처럼 뻣뻣하게 누워 있었다. 갑자기 구토증이 일어 남자는 얼른 그곳을 도망쳐나왔다.

날이 조금 어두워지자 남자는 천장에 매달려 있는 백열등 스위치를 올렸다. 촉이 낮아서 불을 켜도 움막 안은 그리 환하지 않았다. 살림살이마다 어두운 그림자가 졌다. 아주 오래된 냉장고 위에 지난주 B가 빌려간 책이 아무렇게나 놓여 있었다. 위치가 전혀 바뀌지 않은 걸로 보아 B는 책을 거들떠보지도 않은 모양이었다. 물량이 달릴 정도로 바쁘다고 했으니 책 읽을 시간도 없었을 것이다.

B가 이 일을 시작하게 된 것은 IMF 이후 하던 사업이 망하면서부터였다. 칠전팔기의 심정으로 다른 사업에 손을 댔지만 IMF 한파는 시작조차 불가능하게 만들어버렸다. 전공을 살려 번역을 해봤지만 입에 풀칠하기도 어려운 상황이었다. B는 IMF로 망한 자신의 인생을 IMF로 다시 일으켜세울 수 있을 방도를 찾다 여기까지 오게 됐다고 말했다. IMF 이후 수없이 많은 개들이 길바닥에 버려졌고, 이 일은 특별히 돈을 투자하지 않아도 시작할 수 있는 일이었다. 굳이 요구되는 게 있다면 모진 마음과 숨통을 비트는 약간의 기술뿐이었다.

멀리서 트렁크 닫히는 소리가 들리더니 B가 어둠 속에서 천천히 걸어나왔다. B의 손에 비쩍 마른 비글이 쥐여 있는 걸 보고 남자는 깜짝 놀랐다. 남자는 그동안 트렁크에 녀석을 가둬뒀단 사실을 까맣게 잊고 있었다.

"이건 새끼라 얼마 못 쳐주겠는데."

움막으로 들어선 B가 비글의 몸에서 목걸이와 옷을 벗겨내 쓰레기통에 던졌다.

"이, 이젠, 안 할 거야!"

남자는 내내 머릿속으로 되새겼던 말을 더듬거리며 겨우 뱉어냈다.

"알았어. 좀더 쳐줄게. 지금은 새끼지만 키우면 쓸 만할 테니까."

"다시 말하는데, 이젠 안 할 거라고!"

이번에는 더듬거리지 않고 아주 또박또박 큰 소리로 말했다.

"이만한 돈벌이가 어딨다고 그래?"

B가 살살 구슬리듯 말했다.

"돈에 눈이 멀어 머리가 잠시 어떻게 됐었어."

그 말에 B가 어이없다는 듯 코웃음을 쳤다. 그런 뒤 얼굴을 싸늘하게 만들어 남자를 노려봤다.

"홍씨 머리가 어떻게 된 거면, 난 정신병원에 처넣을 아주 미친놈이겠네?"

"그런 뜻이 아니라, 아무튼 손 털래."

"사내가 마음이 그렇게 약해서 어디다 써."

그러면서 B는 천장을 바라보며 한참 뭔가를 생각하다 결심한 듯 말을 꺼냈다.

"아쉽지만 정 그렇다면 나도 할 수 없지. 개 운반하는 데는 저 차가 딱인데."

B가 멀리 세워져 있는 버스를 보다가 예의 그 작위적인 웃음을 지으며 담배를 꺼내물었다.

"딱이……라니?"

B가 담배연기를 일부러 남자 얼굴을 향해 뱉었다.

"오토바이에 개 싣고 지나가면 사람들이 날 죽일 놈처럼 쳐다보거든. 저건 보기에도 그럴듯하고 개가 있는지 없는지 알 수도 없잖아."

"뭐?"

그동안 B의 꾐에 감쪽같이 걸려들었다는 사실에 남자는 화가 치밀었다.

"다음부터는 회관 앞에 차 세워둘 테니까 수고스럽더라도 그쪽으로 와!"

"아니 됐어. 내가 원했던 건 저 버스였지 책이 아니었거든."

B가 냉장고 위에 놓여 있는 책을 남자의 가슴팍으로 거칠게 떠안겼다.

"개 잡는 데는 몇 가지 기술만 있으면 돼. 그리고 기술이란 건 이딴 책이 아니라 경험에서 나와. 책 같은 거 안 봐도 사는 덴 아무 지장 없다고. 그동안 이짓 하면서 터득한 거야."

남자는 비글 값으로 쥐여준 지폐를 다시 돌려주고 B의 손에서 비글을 뺏어들었다. 그러고는 쓰레기통에서 모자 달린 옷과 목걸이를 집어들고 움막을 나왔다.

"생각 바뀌면 다시 와. 난 언제든 환영이니까."

그러나 B의 목소리는 개 짖는 소리와 뒤섞여 남자에게는 들리지 않았다.

남자는 여자가 선물로 준 소라를 귀에 대고 에어컨을 켤 수 없는 무더운 날씨를 견뎠다. 제주도의 푸른 바다가 눈앞에 어른거렸고 파도소리가 뺨을 시원스럽게 철썩철썩 쳐댔다. 남자는 소라에 입을 집어넣고 여자의 이름을 불렀다. 오늘 여자를 만나면 여름휴가 때 시간을 내줄 수 있느냐고 물어볼 생각이었다. 내줄 수 있다고 하면 남자는 제주도에 한번 더 가자고 조를 참이었다.

소라에 얼굴을 처박고 있는 남자가 우스웠는지 양산 쓴 아가씨가 남자를 보고 키득거렸다. 고민을 다 마치고 드디어 회원가입을 하려는 것일까. 아가씨는 지난번보다 훨씬 자신감 있게 버스로 올라서서 사진 한 장과 주민등록증을 내밀었다.

"저 가입할래요."

마치 대단한 결정을 내렸다는 말투였다. 아가씨는 남자가 건넨 신청서를 작성했다.

"카드는 다음주에 발급됩니다."

남자의 말이 끝나자 여자는 책을 빌리지 않고 곧바로 차에서 내렸다. 남자는 아가씨를 잠시 불러세웠다.

"이번주는 좀 바빠서요. 다음주부터 빌릴게요."

"그게 아니라…… 혹시 개 키워요?"

"아니요."

"그럼 개…… 좋아해요?"

좀 뜬금없는지 아가씨는 말이 없었다. 남자는 얼른 버스에서 내려 단정하게 옷을 입고 있는 비글을 트렁크 안 케이지에서 꺼냈다.

"한번, 키워볼래요?"

남자는 아가씨에게 비글을 강제로 디밀다시피 했다. 비글이 아가씨를 보자 운명의 상대를 만나기라도 한 듯 꼬리를 살랑, 흔들었다. 조금만 구슬리면 넘어올 것 같은 표정이었다.

"이 녀석도 주인을 알아보네. 책 읽는 것보다 개 키우는 게 더 재밌을 텐데."

"그냥 꽁짜로 주시는, 거예요?"

남자가 고개를 끄덕이자 아가씨가 비글을 못 이기는 척 받아들였
다. 회원가입 신청을 할 때와 다르게 아가씨의 고민은 다행히 오래가
지 않았다. 비글이 아가씨의 뺨을 핥았다. 아가씨는 남자에게 인사를
하고 양산을 펼쳐들었다. 아가씨의 팔에 안긴 비글이 시원한 양산 그
늘을 맞으며 점점 멀어져갔다.

현대 3차 아파트로 장소를 옮긴 남자는 냉커피를 따라 마시며 여자
를 기다렸다. 기다리는 내내 그 고질적인 무료함은 여전히 계속되었
다. 주차장 아스팔트 위로 나른하게 피어오르는 아지랑이를 보고 있
자니 잠이 쏟아졌다. 닫히려는 눈꺼풀 사이로 조그마한 꼬마아이가
꿈결인 듯 들어와 몽글거렸다. 아이는 버스를 보자마자 신나게 뛰어
왔다. 아이의 한쪽 손에는 노란색 피아노 가방이 들려 있었다. 아이가
버스에 올라타며 엄마, 라고 부르는 소리에 남자의 잠은 순식간에 달
아났다. 서너 살 정도 되어 보이는 아이는 아동서적이 꽂혀 있는 서가
에서 동화책 한 권을 꺼내들고 남자에게 갔다.

"아저씨, 이거 줘."

"엄마랑 같이 와야지."

암팡스럽게 생긴 아이는 막무가내로 책을 피아노 가방에 넣으려고
했다. 그때 피아노 가방으로 향해 있던 남자의 눈이 그대로 굳어버렸
다. 가방 겉면에 아이가 직접 쓴 듯한 이름이 비뚤배뚤 적혀 있었다.
유서에 적혀 있던 이름과 똑같은 이름이었다. 슬비. 친구 딸의 이름이

었다.

"네 이름이 진짜, 슬비니?"

"응."

"아빠는, 계시니?"

"아니."

친구의 유서가 맞닿아 있는 왼쪽 가슴이 심하게 요동치기 시작했다.

"그럼 엄마하고만 사니?"

"응."

순간 남자가 참았던 숨을 턱 놓았다. 친구의 아내가 분명했다. 친구는 남자에게 보내는 편지에 자신의 유서를 슬비한테 전해달라고 했다. 친구는 슬비라고 했지만 그건 아내를 부르는 이름이기도 했다. 대부분의 여자들이 아이 엄마가 되면 이름이 없어지듯 친구도 아내를 딸의 이름으로 부르고 있었다.

남자는 친구의 아내에 대해 알고 있는 게 별로 없었다. 얼굴도 본 적이 없었고 이름도 몰랐다. 남자가 알고 있는 거라고는 친구가 아내 쪽 가족의 반대를 무릅쓰고 동거 후 아기를 낳았다는 것과 그로 인해 아내가 친정 식구로부터 버림을 받았다는 것, 그후 생활고를 견디다 못한 아내가 아기를 데리고 집을 나갔다는 정도였다. 도대체 어떤 여자기에 꽁꽁 숨겨두고 보여주지 않느냐는 남자의 말에 친구는 닳을까봐, 라고 농을 쳤다. 그러고는 다음에, 라는 말로 남자의 궁금증을 계속 미뤄두기만 했다. 그런데 드디어 찾아냈다. 친구는 아내가 책 읽는 걸 좋아하니 분명 남자가 운행하는 도서관에 찾아올 거라고 했다.

남자는 흥분을 가라앉히고 아이에게 천천히 물었다.

"엄마가 여기서 책을 빌려갔니?"

아이는 고개를 끄덕였다.

"엄마 이름이 뭐니?"

"경희."

흔한 이름이었다.

"성은?"

그러나 아이의 발음이 부정확해 남자는 '최'인지 '채'인지 확실히 알 수 없었다. 남자는 동화책 표지를 펼쳐들고 아이에게 볼펜을 쥐어줬다. 아이가 동화책 면지에 '체'라고 썼다. 채경희. 친구 아내의 이름이었다.

여자가 평소보다 늦게 버스로 찾아왔다. 정해진 정차 시간이 거의 다 되어서였다. 운전석에 앉아서 여자를 쳐다보는 남자의 입술 한쪽에 경련이 일기 시작했다. 남자는 혹시 여자가 그런 미세한 움직임을 눈치챌까봐 고개를 차창으로 돌리며 말했다.

"드라이브할까요?"

"버스 드라이브라. 색다르겠는데요. 더워서 머리가 아프던 참이었는데."

버스가 서서히 아파트 광장을 빠져나가 도로로 진입했다. 여자는 플라스틱 의자를 가져다 운전석 옆에 바짝 붙이고 앉았다.

"궁금한 게 있어요."

콧노래를 부르며 운전석 기둥에 머리를 기대고 있는 여자에게 남자가 물었다.

"뭔데요?"

여자가 콧노래를 멈추며 남자를 쳐다봤다.

"경희씨는 왜 동화책만 빌려요?"

"말했잖아요. 동화작가가 꿈이라고."

남자가 망설이다 물었다.

"왜 애가 있단 말은 안 했어요?"

갑자기 백미러에 비친 여자의 얼굴이 순식간에 굳어지더니 다른 얼굴로 변했다. 마치 그동안은 가면을 쓰고 있었던 것 같았다.

"유아교육도, 동화작가도, 다 거짓말이죠?"

여자가 벌떡 일어나는 바람에 의자가 데굴데굴 굴러 출입문 계단으로 처박혔다.

"내가 아줌마면 당신이 상대나 해줬겠어? 남자들은 싱싱한 걸 좋아하잖아?"

여자는 이제 반말까지 스스럼없이 했다.

"이성철씨, 알죠?"

이름을 듣는 순간 여자가 눈을 연신 희번덕거리더니 남자를 극도로 경계하기 시작했다.

"너, 누구야!"

남자는 이성철이 자신의 친구라는 말을 하지 않기로 했다. 그 사실을 안다면 남자만큼이나 여자도 충격을 받을 게 뻔했다.

"도서관 버스 운행하다 만난 회원이에요."

"차 세워!"

여자가 미친 사람처럼 소리질렀다.

"차 세우라고!"

"진정하고 내 말 좀 들어요. 이성철씨가 전해달라는 게 있어요."

"관심 없어! 그 작자 얘기는 하나도 듣고 싶지 않아! 빨리 차 세워!"

여자가 손으로 머리를 감싸며 불안한 듯 버스 끝으로 갔다 운전석으로 되돌아오기를 반복했다.

남자가 차를 멈출 기미를 보이지 않자 이성을 잃은 여자는 차 앞유리 선반에 놓여 있는 소라를 집어들었다. 그러고는 남자의 머리를 향해 있는 힘껏 내리쳤다. 소라는 깨졌고, 중심을 잃은 버스는 순식간에 중앙선을 침범했다. 남자는 맞은편에서 달려오는 탱크로리를 피하려고 순간적으로 핸들을 오른쪽으로 꺾었다. 버스가 쾅, 하고 전봇대와 충돌했다. 유리창을 가리고 있던 커튼들이 공중에서 격렬하게 춤을 췄고 책장에 꽂혀 있던 책들이 바닥으로 와르르, 쏟아졌다.

강한 충돌과 함께 차가 멈추자 잠시 정신을 잃고 쓰러졌던 여자가 자리에서 일어났다. 남자는 핸들 위에 엎어져 있었고, 안전 유리가 찌그러진 채로 남자의 정수리 부위에 닿아 있었다. 남자가 여자를 향해 뭐라고 웅얼거리며 손을 왼쪽 가슴으로 가져갔다. 그러나 남자의 손은 주머니 속으로 가지도 못한 채 그대로 멈춰버렸다.

여자는 다리를 절뚝거리며 버스에서 내렸다. 주황색 옷을 입은 119 대원들이 버스에서 남자의 시신을 수습하고 있었다. 늙은 경찰이 여자에게 다가와 사고경위에 대해 물었다. 여자는 겁에 질린 목소리로 말더듬이처럼 더듬더듬, 사고에 대해 얘기했다.

"책을 고르고 있는데, 뒤……에서 겁탈하려고 했어요. 제가 바……반항하자, 갑자기 문을 다……닫더니, 차를 몰았어요. 무…… 무서웠어요."

여자는 손으로 얼굴을 감싸고 잔뜩 겁에 질린 목소리로 울먹였다. 여자는 찾아가는 도서관을 둘러싸고 곰팡이처럼 퍼져 있는 소문이 자신의 진술을 진실로 인정해줄 거라 확신했다. 그때 뒤에서 젊은 경찰이 늙은 경찰을 불렀다.

"이것 좀 보십시오. 사망자 주머니에서 나온 건데, 유서 같습니다. 죽으려고 작정했나봅니다. 저 여자는 뭐래요?"

"겁탈하려고 했대."

"죽기 전에 마지막으로 즐기고 싶었던 걸까요? 아니면, 혼자 죽기 두려워 동반자가 필요했던 걸까요?"

"글쎄."

남자가 들것에 실려 구급차로 옮겨졌다. 하얀 천 사이로 비어져나온 남자의 손가락이 무언가를 집어들려는 듯 구부러져 있었다. 견인차가 뒤에서 박살난 버스를 잡아끌었다. 버스가 조그마한 견인차에 힘없이 끌려나가자 유리 조각이 보석처럼 바닥으로 흩뿌려졌다. 여자는 뒤돌아 더이상 찾아갈 수 없게 된 버스를 쳐다봤다. 앞유리 상단에 고딕체로 쓰여 있던 '찾아가는 도서관'이란 글자는 알아볼 수 없을 만큼 찌그러져 있었다.

나쁜

이웃

그녀가 쓰레기봉투를 들고 현관문을 나선다. 쓰레기봉투는 바늘로 찌르면 금방이라도 터질 듯, 임신한 여자의 배처럼 팽팽하다. 그녀의 다른 손에는 미처 봉투에 쑤셔넣지 못한 쓰레기가 검은 봉지에 담겨 있다. 그녀는 엘리베이터 버튼을 누르고 현관문 쪽으로 고개를 돌린다. 그새 또 광고지가 너덜너덜 붙어 있다. 태권도 학원, 유치원, 피자 가게, 치킨 가게, 아파트 분양 광고지 등등.

　그녀는 쓰레기봉투를 벽에 기대놓고 거친 손놀림으로 광고지를 떼어낸다. 맞은편 404호 현관문에도 똑같은 광고지들이 덕지덕지 붙어 있다. 어찌 된 일인지 요즘 들어 404호는 광고지를 떼어내지 않고 있다. 누구보다 현관문이 더럽혀지는 걸 싫어하면서, 아니 광고지가 현관문 중앙에 붙어 있는—가톨릭 신자임을 말해주는—은색 십자가를 가리는 걸 싫어하면서 말이다. 광고지가 십자가를 가리기라도 하면 노인은 광고지에 적힌 번호로 전화를 걸어 당장 떼어가라고 쏘아

붙였다. 광고지는 교양 있고 순한 노인을 화나게 하는 유일한 것이었다. 그런데도 404호 광고지는 근 두 달 동안 계속 그녀의 손에 의해서만 떼어지고 있었다. 신성한 종교적 상징이 상업성에 의해 무참히 가려지고 있는데도 말이다.

그녀는 고개를 갸웃거리며 떼어낸 광고지를 검은 봉지에 구겨넣는다. 마침 엘리베이터 문이 활짝 열리자 벽에 기대놓았던 쓰레기봉투가 바닥으로 쓰러져 툭 터져버린다. 찢어진 비닐 사이로 각종 냄새나는 쓰레기가 불길한 내장처럼 삐져나온다. 그녀가 틈서리로 쓰레기를 꾸역꾸역 집어넣는 사이 엘리베이터는 위층으로 올라가버린다. 괜스레 짜증이 난다. 엘리베이터를 놓친 게 노인 탓인 것만 같아 그녀는 쓰레기 냄새가 밴 손으로 404호 초인종을 누른다. 아무런 응답이 없다. 며칠 전 담근 김장김치를 주려고 초인종을 눌렀을 때도 응답은 없었다. 어디를 간 걸까.

그녀는 쓰레기봉투를 아기 보듬듯 두 팔로 안고 엘리베이터에 오른다. 봉투가 더이상 벌어지지 않도록 최대한 움직임을 자제하고 주차장 화단으로 간 그녀는 봉투의 터진 부위가 남의 눈에 띄지 않도록 다른 쓰레기봉투 사이에 잘 세워둔다. 그러고는 검은 봉지에서 쓰레기를 꺼내어 허한 다른 집 쓰레기봉투에 조금씩 쑤셔넣는다. 이렇게 이미 버려진 쓰레기봉투의 여유 공간을 활용하면 봉투 한 장 정도를 절약할 수 있다. 예전에는 늦은 밤에 쓰레기를 몰래 처리했지만 요즘은 그렇게 하지 않는다. 솔직히 죄랄 것도 없고 뭐랄 사람도 없다. 주인의 손을 벗어나 버려진 쓰레기봉투는 더이상 주인이 없다.

그녀는 쓰레기를 모두 처리하고 현관으로 들어선다. 그녀의 우편함에 우편물 한 통이 꽂혀 있다. 수신인을 보니 잘못 배달된 우편물이다. 그녀는 그것을 반송함에 집어넣고 404호 우편함을 들여다본다. 아귀가 찢어질 듯 네모진 투입구가 우편물을 한가득 물고 있다. 그녀는 404호 우편물을 모조리 꺼내어 일일이 살펴본다. 각종 요금청구서와 가톨릭 복지단체에서 보내온 우편물이 대부분이다. 요금청구서는 두 달 전 것이다. 아무래도 이상하다. 그녀는 우편물을 힘겹게 도로 물려놓고 엘리베이터에 오른다. 꽁꽁 언 손에서는 텁텁한 쓰레기 냄새가 난다.

그녀가 노인을 마지막으로 본 것은 두 달 전이다. 마트에 가려고 현관을 나서는데 노인이 계단을 올라오고 있었다. 노인은 어지럽다며 엘리베이터 대신 주로 계단을 이용하곤 했다. 한 손으로 벽을 짚으며 계단을 올라오는 노인은 무척 힘들어 보였다. 해쓱한 얼굴은 화선지처럼 창백했고 등은 심하게 구부러져 있었다. 노인은 나머지 한 손으로 배 부위의 카디건을 움켜쥐고 입술을 꽉 깨물고 있었다. 어디 다녀오시는 길이냐는 그녀의 물음에 노인은 희미하게 고개만 끄덕일 뿐 말이 없었다. 그뒤로 노인이 보이지 않았던 것 같았다. 간혹 신자들이 노인의 집을 방문했지만 그들도 초인종만 몇 번 누르다 돌아갔다.

엘리베이터에서 내린 그녀는 404호 초인종을 가만히 누른다. 그러다 할머니! 할머니! 하고 문도 두드려보지만 역시나 반응이 없다. 그녀는 쭈그리고 앉아 신문투입구를 열고 얼굴을 들이댄다. 순간 어떤 기운이 훅 귀신 소리를 내며 빨려나와 그녀의 콧속으로 강하게 스며든다. 단춧구멍만큼 작은 그녀의 눈이 크게 벌어진다. 그녀는 하얗게 질린 얼굴을 쳐들고 자리에서 황급히 일어난다. 갑자기 등골이 오싹

해지면서 몸이 부들부들 떨린다. 그녀는 불안하게 손을 주무르며 숨을 가쁘게 몰아쉰다. 그러고는 다시 용기내어 투입구로 얼굴을 들이댄다. 역시나 마찬가지다. 코에 문제가 있는 게 아니다. 사십대 후반인 그녀에게는 이와 비슷한 냄새를 맡을 기회가 많이 있었다. 역겨운 냄새가 분명 투입구 앞까지 풍겨온다. 그녀는 코를 틀어막고 안을 살핀다. 베란다 창으로 들어온 겨울햇살이 내부를 환하게 밝히고 있다. 투입구 바로 앞에는 신문이 아무렇게 쌓여 있고 단화 한 켤레가 가지런히 놓여 있다. 신발코가 거실을 향하고 있는 검은색 단화. 뭔가를 말해주는 것 같은 느낌이 든다. 설마…… 노인은 저 신발을 벗고 방으로 들어간 후 나오지 않은 것이다.

그녀는 일단 자신의 집으로 호들갑을 떨며 들어간다.

"이 일을 어째, 어째."

거실에서 티브이를 보고 있던 딸들이 놀란 눈으로 그녀를 쳐다본다. 그녀는 딸들에게 빠르면서도 간결하게 자신의 직감을 털어놓는다. 딸들은 그녀의 손에 억지로 끌려나와 404호로 간다. 겁 많은 큰딸은 선뜻 앞으로 나서지 못한 채 그녀의 꽁무니에 바짝 붙어 있다. 담이 큰 작은딸이 용기내어 투입구를 열고 얼굴을 갖다댄다.

"윽!"

작은딸은 얼굴을 들이대자마자 비명을 지르며 고개를 외로 튼다. 그러고는 거의 확신하듯 그녀를 향해 고개를 절도 있게 끄덕인다. 겁에 질린 큰딸이 새된 비명을 지르며 그녀에게 몸을 더욱 밀착시킨다. 그녀는 다급하게 계단을 타고 내려간다. 딸들은 서로 얼굴을 쳐다보다 혼령이라도 본 듯 비명을 지르며 제집으로 재빨리 들어간다.

그녀는 머리카락을 휘날리며 경비실로 달려간다. 찬바람이 폐부를 찌를 때마다 쉿소리가 난다. 경비실에 당도한 그녀는 다급한 마음을 일단 진정시키고 문을 연다.

"안녕하십니까?"

"오늘은 또 무슨 일로 오셨습니까?"

경비 두 명이 그녀를 보고 번갈아가며 반갑게 인사를 한다.

"저기, 404호 할머니 요즘 보신 적 있으세요?"

그녀는 짐짓 차분하면서도 조심스럽게 말을 꺼낸다.

"아, 박할머니요?"

뭔가를 알고 있는 듯한 늙은 경비의 말에 그녀의 가슴이 두방망이질치기 시작한다. 그녀는 신중한 얼굴로 경비를 향해 귀를 기울인다.

"저희도 궁금하던 차였습니다. 이삼 일에 한 번씩은 경비실에 들르던 양반이 요즘은 통 안 보여서요. 여태 그런 적이 없었는데 관리비도 밀려 있고……"

경비의 말에 그녀의 짐작은 거의 확신으로, 확고히 자리잡는다.

"한 달 전부터 수시로 초인종을 눌러봐도 대답이 없더라고요. 마지막으로 봤을 때 안색이 안 좋았던 게 생각나서 괜히 걱정이네요."

그녀의 목소리가 갑자기 빨라진다.

"어쨌거나 그 할머니 이웃 하나는 잘 뒀네요. 아주머니 아니었다면 혼자 사는 노인네를 누가 신경이나 쓰겠어요. 그래도 이웃이라고 한 번씩 들여다봐주니 그 양반 인복은 있나봐요."

"아파트 일에 관심 갖는 분은 403호 아주머니뿐이라니까요. 아주머니 같은 분이 열 명만 있었어도."

경비들의 입에서 그녀의 칭찬이 줄줄이 사탕처럼 이어진다.

경비들의 말처럼 그녀는 아파트 내에서 열혈 아줌마로 통한다. 냄비처럼 쉽게 부글부글 끓어오르는 성질 때문이기도 하지만, 불만사항이나 요구사항 대부분이 그녀의 입에서 나오기 때문이다. 그녀의 성미는 사소하고 자질구레한 문제도 그냥 봐넘기지 못한다. 계단참 전등 소등 문제며 자치위원장의 자질 문제, 일반 쓰레기와 음식물 쓰레기의 철저한 분리수거, 외부 차량 유입으로 인한 주차장 부족 문제, 관리비 내역의 투명성 보장까지. 재작년에는 관리비를 횡령한 죄가 드러난 관리소장의 모가지가 날아간 일이 있었는데, 그 선두에도 단연 그녀가 있었다. 관리소와 경비실이라는 관리시설이 아파트에 상주하고 있지만 아파트는 단독주택만도 못한 관리를 받고 있었다. 아파트 주민들의 무관심, 공동체의식의 결여가 그들의 태업을 부추긴 것이었다. 그사이에 주민들의 주머닛돈은 야금야금 새어나갔지만, 그 돈은 세대당으로 따지면 푼돈에 불과해 주민들은 손해라는 개념조차 인식하지 못하고 있었다. 한 사람만이라도 눈을 부릅뜨고 있어야 그나마 부당한 손해를 줄일 수 있었다. 그러나 그녀의 그런 행보를 못마땅하게 여기는 사람들도 있었다. 그냥 대충 넘어가도 될 일을 파헤쳐서 사람을 피곤하게 만든다는 것이었다.

"아주머니가 자치위원장이나 부녀회장 하면 딱인데, 왜 안 하려고만 하세요? 내달에 자치위원장 임기 끝나는 건 아시죠? 아주머니 같은 분이 한자리 차지해야 아파트가 제대로 돌아가죠."

경비의 계속되는 칭찬에 그녀의 어깨가 조금 으쓱해진다. 솔직히 그녀는 감투에 관심이 많은 사람이다. 덥석 집어삼키기에는 시기가 적절하지 않다고 판단한 것뿐이다. 이런 일에는 적당한 사양과 수준 높은 겸양이 깔려 있어야 질이 격상되는 법이다. 지금은 그에 걸맞은 이력을 좀더 쌓아야 할 때이고 그럴듯한 명분도 더 필요하다. 자신의 존재를 확실하게 각인시켜줄 수 있는 결정타. 그녀에게는 만인의 환호와 인정을 받으며 단상에 오르고 싶은 욕망이 크게 자리하고 있다. 그녀는 단지 완벽하고 거칠 것 없는 위상을 위해 한 발 물러서는 법을 알고 있는 것이다. 그녀는 그런 속마음을 내밀하게 감춰두고 짐짓 냉철하게 말한다.

"그런 쓸데없는 얘기는 집어치우고 할머니 행방이나 어서 알아보세요!"

조금 무색해진 경비는 그제야 부랴부랴 옆 경로당 건물로 향한다. 그녀가 빠른 걸음으로 그들을 따라나선다.

경로당 할머니들은 음식 준비로 분주하다. 오늘은 동네 노인들이 모여 점심을 먹기로 한 날이다. 압력밥솥 신호추 소리와 전 부치는 소리로 부엌은 소란스럽다.

"글쎄, 우리도 그 할매 못 본 지 두어 달 됐어. 경우 없는 양반이 아니라서 어디 가면 간다고 꼭 말하고 가는디."

"혹시 따님 집에 간 게 아닐까요?"

"아니어. 딸한테 갈 때도 항시 말하고 가는디."

"그럼 그 따님 전화번호 아세요?"

"나야 모르지. 그 노인네 자기 얘기 여기저기 흘리고 댕기는 양반이 아니라서. 딸이 서울 산다는 깃밖에는 몰라. 근데 그 할매는 뭔 일로 찾아?"

그녀는 경로당 마루에 걸터앉으며 걱정스러운 한숨을 내쉰다.

"할머니 집 신문투입구에다 코를 대보니까 무슨 냄새가 나는 것 같아서요……"

그녀의 말에 경비원들과 노인들이 일시에 놀라 그녀를 뚫어지게 바라본다.

"무슨 냄새요? 확실합니까?"

경비가 재우쳐 묻는다.

"우리 집 애들도 맡아보더니 이상하다고…… 그리고 할머니가 평소 신고 다니시던 신발이 들어간 방향으로 요렇게 놓여 있더라고요."

그녀가 양손을 펴서 V자 모양으로 붙여 보인다. 노인들은 머릿속으로 최악의 상황을 떠올리며 서로의 얼굴을 두려운 눈으로 쳐다본다.

"우편함에 우편물도 쌓여 있고……"

그녀의 말이 끝나기가 무섭게 경비들이 급박하게 움직인다.

"저랑 한번 가봅시다!"

경비 한 명이 팔을 앞으로 내저으며 앞장서 404호로 향한다. 마음 급한 경비는 우편함을 힐끗 쳐다보다 고개를 끄덕이고는 계단을 두 개씩 밟고 올라간다. 404호 현관문 앞에 선 경비는 소용없다는 것을 뻔히 알면서도 초인종을 세 번이나 누른다. 경비의 행동이 못내 답답한 그녀가 쏘아붙인다.

"아, 소용없다니까요. 저 구멍에 코나 대보세요!"

경비는 약간 주춤하더니 께름칙한 표정을 짓는다.

"감기 때문에 코가 막혀서……"

"그래도 한번 맡아보세요. 완전히 막힌 건 아닐 거 아니에요. 얼른

요!"

그녀의 강권에 경비는 할 수 없이 덮개를 올리고 슬그머니 숨을 들이마신다.

"나죠, 나죠?"

긴장된 그녀의 물음에 경비는 눈동자를 굴리며 고개를 이리저리 내젓는다.

"그런 것 같기도 하고, 아닌 것 같기도 하고."

그녀는 답답한 듯 가슴을 친다.

텅텅텅, 그때 누군가가 계단을 타고 올라오는 소리가 들린다. 늙은 경비와 관리소장이다. 그녀는 소장을 보자 경로당 할머니들과 경비한테 했던 말을 재빠르게 되풀이한다.

"소장님, 문을 땁시다."

그녀의 낭랑한 목소리가 좁은 시멘트 공간에 왕왕 울려퍼진다.

"그래서 알아봤는데, 주인이나 보호자 허락 없이 문을 따는 건 경찰 입회하에만 가능하답니다."

"경찰이요? 경찰까지 부를 게 뭐 있어요. 그냥 우리끼리 조용히 해결해요."

"아주머니 짐작이 맞다면 이건 보통 일이 아니잖아요. 아무 일 없다 쳐도 함부로 들어갔다고 말 나오면 일만 복잡해져요. 이럴 땐 적법한 절차에 따르는 게 뒤탈이 없어요."

웅성거리는 소리에 오층 여자들이 아래를 내려다보며 무슨 일이냐고 묻는다. 상황을 대충 얘기하자 호기심이 발동한 여자들이 슬리퍼를 질질 끌면서 신나게 계단을 내려온다. 모두들 심심하던 참에 잘됐다는 표정이다. 좁은 계단참이 순식간에 수다한 사람들로 가득 차고, 사태 해결을 위한 심각한 웅성거림이 한동안 계속 이어진다.

"경찰을 부릅시다!"

관리소장의 단호한 결정에 순간 계단참이 고요해진다.

"이대로 있자니 찜찜하고, 할머니 행방에 대해 아는 사람도 없으니. 만에 하나 할머니가 저 안에 있다면 어차피 불러야 할 경찰이잖아요."

'경찰을 부른다고? 그래. 불러도 괜찮을 거야. 우리 애들도 분명 냄새가 난다고 했어. 신발도 그렇고 우편물도 그렇고 이상한 점이 한두 가지가 아니야. 관리비가 밀려 있는 것만 봐도 무슨 일이 생긴 게 분명해.'

그녀는 자신의 직감과 여러 가지 정황을 다시 한번 확실하게 정리한 뒤 말한다.

"그럽시다. 정식으로 경찰에 도움을 청합시다."

그녀의 강한 동조에 소장은 곧바로 주머니에서 휴대폰을 꺼낸다.

십 분도 안 돼 파란색 경찰차가 불빛을 번쩍이며 아파트단지로 들어온다. 조수석에서 뚱뚱한 정복 차림의 경찰이 근엄한 자세로 차문을 열고 내린다. 경찰은 가죽장갑 낀 손으로 허리춤을 한번 추켜올리고는 아파트를 올려다본다. 관리소장이 경찰에게 몇 마디 말을 던지며 그를 안내한다. 경찰은 태만해 보이는 얼굴을 빳빳하게 들어올리며 아파트현관으로 들어선다. 뚱뚱한 몸 때문인지 본래의 습성 때문인지 행동거지는 거북이보다 더 느려터졌다. 민첩함이 요구되는 경찰이란 직업에 전혀 어울리지 않는 태도다.

"아, 왔으면 빨리빨리 움직일 것이지!"

성질 급한 그녀가 계단참 창문으로 밖을 내다보며 짜증스럽게 말한다.

엘리베이터 문이 열리자 계단참에 서 있던 사람들이 홍해처럼 양쪽으로 갈라선다. 경찰이 계단참으로 걸어나와 발걸음을 멈추자 사람들이 다시 경찰을 둥그렇게 에워싼다. 경찰은 상의 안주머니에서 수첩을 꺼내들며 신고자가 누구냐고 급한 듯 묻는다. 그 말에 그녀가 손을 들며 한 발짝 앞으로 걸어나온다. 경찰은 날카로운 눈으로 그녀를 위아래로 쏘아보며 이름과 주소, 주민등록번호를 묻는다. 방금 전의 느리고 답답한 동작은 어느새 사라지고 없다. 사람을 노려보는 매서운 눈매며 빠르고 절도 있는 말투에서 제법 경찰 냄새가 풍긴다.

경찰이 등장하자 더 많은 사람들이 꾸역꾸역 몰려든다. 계단참이 수용 못 한 사람들은 계단 위아래로 층을 이루며 빽빽하게 서 있다. 사람들은 경찰의 행동과 말 한마디에 온 신경을 곤두세운다. 경찰은 초인종을 누르는 번거로움을 생략하고 투입구에 바로 코를 대본다. 숨막히는 고요다.

"무슨 냄새가 나긴 나네."

지나가는 말처럼 내뱉은 경찰의 말에 사람들은 더없이 술렁거린다. 오층과 삼층 여자들은 서로 손을 붙잡고 희미한 비명을 지른다. 경찰의 예리한 직관과 현장경험에서 비롯된 진단을 무엇보다 신뢰하는 것이다. 그녀는 자신의 확신을 다시 확인받았다는 생각에 일단 안도한다. 그러나 한편으로는 무섭기도 하다. 두 달 동안 아무도 모르는 죽음이 머물러 있던 곳. 초인종을 누르고 창문을 바라보고 광고지를 떼어냈던 곳. 여자들의 두려움도 만만치 않아 보인다. 노인이 죽어 누워 있는 곳이 안방이라면 오층 여자는 노인의 주검 위에서 누워 지냈던 게 되고, 삼층 여자는 자기 머리 위에 주검을 얹어놓고 살아왔던 게 된다. 여자들은 불길한 기운을 조금이라도 떨쳐버리기 위해 계단으로 내려선다.

경찰은 철옹성 같은 문 앞에 모여 있어봤자 소용없는 짓이라며 밖으로 나간다. 사람들이 경찰 꽁무니를 개처럼 쫓아 모두 밖으로 나간다. 그녀는 현관문 중앙에 붙어 있는 은빛 십자가를 바라본다. 오늘따라 유난히 차가워 보이는 십자가다. 이번만큼은 저 십자가도 노인을 구원해주지 못한 모양이다. 영혼이 불쌍해, 예수를 믿어. 노인의 말이 귓가에 울리는 듯하다. 이번에는 하얀 강아지가 노인을 어디로 인도했을까.

노인이 예수를 믿기 시작한 건 죽음을 경험한 후부터였다. 노인은 스무 살 꽃다운 나이에 알 수 없는 병으로 죽었다. 그러고는 발인 날 관에 박힌 못을 뽑고 다시 살아났다. 노인은 자신의 장례식에 모인 사람들에게 하얀 강아지를 따라 강을 건넌 얘기를 생생하게 들려주었다. 죽음 너머의 세계. 그러나 아무도 노인의 말을 믿지 않았다. 그저 다시 살아나려고 희한한 꿈을 꾼 것뿐이라고 생각했다. 죽기 전의 노인도 그들처럼 사후세계나 신의 존재를 믿지 않았다. 노인의 말을 믿어준 건 예수를 믿는 자들뿐이었고, 노인은 결국 자기 말을 믿어준 그들을 열심히 믿기로 했다.

그녀는 밖으로 나간다. 겨울바람이 매몰차게 몰아친다. 바람이 불 때마다 쓰레기 더미에서는 역한 냄새가 몰려온다. 우중충한 회색 구름은 하늘을 음험하게 수놓고 있다. 사람들의 어두운 시선은 모두 사층 베란다 창에 붙박여 있다. 길 가던 사람들도 걸음을 멈추고 그 시선에 동참한다. 중국집 배달원도 오토바이를 멈춘다. 방학을 맞은 꼬마 아이들은 놀이터에서 동무를 데려와 어른들의 말에 귀를 쫑긋거린다. 경찰은 제법 민첩한 동작으로 어딘가로 전화를 건다. 그녀도 사람들 틈에 끼어 초조하게 베란다 창문을 바라본다. 창문과 창문 뒤에 드리워진 짙은 밤색 커튼은 겨울바람만큼이나 꽁꽁 맞물려 있다. 노인의 몸은 부패를 거듭해 몹시도 쪼그라들어 있을 것이다. 어쩌면 날이 추워서 생각만큼 심하게 훼손되지 않았을지도 모른다. 저 방 안의 공기는 온갖 세균과 악취로 오염되어 있겠지. 그녀는 노인이 꿈에라도 보였더라면 하는 아쉬움에 한숨을 내쉰다. 자신의 시신 좀 거둬 달라고 한 번이라도 꿈에 나타났더라면. 모든 게 자신의 잘못인 것만 같아 그녀의 눈가는 어느새 촉촉하게 젖어든다. 그녀는 사람이 죽은 것도 모르고 배부르게 밥을 먹었고 코미디 프로를 보며 배꼽을 부여잡고 깔깔대며 웃었다. 어두워지면 어김없이 사랑을 했고 달콤한 잠에 빠져들면 마냥 행복해했다.

　노인은 착하고 좋은 이웃이었다. 먹을 게 있으면 언제나 그녀와 나눴고, 그녀가 나눠준 음식에는 반드시 배로 보답을 했다. 성경 글귀 같은 말로 그녀의 열성을 칭찬했고 그녀의 자식들에게는 친할머니처럼 인자했다. 집 안의 물건이나 기계가 말썽을 일으킬 때는 공손한 태도로 그녀의 남편에게 수리를 부탁했다. 잡상인의 초인종에 꼬박꼬박 문을 열어주었고 필요 없는데도 그들의 물건을 사주기도 했다. 그래서 매일 신문과 우유가 노인의 집으로 배달되었다. 노인은 불교나 개신교 전도사들의 방문에도 기꺼이 응했고 차까지 대접했다. 그리고 상대의 종교를 존중해가며 진지하게 그들의 얘기를 들어줬다. 노인은 남을 속일 줄도 기만할 줄도 몰랐다. 중졸 학력인 그녀 앞에서 고등 학력과 풍부한 교양을 내세워 잘난 척하지도 않았다.

　그녀는 결혼 스물두 해 만에 아파트를 장만했다. 새 아파트로 입주 하던 날 그녀는 앞집에 누가 살게 될지 무척 궁금했다. 노인이 이사를 온 것은 그녀가 입주한 지 일주일이 지나서였다. 이삿짐이라고는 장 롱과 TV, 소형 냉장고와 세탁기, 자질구레한 세간이 전부였다. 인부 들이 검소한 이삿짐을 옮기는 동안 노인은 현관문에 은색 십자가를 정성스레 붙였다. 그녀의 인사에 노인은 사람 좋은 얼굴로 웃어주었 다. 그녀는 짐이 옮겨질 때까지 계단참에 서서 노인의 가족들을 기다 렸다. 그러나 날이 어두워지도록 찾아오는 사람은 없었다. 그녀의 식 구는 넷이었고 노인은 혼자였다. 변변치 않은 노인의 살림살이들은 안방과 부엌에만 덩그러니 자리를 차지했다. 두 개의 방과 거실은 아 무도 안 사는 집처럼 휑하니 비워져 있었다. 혼자 사는 노인에게는 필 요 없는 공간이기 때문이었다. 가끔 그 공간은 인근 성당에 다니는 할 머니 신자들에 의해 잠시 채워지곤 했다.

　아파트 뒤쪽에서 구급차와 빨간색 소형 소방차가 들어온다. 소방차 를 이렇게 가까이서 보기는 처음이다. 불덩이처럼 이글거리는 소방차 가 점점 그녀 쪽으로 다가온다. 죄지은 것도 아닌데 그녀의 가슴이 괜 시리 두근거리기 시작한다. 모든 사람들이 자신을 쳐다보고 있는 것 만 같다. 이 일에 대한 모든 책임이 그녀에게 있다는 듯이 주시하는 것 도 같다. 따지고 보면 경찰과 119가 동원된 것도, 주민들이 한겨울에 발을 동동 구르며 상황과 결과를 지켜보는 것도 그녀로부터 시작되었으니 그녀에게 책임이 있다고 할 수도 있었다. 그래서 그녀가 경찰에게 묻는다.

"불난 것도 아닌데 소방차는 왜 온 거예요?"

"창문에 접근하려면 사다리가 필요하니까요. 저건 불날 때만 쓰라고 있는 차가 아니에요."

오렌지색 옷을 입은 119대원 한 명이 급하게 차에서 내린다. 나머지 대원은 소방차를 최대한 아파트에 바짝 댄 뒤 사다리를 쏘아올린다. 그런데 은빛 사다리는 사층을 향해 올라가다 말고 중간에 멈춰버린다. 경찰이 양손을 허리춤에 갖다대고 소방차로 뒤뚱뒤뚱 걸어간다. 사층을 올려다보며 경찰과 대원들이 무슨 얘기를 주고받는다. 그러다 대원들은 다시 차를 몰고 아파트를 빠져나간다.

"왜 그냥 가는 거예요?"

그녀가 경찰에게 불만 섞인 목소리로 묻는다.

"더 큰 차를 보내준답니다."

"차가 무슨 상관인데요? 사람이 문을 열지 차가 문을 여는 건 아니잖아요?"

"사다리에 문제가 생겼나봅니다. 솔직히 뭐든 커서 나쁠 건 없잖아요."

경찰은 차분하게 기다리자며 금니를 보이며 여유 있는 미소를 짓는다. 그녀는 문득 경찰의 그런 여유가 부러워진다.

소형 소방차가 떠나고 얼마 후 사이렌을 울리며 대형 소방차가 아파트로 들어선다. 커진 소방차 크기만큼 그녀의 심장도 더 크게 두근거린다. 위압적인 사이렌 소리에 아파트 창문이 하나둘 열린다. 열린 창문마다 검은 머리가 송송 박혀 있다. 그녀의 딸들도 창문을 열고 겁먹은 얼굴로 밖을 내다본다. 소방차는 꽁무니에 철없는 동네 아이들을 줄줄이 달고 와 멈춘다. 동시에 사이렌 소리도 멈춘다. 대형 소방차의 등장으로 사람들이 눈 깜짝할 사이에 강물처럼 불어난다. 식사를 하기 위해 모여 있던 경로당 할머니들은 썩은 이빨을 드러내며 호들갑을 떤다. 다른 아파트 거주자들도 짝을 지어 구경나온다. 쓰레기를 버리러 나온 처녀는 봉투를 아무렇게나 팽개쳐두고 무리에 합류한다. 노인이 다니던 성당의 주임신부와 수녀들도 한쪽에 서서 사태를 주의깊게 살핀다. 그녀에게는 검은 옷의 그들이 법봉을 두드리는 판사처럼 보였다가 순간 무시무시한 저승사자처럼 보이기도 한다.

이번에는 문제없이 119대원이 기다란 은빛 사다리를 사층으로 쏘아올린다. 다른 한 대원이 연장을 들고 사다리를 타고 올라간다. 떨어지기라도 할까봐 여자들은 손으로 입을 틀어막으며 대원들을 바라본다. 단 한 사람도 자리를 뜨지 않는다. 아이들부터 나이 든 어른들까지 침묵한 채 고개를 들고 쳐다본다. 대원은 사다리에 아슬하게 매달린 채 한 손으로 베란다 철창을 부여잡는다. 그러고는 연장을 창틀 밑으로 쑤셔박는다. 알루미늄 긁히는 소리가 소름 끼치게 들린다. 사람들이 귀를 틀어막는다.

"큰 차까지 온 걸 보니 큰일이 생기긴 생긴 모양이네."

경로당 할머니들이 일제히 그녀 쪽으로 다가온다.

"그 할매가 정말 저 안에 있단 말이어?"

"세상 살다살다 별꼴을 다 보네."

"저 지경이 되도록 자식들은 뭐하고 자빠져 있었을꼬!"

154

"불효막심한 것들! 천벌을 받아도 싸지, 싸!"

자식 얘기가 나오자 그녀가 끼어든다.

"자식이 둘이라는데 뭐 하는 사람들이래요?"

"그 노인네 다른 얘기는 안 해도 자식 얘기는 뻔질나게 잘했었지. 둘 다 서울서 사는데, 딸은 모르겠고 아들은 교수라더만. 저 아파트도 아들이 사준 거라고 자랑을 어찌나 했었는지."

"사준 거라고? 전세로 산다던디?"

"누가 그러든가?"

"아, 저 할매하고 친하게 지내던 김할매한테서 들었어. 그러고."

할머니 한 분이 무슨 비밀 얘기라도 해주겠다는 듯 한껏 목소리를 낮춰 말한다.

"저 할매 손자놈들이 서울대 다니는데, 그놈들이 할매더러 나가서 살라고 했다더만. 할머니는 교육도 많이 받은 사람이니까 촌스럽게 굴지 말라면서. 요즘 세련된 할머니들은 자식하고 같이 안 사는 거라고."

"아이고, 자식보다 더 무섭네. 아들 며느리 눈치로도 모자라 손자놈 눈치까지 봐가며 살아야 하다니 원. 말세여, 말세."

"그러니 저 지경이 될 때까지 아무도 안 들여다봤지. 나무관세음보살."

"이웃사촌이라더니 아줌마가 자식놈들보다 낫네, 나아. 아마 복받을 것이오."

할머니가 그녀의 어깨를 토닥거린다. 그러면서 한마디 던진다.

"근데 할매가 저 안에 있는 건 확실하지? 심장이 벌렁거려서 더는 못 보것네."

"없으면 저 사람들 수고스러워서 어쩐대. 날도 추운데."

할머니들의 말에 그녀는 119대원을 구원의 눈빛으로 바라본다.

그녀는 가끔 남편이 술에 취해 들어온 날이면 노인의 집에서 묵곤했다. 남편은 술이 반잔만 들어가도 개새끼가 되는 사람이었다. 주먹을 휘두르는 것보다 더 끔찍한 것은 살림을 때려부수는 것이었다. 그럴 때는 눈앞에서 사라져주는 게 상책이었다. 그녀만 없어지면 모든게 순식간에 잠잠해졌다. 그녀가 피신처로 선택한 곳은 앞집이었다. 노인 집은 여러모로 편하고 부담 없는 곳이었다. 노인 혼자 살고 있는 집이라 밤늦게 찾아가도 괜찮았고, 남의 구질구질한 가정사를 여기저기 떠벌리고 다닐 양반도 아니어서 안심이었다. 노인에게 피해주지 않고 기거할 수 있는 빈방도 두 개나 있어서 가끔은 딸들도 함께 피신하곤 했다.

그녀가 초인종을 누르면 노인은 아무것도 묻지 않고 고개를 끄덕이며 문을 열어주었다. 그럴 때는 꼭 친정어머니 같았다. 어떤 날은 노인과 함께 안방에서 밤을 보낸 적도 있었다. 노인은 자리에 누워서 자신이 살아온 얘기를 꿈결처럼 들려주었다. 죽었다가 다시 살아난, 아무도 믿어주지 않던 얘기며 결혼과 출산, 매운 시집살이에 대한 얘기까지. 노인의 입을 통해 들은 자식들은 지극한 효자 효녀였다. 그런데 명절이 되면 불은 안방에만 쓸쓸하게 켜져 있었다. 아마도 그건 노인이 한 최초의 거짓말이 아니었을까 하고 그녀는 생각한다. 신앙에 위배된.

그녀가 노인 앞집에 사는 이웃이란 걸 알고 신부와 수녀 두 명이 그녀에게 다가온다. 검은 옷이 검소한 인상을 준다.

"테레사 할머니 앞집에 사신다고요?"

머리가 희끗한 신부와 젊은 수녀들이 가볍게 고개를 숙여 그녀에게 인사를 한다. 신부는 그간의 상황이 궁금한지 이것저것 묻는다. 그녀가 입을 떼려고 하자 경로당 할머니들이 나서서 그녀 대신 리얼하게 얘기해준다. 신부와 수녀는 수선스러운 가운데서도 성직자 특유의 진지한 자세로 고개를 끄덕여가며 얘기를 경청한다.

"주일 안 지킬 분이 아니라서 이상하다 싶었는데, 결국 이런 일이…… 저희가 좀더 신경을 썼어야 했는데."

신부는 안타까움과 죄스러움에 고개를 떨군다. 젊은 수녀들은 눈가에 얼룩진 눈물을 손등으로 슬쩍 닦아낸다. 수녀들의 손가락에는 목걸이처럼 생긴 긴 장미 묵주가 걸려 있다. 바람결에 묻어나온 진한 장미향이 그녀의 코를 스쳐 지나간다.

"그래도 아주머니 덕분에 하루라도 빨리 알게 돼서 다행입니다."

신부의 확신에 가까운 말에 그녀의 가슴은 무겁고 답답해진다.

"누가 신고했대요?"

그때 아파트 여자들의 무리에서 그녀를 겨냥한 목소리가 들려온다.

"누구긴 누구야? 저 아줌마지."

한 여자가 그녀를 눈짓으로 가리킨다.

"또? 이 아파트에 일만 생겼다 하면 저 아줌마는 꼭 낀다니까. 하여튼 잘났어, 정말."

"세상에서 자기가 제일 잘난 줄 알잖아. 사람이 너무 나대도 못쓰는데 말이야."

"저 아줌마 남편은 얼마나 피곤할까. 따발총 같은 말 때문에 매일

들볶일 거야."

"그러니까 사흘이 멀다 하고 싸움박질이지. 살림이 남아나질 않는
대."

남 말하기 좋아하는 아파트 여자들의 수군거림이 겨울바람을 타고
윙윙거린다. 그러나 그녀는 아랑곳하지 않고 사다리에 매달린 대원만
애절하게 바라본다. 빨리 문을 열어주기를. 그녀의 눈빛은 더욱더 간
절해진다.

"근데 할머니가 있는 건 확실하대요?"

"그거야 모르지. 열어봐야 알지."

"저러다 없으면 어쩌려고 그런대요?"

"저 아줌마 언젠가 한번은 큰코다치지 싶어."

"그래도 무슨 증거가 있으니까 이런 난리를 피우는 거 아니겠어
요?"

"현관문 구멍에서 사람 썩는 냄새가 난다나 어쩐다나."

"정말요?"

"노인네 혼자 사는 집에서 나는 냄새가 다 그렇지 뭐."

"저 경찰도 무슨 냄새가 난다고 그랬다던데요?"

"난 아무래도 아닌 것 같아."

"왜요? 근래 할머니를 보기라도 했어요?"

"아니 그냥, 내 느낌이 그래."

"우리, 내기할래요? 난 있을 것 같은데."

"내기? 무슨 내기?"

"마트 옆에 근사한 뷔페가 생겼던데. 내일 점심 내기 어때요?"

"좋아. 그럼 난 없는 쪽에 걸지."

"만약에 할머니가 있다면…… 이거 방송 타는 거 아니에요?"

"그러게. 이게 보통 일인가. 노인네가 죽은 채 두 달이나 방치됐다면 나도 아홉시 뉴스에 크게 날 일이지."

"방송 타면 저 아줌마만 좋은 꼴 나겠네."

"왜요?"

"청산유수 같은 말솜씨로 잘난 척 있는 대로 하면서 인터뷰할 거 아니야. 또 알아? 그 덕에 그럴듯한 자리 하나 꿰찰지."

"이러다 아파트 이미지 나빠져서 집값만 떨어지는 거 아니에요?"

"그러게. 집값 떨어지면 안 되니까, 난 없는 쪽에 걸래."

사방에서 들려오는 소리들이 그녀를 혼란스럽게 한다. 저들이 그녀의 잔잔한 가슴에 파문을 일으킨다. 무수한 확신, 불확신으로 인한 숱한 의심, 몰려드는 사람들, 시뻘건 소방차, 정복 차림의 경찰, 119대원, 그녀를 향한 눈초리들, ……그녀를 향한 수군거림. 두 달 후에 치러질 자치위원장 선거. 아파트 최초의 여성 자치위원장. 대원의 손놀림을 지켜보던 그녀의 손이 부들부들 떨린다. 추위 때문인지 가슴 안에서 광풍처럼 휘몰아치는 불안감 때문인지 그녀는 알 수 없다. 노인이 정말 저 안에 없다면…… 무슨 망신인가. 이 많은 사람들이 그녀에 대해 어떻게 생각할 것인가. 지금껏 쌓아온 신뢰가 한순간에 무너지게 된다. 이웃에게 세심한 관심을 기울이는 영웅이 되느냐, 아니면 졸지에 호들갑스럽고 경박한 여편네로 추락하느냐. 저 대원이 쥐고 있는 연장 하나에 모든 게 달려 있다. 감정상태가 극에 달한 듯 그녀가 주먹을 꽉 움켜쥐며 속으로 외친다.

'썩을 놈의 노인네! 날 위해 좀 죽어줘야겠어. 이젠 늙어서 살날도 얼마 안 남았잖아. 여기 모인 사람들 앞에서 개망신당할 순 없다고. 내가 지금까지 어떻게 살아왔는데. 신뢰를 쌓기 위해 어떻게……'

"그만 내려오시오!"

경찰이 대원에게 큰 소리로 말한다. 그녀는 휘둥그레진 눈으로 경찰에게 달려간다.

"또 왜요?"

"앞뒤 창문 모두 안 열린답니다."

"그게 말이 되는 소리예요? 저깟 창문이 뭐라고 그걸 못 열어요! 그것도 얼치기도 아니고 전문가란 작자들이? 창문이라도 부수면 되잖아요."

"유리창을 깨라고요? 그러다 할머니가 없으면 아주머니가 변상하실 겁니까?"

"없긴 누가 없어요!"

그녀가 떨리는 음색으로 경찰을 향해 목소리를 높인다.

"아저씨도 아까 있다고 했잖아요?"

"제가 언제요? 의심이 간다고만 했죠. 최대한 기물 파손은 줄여야 하니까 좀 기다리세요. 주인 허락 없이 파손했다가 나중에 문제삼기라도 하면 그것도 골치예요."

"그럼 이제 어쩌려고요?"

"열쇠공 불러야죠."

"나 참, 119까지 불러 이 난리를 피워놓고 이제 와서 열쇠공을 부른다고요?"

"일이 이렇게 될 줄 알았나요. 좀 진정하세요, 아주머니."

"하여튼 우리나라 경찰들 계획성 없이 일하는 건 알아줘야 한다니까! 이러니까 대형 사고 날 때마다 생목숨만 죽어나가지."

그녀의 말에 경찰이 고개를 절레절레 흔들며 눈살을 찌푸린다.

사다리를 철수한 119대원은 경찰에게 인사를 하고 차에 오른다. 덩치만 큰 차가 아무것도 한 일 없이 돌아간다. 경찰은 주민들에게 인근에 열쇠 가게가 있느냐고 묻는다. 중년 남자가 앞으로 나오더니 자기 아는 사람이 열쇠 가게를 한다며 전화번호를 알려준다.

"열쇠공 출장비는 누가 부담하실 겁니까?"

경찰은 전화를 걸기 전에 관리소장과 경비에게 묻는다. 그들은 서로의 얼굴만 바라본다. 기껏 해봐야 삼만원이 조금 넘을 텐데 다들 회피한다. 그녀는 경찰이 119를 먼저 부른 것도 돈 때문이었다고 생각한다.

"제가 낼 테니까 얼른 부르세요!"

그녀의 말에 경찰이 비로소 전화를 건다.

"출장이요? 언제 돌아오는데요? 아, 이거 급한데. 아저씨 휴대폰 번호 어떻게 됩니까?"

경찰은 전화를 끊고 출장중인 열쇠공에게 전화를 건다.

"경찰입니다. 여기 ○○아파튼데요. 거기 일 빨리 끝내시고 지금 좀 급히 와주셔야겠습니다. 네, 네, 감사합니다."

열쇠공만 오면 모든 것이 끝난다. 간단하게 끝낼 수 있었던 일을 지지분하게 오래 끌었다. 그녀는 사람들의 표정 하나하나를 살핀다. 저들의 속마음은 어떨까. 그녀는 모두들 자신과 같은 마음일 거라고 생각한다. 한가해 보이는 경찰은 실적을 올려야만 할 것이고, 심술스럽게 생긴 저 경로당 할머니는 노인에게 꽤 큰돈을 빌렸을지도 모른다. 노인만 없어진다면 갚아야 할 의무도 자연스레 사라지게 된다. 등이 심하게 굽은 또다른 할머니는 노인에게서 치명적인 비밀을 들켰을지도 모른다. 가슴이 조마조마한 터에 잘됐다고 생각하고 있을 것이다. 세련된 옷차림의 저 할머니는 멋진 할아버지를 사이에 두고 노인과 줄다리기를 하고 있는 중인지도 모른다. 교양 있는 노인만 없어진다면 그 할아버지를 자기 곁에 묶어둘 수 있을 거라 생각할 것이다. 저 주걱턱 할머니는 그동안 학식이 많은데다 깔끔하고 경우바른 노인이 그냥 주는 것 없이 미웠을 것이다. 경비는 이삼 일에 한 번씩 경비실에 들러 이것저것 부탁하는 노인이 귀찮았을 것이고, 집 안에 노인이 있다는 쪽에 내기를 걸었던 젊은 여자들은 푸짐한 뷔페 생각에 군침이 돌 것이다. 신부는, 자신이 죽으면 사재를 모두 성당에 기부하겠다는 노인의 말을 떠올릴지도 모른다. 더불어 청순한 두 수녀는 노인 명의로 된 재산이 얼마나 될지 머릿속으로 셈하고 있을 것이다. 아이들에게는 TV나 영화로만 봐오던 죽음을 직접 겪는 순간일 것이다. 그녀는 현재 벌어지고 있는 이 번잡한 상황이 정당화되면 빛나는 미래를 보장받을 거라고 생각할 것이다. 공포와 두려움이 엄습하지만 모든 이에게 죽음은 한번쯤 들여다보고 싶은 그 무엇일 것이다.

왠지 허공을 향하고 있는 그들의 눈빛이 야비하게 빛나고 입술은 비열하게 뒤틀려 있는 것만 같다. 아무 일 없이 끝나버리면 섭섭할 것 같은 표정들. 무료했던 일상에 신선한 기폭제가 되길 바라는 인상들. 며칠간의 이야깃거리와 화젯거리를 제공해주었으면 하는 바람들. 그녀의 눈에는 모두가 그렇게 보인다.

미니 승합차를 타고 열쇠공이 왔다. 열쇠공은 경찰과 함께 계단을 타고 404호로 간다. 사람들이 경찰을 따라 또 우르르 몰려간다. 심장 박동소리가 머릿속을 휘젓고 다리에는 힘이 없다. 그녀는 혼자서 엘리베이터를 타고 사층으로 간다. 계단참에는 주로 남자들이 서 있고 계단에는 여자들과 아이들이 서 있다. 아파트가 수용하지 못한 사람들은 밖에서 사층을 올려다본다. 그녀가 엘리베이터에서 내리자 남자들이 그녀에게 가장 좋은 자리를 내준다. 당당함과 위용은 어디로 사라져버렸는지 그녀는 그 자리를 마다하고 키 큰 남자들 뒤로 가 숨는다.

열쇠공이 문을 열기 위해 투입구를 열어젖힌다. 어수룩해 보이는 열쇠공은 무엇 때문에 자기가 불려왔는지 묻지 않고 열심히 도구만 만지작거린다. 수십 명의 사람들과 경찰이 무슨 이유로 여기 모여 있는지 궁금하지도 않은 모양이다. 그에게 중요한 것은 오직 문을 열고 돈을 받아가는 것뿐이다. 그는 묵묵히 막대처럼 생긴 장비를 투입구로 쑥 집어넣는다. 장비가 들어간 지 일 분도 되지 않아서 문이 열린다. 사람들이 열쇠공을 향해 환호와 박수를 보낸다. 갑작스러운 박수 소리에 열쇠공은 어리둥절한 표정을 짓는다.

문이 열린다. 그것도 아주 활짝 열린다. 더불어 은빛 십자가가 문 뒤, 어둠 속으로 감쪽같이 사라진다. 문 앞에 무덕무덕 쌓여 있는 신문 더미를 짓밟고 경찰이 먼저 들어간다. 뒤이어 관리소장과 경비를 비롯한 남자들이 소떼처럼 뒤엉켜 안으로 들어간다. 신발도 벗지 않은 채 마구잡이로 들어간다. 어찌 보면 쳐들어가는 것도 같다. 그녀는 초조하게 손을 주무르며 밖에서 기웃거리기만 한다. 그녀는 들어가지 않을 생각이다. 굳이 그녀까지 들어가 살필 필요는 없다고 생각한다. 솔직히 들어갈 엄두가 나지 않는다.

"이게 무슨 냄새야?"

어떤 남자가 무의식적으로 내뱉은 소리에 그녀의 귀가 솔깃해진다.

"있나봐! 있나봐!"

"어떡해! 어떡해!"

계단에 서 있던 여자들이 부둥켜안고 새된 비명을 지른다. 남자들의 부산한 구둣발 소리가 밖에까지 비어져나온다. 방문 여는 소리, 창문 여는 소리, 옷장 여는 소리. 그녀는 두 손을 모아 가슴에 갖다붙이고 눈을 감는다. 그러고는 연신 속으로 중얼거린다.

'신이시여, 제발⋯⋯'

그녀가 기도를 막 마쳤을 때 남자 하나가 현관을 나오며 큰 소리로 외친다.

"에이, 없어! 없어!"

여자들의 시선이 믿을 수 없다는 듯 그녀에게로 향한다. 어떻게 된 거냐고 따지는 것도 같다. 그녀의 심장은 덜컥 내려앉고 온몸은 홧홧해진다. 숨이 끊어지기라도 한 듯 그녀는 눈을 뜨지 못한다. 오히려 힘주어 눈을 더욱 꽉 감고는 신이시여를 다시 한번 간절히 외친다. 남자들이 하나둘 집을 빠져나오는 소리가 들린다. 계단에 서 있던 여자들이 미심쩍은 듯 묻는다.

"그럼 냄새는 뭐예요?"

여자들의 질문에 그녀가 눈을 퍼뜩 뜬다.

"나도 모르죠. 생선 썩는 냄샌지. 궁금하면 들어가보시든가요."

남자는 볼 장 다 봤다는 듯 손을 탈탈 털며 계단을 내려간다. 그녀는 활짝 열린 현관문 안쪽을 빼꼼히 들여다본다. 거실 바닥에 남자들의 흙 발자국이 어지럽게 찍혀 있다.

"집에 가서 밥이나 먹어야겠다."

"내 이럴 줄 알았어. 사람이 죽는 게 어디 그리 쉬운 일인가."

"휴, 그래도 다행이지."

"엄동설한에 이게 무슨 개고생이람."

"아주머니 좀더 신중하지 그러셨어요."

"열쇠 아저씨 솜씨 끝내줍니다."

남자들이 집을 나오며 한마디씩 던지는 말들이 그녀의 귓속에 못 박힌다. 계단에 서 있던 여자들도 어느새 하나둘 자리를 뜬다. 그들은 밖에서 오들오들 떨고 있는 사람들에게 본 것을 그대로 전한다.

"힘없는 노인네들 밥도 못 먹게 하고. 쯧쯧, 잔뜩 겁만 집어먹었네. 아직도 심장이 벌렁거려."

경로당 노인들이 시부렁거리며 매몰차게 돌아선다.

"다 나은 감기 도로 도지겠네. 퉤!"

한 아저씨는 코를 훌쩍거리다 가래침을 뱉는다.

"에이, 싱겁다."

아이들은 다시 놀이터로 달려간다.

"확실히 좀 알아볼 것이지. 방법이야 얼마든지 있지 않겠어. 자식들 전화번호 알아내는 게 뭐 그리 어려운 일인가. 경찰은 뒀다 뭐에써?"

사람들은 이제야 여러 가지 방법에 대해 늘어놓는다.

"멀쩡히 살아 있는 자기를 두고 이 난리를 피운 걸 알면 할머니 기분이 어떨까. 아무리 이해심 많은 할머니라도 두고두고 원망할 거야."

여자들은 서로 팔짱을 끼며 제 아파트로 들어간다. 먹잇감에 새까맣게 모여 있다 툭 건드렸을 때 산발적으로 흩어지는 개미처럼 사람들은 어깨를 잔뜩 움츠리며 사방으로 퍼져나간다. 구급차도 텅 빈 채로 돌아간다.

마지막으로 경찰이 나온다. 그녀는 희망을 갈구하듯 경찰의 얼굴을 뚫어져라 바라보며 묻는다.

"정말, 없어요?"

경찰은 그녀의 말에 고개를 저으며 문을 닫는다.

"다 봤어요? 베란다도 봤어요? 다용도실은요?"

그녀는 의심스럽다는 듯이 경찰 앞에서 아파트의 모든 공간을 줄줄이 늘어놓는다. 아파트 단면도라도 들이밀고 싶은 심정이다.

"네, 샅샅이 봤습니다. 다 봤어요."

경찰은 조금 귀찮은 듯 대답한다. 문 뒤로 사라졌던 은빛 십자가가 날카로운 빛을 뿜어내며 그녀 앞에 턱, 당당히 모습을 드러낸다. 경찰의 지시에 열쇠공은 다시 문을 잠근다. 경찰과 남자 몇 명이 열쇠공을 에워싼다. 그들은 열쇠공이 쥐고 있는 장비를 신기한 듯 쳐다본다.

"대단한 물건이오."

그제야 열쇠공이 환하게 웃어 보인다. 스스로를 자랑스러워하는 것도 같고 자신의 직업에 처음으로 자부심을 느끼는 것도 같다. 문을 잠근 열쇠공은 우렁찬 목소리로 그녀에게 손을 내밀며 말한다.

"출장비 삼만원입니다."

그녀는 베란다에 서서 밖을 내다본다. 아파트단지는 언제 그랬냐는 듯 고요하다. 지나가는 사람 하나 없다. 매서운 겨울바람만이 황망히 유리창을 흔들어놓는다. 그녀는 동태처럼 흐리멍텅한 눈으로 회색빛 하늘을 올려다본다.

'정말 없었을까. 사람들이 제대로 살피기는 한 걸까.'

그때 갑자기 뭔가가 그녀의 뇌리를 스쳐지나간다. 그녀의 눈이 화등잔만큼 커진다. 그녀는 거실로 가 인터폰 수화기를 집어들어 경비실로 바로 연결되는 버튼을 누른다.

"403혼데요. 아저씨가 직접 안방 살펴보셨어요?"

"전 베란다만 살폈어요. 그 방은 경찰이 살폈을 거요."

다른 경비도 관리소장도 안방은 살피지 않았다고 한다.

"꼼꼼히 살피던가요?"

"꼼꼼히 살피고 할 게 뭐 있습니까. 코딱지만한 방에. 사람이 서랍 안에 들어가 있을 리도 없고."

그녀는 인터폰 수화기를 급히 내려놓고 밖으로 나간다.

'분명 냄새가 났다고. 냄새는 거짓말을 하지 않아.'

그녀는 404호 현관문에 붙어 있는 은빛 십자가를 날카로운 눈으로 노려보다 계단을 내려간다.

그녀는 경비실을 향해 뛰어간다. 안방에 작은 화장실이 있다는 걸 경찰은 몰랐을 것이다. 방문이 달린 쪽 벽에 화장실 문도 함께 있다는 걸 말이다. 안쪽으로 열리는 방문이 화장실 문을 가려버리면 충분히 모르고 지나칠 수 있다. 노인은 주방 옆에 딸린 화장실을 사용하지 않고 안방 화장실을 주로 사용한다. 그녀는 노인의 집에 묵었을 때를 떠올린다. 노인은 가끔 화장실에서 일을 보고 나오다 타일 바닥에 미끄러지곤 했다. 그때처럼 미끄러져 뇌진탕을 일으켰을 수도 있다. 아니면 변기에 앉은 채로 배내똥을 싸고 죽었을 수도 있다.

그녀는 더욱 빨리 달린다. 바람에 휘날린 머리카락이 그녀의 코를 휘감는다. 그녀는 코에 들러붙은 머리카락을 신경질적으로 떼어낸다. 그녀의 손에서는 아직도 쓰레기 냄새가 난다.

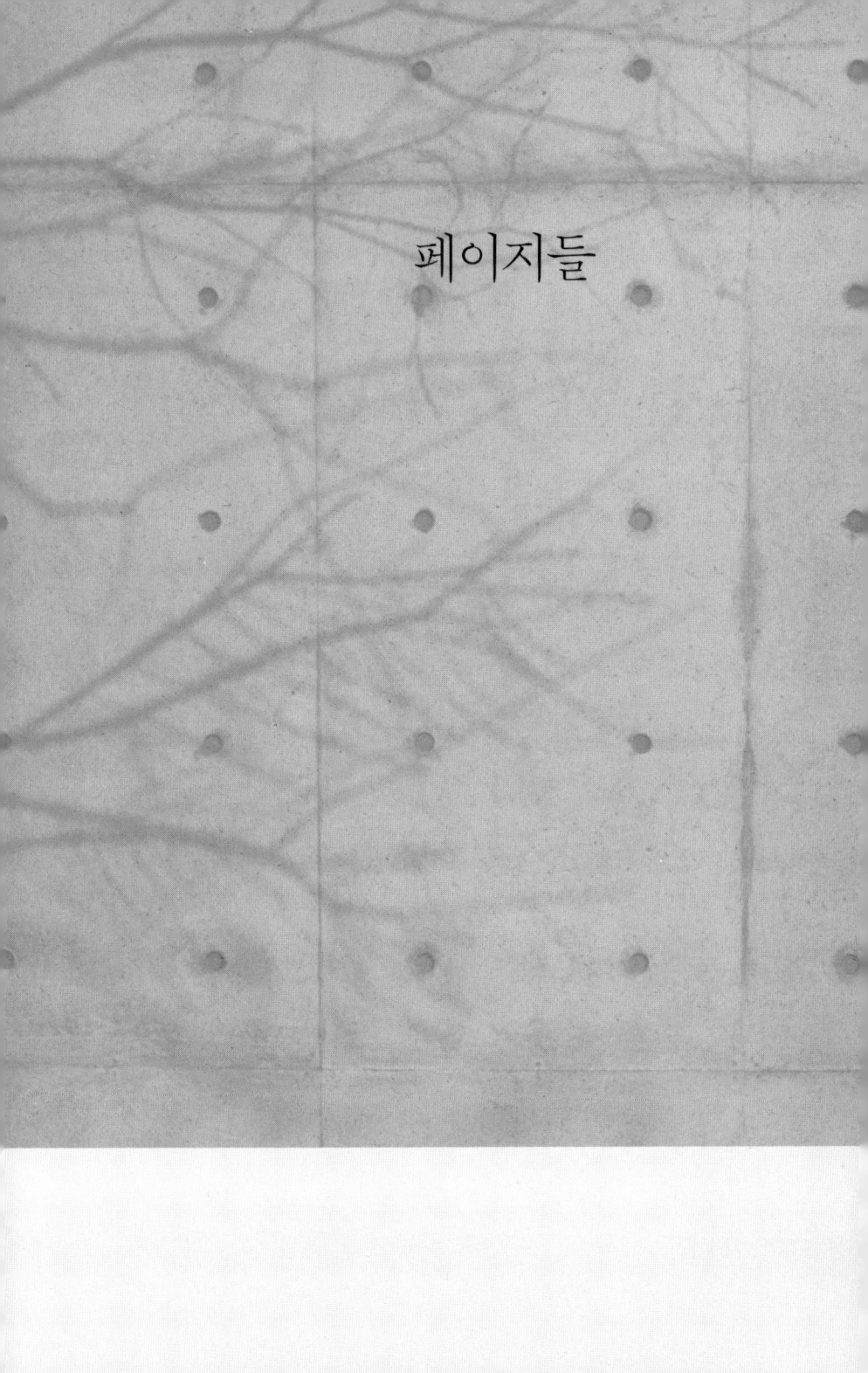

페이지들

1

　오렌지……, 오렌지. 나는 바짝 마른 입술을 달싹이며 첫번째 목표물이 있는 곳으로 향한다. 『오렌지』가 진열된 매대 주위에는 사람들이 울타리처럼 빼곡히 둘러서 있다. 휴일이라 그런가, 오늘은 유독 사람이 많다. 야구모자를 눌러쓰며 좁은 울타리 틈을 비집고 들어가본다. 무리하게 파고들었는지 옆에 서 있던 곱슬머리 여자 손에서 『오렌지』가 떨어져 내 발등을 때린다. 급하게 그것을 주워들어 미안한 듯 허리를 구부렸지만 여자는 여전히 못마땅한 눈초리다.

　넉넉하게 자리를 잡은 나는 그들처럼 울타리가 되어 진열대를 한눈에 훑는다. 『오렌지』는 쉽게 눈에 들어온다. 오렌지답게 진한 주황색인데다 다른 상품들과 달리 두 줄로 진열되어 있기 때문이다. 기름때 묻은 투박한 손을 뻗어 중간에서 『오렌지』 하나를 꺼낸다. 맨 위에

것은 사람들의 눈과 손이 쉴 없이 머무르기 때문에 우선 피해야 한다. 여러 사람의 손에 에돌린 제품을 제 돈 주고 살 사람은 그리 많지 않다. 새것은 흠 없이 깨끗해야 한다.

나는 손바닥의 검은 글씨를 들여다보며 다음 목표물로 향한다. 아방……, 아방. 걸음을 멈춘 곳은 비교적 한산한 예술 코너다. 공교롭게도 아까 곱슬머리 여자가 거기에 또 서 있다. 나는 모른 척 애써 외면하며, 이것저것 살피다 노력 끝에 발견한 양 『아방가르드의 이해』로 손을 뻗는다. 여자가 손가락에 침을 묻혀 책장을 넘기다 말고 때 낀 내 손톱을 힐끗거린다. 불결한 듯 미세하게 눈살을 찌푸리다 내 얼굴도 슬쩍 쳐다본다. 나는 이번에도 중간쯤에서 책을 꺼내어 몇 번 뒤적이고는 다른 곳으로 이동한다. 여자는 그때까지도 계속 나를 훔쳐본다. 혹 내 행동이 수상해 보이는 걸까. 그런 거라면 좀더 노련하게 행동할 필요가 있겠다. 나는 능숙하게 나머지 책 『성공을 위한 열두 가지 조건』과 『잃어버린 역사』 그리고 『그리스 로마 신화』까지 손에 넣는다.

진짜 노련함이 필요한 건 지금부터다. 도둑이 제 발 저리는 식으로 어설프거나 수상쩍은 행동을 보이면 레이더망에 포착되기 십상이다. 나는 책을 옆구리에 끼고 어슬렁어슬렁 다른 데도 둘러보는 척하다 자연스럽게 화장실로 향한다. 대형 서점의 좋은 점이 바로 이것이다. 고객서비스 차원에서 매장 한쪽에 화장실을 비치해두었다는 것. 화장실이라는 은밀하고도 훌륭한 장소가 없었다면 나는 사람들의 눈을 피해 구석진 자리를 찾아다녀야 했을 것이고, 그랬다면 벌써 점원이나 고객에게 덜미가 잡혀 더는 이짓을 할 수 없게 되었을 것이다. 내가 대형 서점을 고집하는 이유는 다 이 매력적인 화장실에 있다.

화장실로 무사히 진입한 나는 문을 걸어잠근다. 땀에 젖은 머리카락이 이마에 어지럽게 엉겨붙어 있다. 화장지로 젖은 이마와 손을 닦아내고 곧바로 작업에 돌입한다. 호주머니에서 쪽지를 꺼내 펼친다. 오렌지 251~258, 아방가르드의 이해 97, 155, 218, 성공을 위한 열두 가지 조건 160~174……

책이 더러워지거나 구겨지는 일이 없도록 『오렌지』의 책장을 살포시 연 뒤 페이지 251을 조심스럽게 손에 쥔다. 차갑고 보드라운 종이의 질감을 손끝으로 잠시 느껴본다. 긴장한 듯 페이지 가장자리가 예민하게 날이 서 있다. 단번에 쓸어내리기라도 하면 손가락이 베일 것 같다. 나는 숨죽인 채 움켜쥔 손을 치마 벗기듯 천천히 아래로 끌어내린다. 갈피에 페이지 일부가 남지 않도록 손목의 힘은 일정하게 유지한다. 찌, 찌지직. 책을 찢을 때마다 나를 겁나게 하는 건 찢는다는 행위에 대한 죄의식보다 이 소리다. 페이지가 갈피에서 끌려나올 때 질러대는 비명이 꼭 나를 원망하는 소리 같다. 찢겨진 페이지를 본다. 치맛자락처럼 구겨지고 물결치듯 주름진 페이지 끝자락이, 에로틱하다.

다음 페이지로 향한 내 손은 급하게 서두르지 않고 한 번에 꼭 한 장씩만 찢는다. 한꺼번에 많은 페이지를 찢으면 마무리가 깔끔하지 않을 뿐더러 책이 상할 수 있다. 상처의 흔적을 남기지 않는 것. 그것은 이 일에서 최우선으로 지켜져야 할 덕목이다. 나는 『오렌지』를 시작으로 각 책의 해당 페이지를 차근차근 찢는다. 밖에서 발소리가 들리면 잠시 멈췄다 다시 시작한다. 부욱북, 찌익찍. 페이지 찢겨나가는 소리가 귓속에 서늘한 바람을 불어넣고, 심장을 가늘게 긁어내린다.

순간 손가락과 입술이 파르르 떨리고 숨은 가빠진다. 온몸으로 저릿한 기운이 퍼져나가자 등줄기로 땀이 흘러내린다. 거울을 들여다본다면 내 얼굴은 오르가슴에 도달한 표정일 것이다. 그리고 그 절정은 오늘도 무사히 끝난다.

나는 호주머니에서 새끼손가락보다 작은 포스트잇을 꺼내 페이지가 없어진 자리마다 붙인다. 파란색 포스트잇에는 똑같은 문구가 적혀 있다.

페이지를 찾고 싶으시면 연락 바람. pagepages@hanmail.net

찢어낸 페이지들을 가방에 넣고 화장실을 나와 손바닥의 검은 글씨를 지운다. 들어올 때와 반대로 이번에는 모자를 벗고 매장으로 나간다. 서점은 아까보다 한산하다. 나는 책 다섯 권을 원래 있던 자리, 중간에 잘 끼워둔다. 이제야 긴장이 좀 풀린다. 지금부터는 한껏 여유롭고 안정된 자세로 돈 주고 살 책을 골라야 한다. 책을 고를 때 나는 언론에서 선정한 우수도서나 매장 벽에 붙여놓은 베스트셀러 목록을 참고하는 편이다. 물론 철저하게 내 기호나 취향에 맞는 걸 선택하기도 한다. 종류는 가벼운 소설부터 전문서적까지 다양하다.

다섯 권을 골라 들고 계산대로 간다. 다음에 서점을 들를 때는 이 책 속의 페이지가 목표대상이 될 것이다. 흐름상 없어서는 안 될 중요한 페이지나 사람들을 안달나게 할 페이지들.

2

 금요일, 일을 마치고 버스에 오른다. 몸에서 시큼한 기름 냄새가 물 큰 올라온다. 손톱 밑에는 새까만 기름때가 끼어 있다. 나는 고등학교를 졸업하고 들어간 자동차 부품 하청공장을 십 년째 다니고 있다. 직장을 옮겨야겠다고 생각한 적도 없고, 딱히 옮길 필요성도 못 느끼면서, 고졸 학력에 이만한 직장이면 괜찮다고 생각하며 살고 있다.

 삼교대로 풀 가동되는 공장에서 내가 맡고 있는 건 자동차 범퍼를 찍어내는 일이다. 그야말로 같은 동작이 쉴새없이 반복되는 단순하고 지루한 노동이다. 똑같이 생긴 범퍼를 하루에 수백 개씩 찍어내다보면 어느새 나 자신을 기계 부속품으로 믿게 되어버린다. 기계와 다른 게 있다면 단지 숨을 쉰다는 것뿐이다. 기계 앞에서는 어떤 사고(思考)도 필요치 않다. 그래서 가끔은 편하다. 그래서 가끔은 또 허무하다. 감정이 없으면 존재하지 않는 것 같고, 반복이 파괴라는 걸 깨달은 순간 책이 읽고 싶어졌다. 기계에 기름칠하듯, 오글오글 주름 잡힌 뇌 틈새에도 기름칠이 필요했다. 어쩌면 내가 진정 갖고 싶은 건 책이 주는 지식이 아니라 책표지처럼 윤기나는 손일지도 모른다. 책처럼 단단하면서도 나뭇잎처럼 야들야들한 손.

 공장 맞은편이 버스 종점이라 나는 좌석을 고르는 특권을 누린다. 뒷좌석에 피로를 구겨넣고 돌덩이 같은 머리는 차창에 기대 잠을 청한다. 그러나 버스가 번화가로 진입하면 잠은 오래가지 못한다. 승객들이 소음을 일으키며 우르르 내렸다. 와르르 올라타기 때문이다. 버스 안은 금세 콩나물시루가 된다.

"형씨!"

막 잠에서 깬 내 어깨를 누군가가 툭, 건드린다. 헝클어진 머리를 쓸어올리며 고개를 든다. 나를 보고 웃고 있는 건 칵테일파티다.

"오메, 이런 데서 다 만나부요?"

칵테일은 내 손을 잡아쥐고 반가운 만큼 세차게 흔들어댄다. 셰이커처럼 머릿속에서 『칵테일파티』와 사내의 첫인상이 소용돌이치기 시작한다.

"파티는……?"

칵테일은 덕분에, 라고 대답하며 손을 놓는다.

칵테일파티는 페이지를 통해 알게 된 사내다. 사라진 페이지를 찾기 위해 내게 연락을 취한 사람 중 하나란 얘기다. 사내 또한 다른 사람들처럼 격렬한 문장으로 메일을 보내왔다. 맞춤법이 엉망인 문장마다 사내의 날선 분노가 녹아 있었고 글의 절반은 욕설이었다. 생전 처음 들어보는 기발한 욕도 많았다.

시간과 장소를 정해 나간 날, 조폭 분위기의 사내는 험악한 인상을 하고 앉아 있었다. 사내는 나를 보자마자 잡아먹을 듯 고함부터 질렀다. 너 오늘 내 손에 한번 뒈져볼래? 벽돌 같은 주먹이 대가리를 찍어내릴 것만 같았다. 사내는 애인과 만난 지 이백 일째 되는 날 손수 만든 칵테일로 파티를 열어줄 계획이었다. 칵테일을 만들기 위해, 각종 정보가 총망라된 『칵테일파티』를 사서 읽다가 페이지가 찢겨나간 걸 발견한 것이었다. 사라진 페이지에는 애인이 좋아하는 그래스호퍼도 들어 있었다. 사내는 페이지가 없어진 걸 안 순간 애인과의 사이가 깨질 것만 같은 불길한 예감이라도 든 모양이었다. 나는 죄송하다며 페이지가 온전한, 내 『칵테일파티』를 건넸다. 그러자 사내는 테이블을 반으로 쪼갤 듯 손바닥으로 치며 당장 페이지를 내놓으라고 소리쳤다. 겁먹은 나는 페이지를 가방에서 얼른 꺼내 건넸고, 사내는 급하게 그래스호퍼가 게재된 페이지를 찾아 훑었다. 사내는 셰이커 흔들듯 머리를 흔들며 칵테일 만드는 방법을 반복해서 읽었다.

페이지를 외울 정도가 되어서야 사내는 두툼한 허벅지로 테이블을 건드리며 일어났다. 나는 흔들리는 테이블을 붙잡으며 가슴을 쓸어내렸다. 살았다고 한숨을 놓은 순간 사내가 나를 향해 다시 성큼성큼 다가왔다. 내 몸은 얼음 조각처럼 그대로 굳어버렸고, 정말 뒈질 각오로 어금니를 꽉, 깨물었다. 사내는 주먹을 휘두르는 대신 테이블에 페이지를 싱겁게 툭 던지며 말했다. 그렇게 갖고 잡소? 사내는 그래스호퍼가 실린 페이지만 달랑 든 채 카페를 나갔다.

"잘 끝났어라. 여친도 나한테 빽 가부렀소."

밝은 표정의 사내에게서 예전 그 고약함은 느껴지지 않는다.

"요즘도 그러고 댕기요?"

나는 멋쩍은 듯 웃기만 한다.

"형씨 덕분에 서점이란 곳도 가끔 가서 책도 뒤적거린당께요. 이번엔 어떤 책인지 갈켜주믄 안 되제라?"

사내는 자신의 농담이 재밌다는 듯 소리내어 웃다가 가방에서 부스럭부스럭 뭔가를 꺼내 내민다. 너덜너덜해진 페이지에는 '그래스호퍼 만드는 법'이라고 적혀 있다.

"이건?"

"인자 필요 없응께 가지쇼. 요 대글박에 입력해놔서 문제없어라."

내릴 때가 됐는지 사내가 벨을 누른다.

"은제 연락 한번 주쇼. 칵테일 멋지게 한잔 뽑아불랑게."

칵테일은 가볍게 손을 들어 보이며 인파 속으로 사라진다. 내 손에 들린, 오래 신은 캔버스화처럼 너덜해진 페이지가 찢어질 듯 바람에 위태롭게 흔들린다.

3

집에 도착한 나는 칵테일이 준 페이지를 파일에 넣어두고 컴퓨터를 켜 메일을 확인한다. 다섯 통의 편지가 도착해 있다. 긴장된 손으로 마우스를 클릭한다. 손바닥이 축축하다.

—고도를 기다리며. 이런 경험은 첨이라 황당하기도 하고 화도 났지만 생각해보니 참 재밌네요. 그러니까 제가 님에게 선택된 건가요? 당첨 선물은 없나요? ㅋㅋㅋ 내일 시내 카페 마고에서 오후 네시에 뵙죠. 제가 좀 바쁘니 고도를 기다리게 하진 마세요 ^o^

—서양 철학사. 대출한 책으로 공부중인 사람인데, 기말고사 망치면 니가 책임질 거냐 씹새꺄! 공공 서적에 이래도 돼? 도서관에 고발하기 전에 빨리 내놔! 좆나 재수 없네! ㅗ

—동성애의 심리학. 저번에 부탁한 대출 건도 그렇고 겸사겸사 만났으면 하는데, 내가 버섯요리 잘하는 데도 알아놨거든. 시간 되

는 대로 연락주삼. ^^

—공자에서 퇴계까지. 이 책 주인이다. 남의 책에 무슨 짓을 한
거냐! 옛날에 책도둑은 도둑도 아니라고 했지만, 통째 집어가는 게
백배 낫지 책을 찢는 무식한 행위는 용서할 수 없다. 당신 같은 인
간 만나고 싶은 생각도 없으니 우편으로 보내라. 여기 주소는……

—우주의 신비. 드디어 저희 집 고양이가 새끼를 낳았어요. 다섯
마리나. 초산이라 걱정을 많이 했는데 모두 건강하답니다. 원하시
면 한 마리 분양해드릴게요~~

누군가 나를 생각하고 궁금해한다는 건 얼마나 매력적인 일인가. 그
게 증오든 미움이든. 나는 나를 찾는 사람에게 언제든 달려갈 준비가
되어 있다. 그들이 내 페이지를 궁금해하듯 나 또한 그들이 궁금하기
때문이다. 난 나와 같은 책을 읽은 사람이 어떤 사람인지 알고 싶다.
나는 그들에게 답장을 보낸다. 편지 쓰기를 끝내고 새롭게 알게 된
사람들은 주소록에 등재한다. 페이지 수만큼 주소록의 페이지도 늘어
간다. 이름 칸에는 이름 대신 책제목을 적는다. 어느새 내게는 사람들
을 책내용으로 기억하고 책제목으로 부르는 버릇이 생겨버렸다. 그러
나 내가 정말로 기억하고 부르고 싶은 제목은 오늘도 보이지 않는다.
클림트! 나는 어깨를 축 늘어뜨리며 밭은 숨을 내쉰다. 그러나 절망하
기에는 아직 이르다. 다음주부터는 저녁 근무다. 나는 처진 어깨를 다
시 단단하게 끌어올린다.

4

대학생들과 나란히 교문으로 들어선다. 가방을 메고 모자를 쓴 나는 누가 봐도 대학생으로 보인다. 나는 플라타너스 그늘 아래서 책을 읽거나 깊고 잔잔한 캠퍼스 호수를 바라보고 있을 때면 대학생이 된 듯한 착각에 빠져든다. 가끔 나도 모르게 진짜 대학생처럼 행동할 때가 있는데 바로 도서관을 출입할 때다. 이 국립대학은 국내 최초로 일반인에게 도서관 개방을 허용한 대학이다. 대학이란 기관은 사회에 이바지할 의무가 있다는 이유로 수만 권의 책을 일반인과 공유하기로 한 것이다. 나는 치즈처럼 딱딱하게 굳어가는 뇌에 기름칠을 해야겠다고 생각한 뒤, 가장 먼저 이 도서관을 찾았다. 간단한 서류절차가 끝나자 대학은 곧바로 도서대출카드를 발급해주었다. 나는 내 얼굴과 이름이 박힌 카드를 오랫동안 들여다봤다. 대출카드는 언뜻 보면 학생증처럼 보였다. 이 카드 하나면 도서관 출입은 물론이고 관내 시설 이용도 자유로웠다. 그러니까 이 도서관 안에서만큼은, 나도 그들과 똑같은 머리 말랑한 대학생인 것이다.

이층 열람실로 들어서자 엄숙한 정적이 감돈다. 나는 열람실 특유의 이 정적을 좋아한다. 가끔 정적을 깨고 들리는 사각사각 책장 넘기는 소리와 예의를 갖춘 소곤거림과 도둑처럼 사뿐히 걷는 발소리도 좋아한다. 그리고 이곳의 정적을 닮은 그녀도 좋아한다.

그녀는 오늘도 변함 없이 창가 쪽 책상에 앉아 있다. 그녀 옆에 자리 하나가 비어 있다. 앉을까 말까 고민이 오간 짧은 사이에, 빡빡머리 청년이 그 자리를 향해 느릿느릿 걸어간다. 오늘은 기필코 저 자리

180

를 사수하리라. 나는 얼결에 청년보다 빠른 걸음으로 달려간다. 그리고 드디어, 그녀 옆에 처음으로, 앉았다. 나는 심장박동소리를 들킬까봐 번번이 그녀의 옆자리를 겁냈었다. 그렇다고 지금, 심장박동이 느슨해진 건 아니다. 심장은 여전히 전력 질주하고 있고, 지금은 용기를 내고 있는 중이다.

나는 서가에서 골라온 책을 펼쳐놓고 읽는다. 도중에 결정적이거나 중요한 페이지가 나오면 접어둔다. 그녀는 내가 페이지를 접을 때마다 힐끗 쳐다본다. 정적을 닮은 그녀에게는 페이지 접는 소리도 귀에 거슬리는 모양이다. 솔직히 내 집중력도 과도하게 떨어져 있는 상태다. 책장이 날리듯, 창문으로 들어온 바람이 그녀의 머리카락을 흩뜨려놓는다. 머릿결에서 흘러나온 샴푸 향은 그녀의 미세한 움직임을 그대로 전해준다. 눈에 들어오는 글자들은 점점 윤곽을 잃어가고 잠잠하던 심장이 다시금 요동친다. 이토록 선명하게 들리는 심장소리가 그녀에게 안 들릴 리 없다. 박동소리가 더 커질까봐 나는 절반도 읽지 못한 책을 들고 화장실로 간다. 그러고는 변기에 쪼그리고 앉아 접어둔 페이지를 찢는다. 한 장 한 장 찢을 때마다 그녀가 떠오른다. 그녀의 목소리는 어떨까, 찌익찍. 그녀의 하얀 피부와 까만 눈동자, 찌직. 그녀의 가느다란 숨소리, 찍. 그녀의 샴푸 향, 찌익찍. 그녀의 취향, 찌익. 더이상 접어둔 페이지가 없자 아무 페이지나 손에 잡히는 대로 찢는다. 페이지 찢기는 소리가 좁은 화장실에 환호인 듯 비명인 듯 울려퍼진다.

나는 서가에 책을 꽂고 다시 자리로 돌아온다. 그새 어디를 갔는지 그녀는 보이지 않는다. 그녀의 책상 한쪽에 프랑스 소설 한 권과 구스

타프 클림트 화집이 놓여 있다. 그녀는 공부 틈틈이 소설책과 화집을 본다. 그녀를 처음 본 곳도 미술서적이 꽂혀 있는 서가였다. 그녀는 미술책을 고르고 나면 어김없이 불문학 코너로 자리를 옮겼다. 어떤 종류의 책을 읽는지를 살피면 그 사람에 대해 알 수 있다. 그녀는 한국적 정서보다는 이국적 정서를 동경한다. 가보고 싶은 나라가 어디냐고 물으면 반드시 프랑스라 답할 것이고, 그 나라 문화에 대해서도 해박할 것이다. 좋아하는 작가 이름을 대라면 프랑스 이름을 줄줄이 늘어놓을 것이고, 프랑스 신간소설이 나오면 가장 먼저 도서관에 희망도서 신청을 할 것이다. 그녀는 또 그림에 소질이 있거나 그림을 보는 안목이 탁월하다. 화가가 되려고 했지만 부득이한 사정으로 그 길을 포기했을지 모르고, 자질이 부족하다고 생각해 스스로 포기했을지도 모른다. 그녀가 좋아하는 화가는 클림트처럼 자기만의 색깔이 분명한 예술가이고, 한번 좋아하면 깊이 빠져든다. 그리고 오래도록 변치 않는다. 예술적 감수성이 뛰어난 그녀는 남자친구를 고를 때도 '강한 개성'을 강조할 것이고, 한번 빠져들면 '깊고 변함없는 사랑'을 유지할 것이다.

나는 그녀의 프랑스 소설과 클림트를 기억해뒀다가 똑같은 책을 구입해 읽고 또 읽었다. 관계를 맺는데 취향이 비슷하고 대화가 잘 통하는 것만큼 확실한 건 없다. 사람들은 상대의 풍부한 지식이나 비슷한 취향에 매력을 느끼기 마련이고, 그게 좀더 농후해지면 금방 친해질 수 있다. 어느 순간 깊이 빠져든 자신을 발견하게 된다면 사랑이 시작된 것이다. 그녀와 만나 얘기할 수 있는 기회가 한 번만이라도 주어진다면 나는 그녀를 매혹시킬 자신이 있다. 이제는 클림트에 관한 책을 한 권 써낼 수 있을 정도고, 그녀가 읽은 소설들에 대한 치밀한 분석 또한 이미 마쳐놓은 상태다.

바다처럼 머리카락을 출렁이며 그녀가 온다. 나는 고개를 숙인다. 그녀는 자리에 앉지 않은 채 책을 덮어놓고 다시 나간다. 손목시계를 본다. 벌써 점심시간이다. 기다렸다는 듯 자리에 앉아 있던 사람들이 하나둘 열람실을 나간다. 프런트 직원도 자리를 비운다. 도서관은 완벽한 정적에 휩싸인다. 열람실에 남아 있는 건 오로지 나뿐이다.

나는 두리번거리다 조심스럽게 그녀의 자리로 옮겨 앉는다. 소설 『아름다운 비밀 이야기』에 볼펜 한 자루가 끼워져 있다. 읽다 만 부분이다. 벌어진 틈으로 손가락을 집어넣어 책을 펼친 후 그녀가 앞으로 읽게 될 페이지 서너 장을 쭉, 찢는다. 정적에 금이 가기 시작하고 손바닥에는 땀이 찬다. 나는 잽싸게 포스트잇을 붙이고 『구스타프 클림트』에서도 고즈넉한 풍경화 두 점을 도둑질한다. 횟수로는 열한번째이자 장수로는 서른두 장째인 그녀의 페이지. 나는 페이지를 반듯하게 접어 호주머니에 넣는다. 호주머니가 듬직한 희망으로 한껏 부풀어오른다.

점심을 마치고 돌아온 그녀는 『아름다운 비밀 이야기』를 펼쳐 읽는다. 나는 곁눈질로 그녀의 손놀림에 집중한다. 곧 있으면 그녀가 나의 포스트잇과 조우하게 된다. 책장이 넘겨질 때마다 속으로 남은 페이지 수를 센다. 절정의 순간을 이렇듯 가까이서 맛보게 되다니. 그녀는 과연 어떤 표정을 지을까. 이제 포스트잇까지는 딱 두 페이지 남았다. 나는 마른침을 삼킨다. 드르륵, 드르륵. 젠장! 그때 책상 위 그녀의 핸드폰이 사력을 다해 몸부림친다. 사람들의 불만스런 시선이 일제히 그녀에게 꽂힌다. 그녀는 얼른 핸드폰을 집어들고 밖으로 뛰어나간다.

한참 있다 돌아온 그녀는 급하게 책상을 정리한다. 나는 안타깝게 그녀만 쳐다본다. 그녀의 머리카락이 격렬하게 출렁이며 멀어져가고, 반대쪽에서 뚱뚱한 여자가 허겁지겁 달려와 그녀의 자리를 차지해버린다. 호주머니에서 그녀의 페이지를 꺼내 펼쳐본다. 클림트의 풍경화가 더없이 고즈넉하게 느껴진다.

5

나는 이 주마다 다섯 권씩 도서관에서 책을 빌려 읽었다. 도서관 책들은 대부분 낡고 지저분했다. 그러나 차갑고 기름투성이인 기계보다는 부드러웠고, 아무도 없는 빈집보다 따뜻했으며, 울리지 않는 휴대폰보다 다정했다. 나는 공장에서 돌아오면 틈틈이 그것들을 펼쳤다. 가장 기분좋은 순간은 대출인기 순위에 오른 책을 손에 넣을 때였다. 그 순간에는 마치 인기 많은 여자를 독차지한 듯한 쾌감에 빠져들었다.

그날 나는 『사진으로 보는 몸』이란 책을 세 달을 벼른 끝에 차지할 수 있었다. 많은 사람의 손을 거친 책은 낡을 대로 낡았고, 군데군데 갈피에서 떨어져나온 페이지가 낱장으로 끼워져 있었다. 나는 옷도 갈아입지 않은 채 곧바로 그것을 탐닉하기 시작했다. 소문대로 필력 좋은 작가는 사진에 대한 설명을 독특하고도 유쾌한 시각으로 풀어놓고 있었다. 제3장 '여성의 몸'이란 소제목을 달고 있는 페이지에서 작가는 이런 문구로 이야기를 시작했다.

필자의 설명을 듣기 전에 독자 여러분은 '사진 25. 사자의 뱃속으로 들어간 나체 여인'을 봐주시길.

나는 작가의 요구대로 '사진 25'를 찾았다. 그러나 어디에도 그런 제목이 붙은 사진은 없었다. 나중에야 페이지가 징검다리처럼 띄엄띄엄 건너뛰고 있다는 사실과 사자 갈기처럼 찢겨나간 페이지 일부에 남아 있는 '사진 2'라는 쌀알만한 글씨를 찾아낼 수 있었다. 여자 몸을 흠모한 놈의 짓이었다. 나는 할 수 없이 '사진 25'를 포기하고 계속 읽어나갔다. 그런데 얼마 안 가 똑같은 일이 다시 반복되었다. 화가 난 나는 욕을 씨불이며 천장으로 책을 던졌다. 어떤 돼먹지 못한 인간인지 당장 찾아내 멱살을 움켜쥐고 싶었다. 그때, 책에서 빠져나온 페이지 한 장이 깃털처럼 가볍게 내 발등으로 떨어졌다. 나는 페이지를 집어들어 요상한 물건이라도 되는 듯 한참 동안 그것을 들여다봤다.

맹물을 홀짝이며 창밖을 내다본다. 약속 시간까지는 아직 오 분이 남아 있다. 나는 테이블에 『오렌지』를 올려놓는다. 진한 오렌지색 표지가 유난히 눈에 띄어 누구라도 금방 알아볼 수 있을 것이다. 단발머리에 원피스를 입은 여자가 카페 자동문으로 들어선다. 여자는 문 앞에 서서 카페 안을 한참 둘러본다. 여자가 비켜서지 않은 통에 자동문은 그대로 열려 있다. 에어컨 바람이 소모되는 게 염려된 종업원이 팔을 뻗어 여자를 안쪽으로 안내한다. 여자는 종업원을 따라 걸으며 누군가를 찾는다. 여자의 눈이 내 테이블 위로 꽂힌다.

오렌지는 지적이고 품위 있는 여성이다. 목소리와 눈빛에서 그것을 충분히 읽어낼 수 있다. 막무가내로 화부터 낼 사람은 아니다. 간단하게 자기소개를 마친 오렌지는 페이지부터 달라고 한다. 오렌지는 내게 페이지를 받자마자 집중해서 그것을 읽기 시작한다.

『오렌지』는 독특한 스토리와 탄탄한 구성으로 베스트셀러가 된 한국소설이다. 한밤중 엘리베이터에 갇힌 생면부지의 여자와 엘리베이터 밖의 남자가 문을 사이에 두고 나누는 대화가 주를 이룬다. 그러나 소설 어디에도 오렌지란 단어는 나오지 않는다. 작가는 제목의 의미를 스스로 찾도록 하고 있다. 작가가 독자에게 부여한 일종의 과제인 셈이다. 그 과제는 마지막에 이르면 약간의 실마리를 제공하는 듯하지만 역시나 작가는 불친절하다. 오렌지는 지금 페이지를 읽으며 오렌지란 단어를 애타게 찾고 있을 것이다. 내가 찢어낸 페이지는 『오렌지』의 마지막, 결말 부분이다. 결말이 몹시 궁금한 소설이기에 오렌지는 포스트잇을 발견하자마자 내게 메일을 보냈을 것이다.

"결국 이렇게 끝나네."

오렌지는 고개를 갸웃거리며 페이지를 테이블에 올려놓고는 눈을 살짝 흘긴다. 나는 미안한 표정을 지으며 내 『오렌지』를 슬그머니 건넨다.

"그쪽이 읽던 건가요?"

"깨끗하게 봐서 새책이나 다름없어요. 사죄의 의미로 받아주세요."

오렌지의 성난 눈이 조금 누그러진다.

"왜 찢었어요?"

나를 만나면 누구나 하는 질문을 오렌지도 역시나 꺼낸다. 나는 매

실차 한 모금을 마신다.

"미치도록 누군가와 얘기하고 싶을 때 비슷한 경험을 했습니다. 그 덕에 다양한 사람들과 이야기를 만났습니다."

오렌지는 호기심 담긴 표정으로 내게 또 당돌하게 묻는다.

"이 소설에서 오렌지가 의미하는 게 뭐라고 생각하세요?"

나는 잠시 생각하다 기다렸다는 듯 신명나게 입을 뗀다.

"생각하기에 따라 의미는 달라져요. 영민한 작가는 그 점을 노리고 있어요. 알다시피 결론은 미완이에요. 독자들은 당연히 엘리베이터 문이 열릴 거라 생각하지만 결국 문은 열리지 않죠. 열린 결말로써 독자 몫으로 남겨두겠다는 거예요. 단단한 오렌지 껍질을 벗기면 달콤한 알맹이가 나오듯, 엘리베이터 문이 열리면 여자가 나온다고 상상할 수 있겠죠. 안에서 여자는 계속 갈증을 호소해요. 그러나 여자는 물이라고 직접 언급하지 않아요. 그렇다면 혹시 그게 오렌지는 아닐까요? 엘리베이터에 갇힌 여자에게 문밖의 남자는 오렌지 같은 존재예요. 어둡고 답답한 곳에 있으면서도 두려워하지 않는 건 남자의 상큼한 이야기가 있기 때문이죠. 남자 또한 여자의 목소리에서 상큼함을 느껴요. 전 전체적인 스토리며 구성에서 오렌지를 씹을 때의 상큼한 맛을 느꼈어요. 작가는 소설의 이미지를 오렌지로 표현하고 싶었던 것 같아요."

"사귀는 사람 있어요?"

느닷없는 질문에 나는 당황한다.

"네? 전, 대학도 안 나왔고, 공장에서 생산직으로 근무하고, 또……"

방금 전과 다르게 말이 자꾸 더듬어진다. 나는 잔을 감싸고 있던 기름때 묻은 손을 테이블 아래로 감춘다. 그때 찻잔에 올려둔 스푼이 손가락에 걸려 테이블로 방정맞게 떨어진다.

"전 사귀는 사람이 있느냐고 물었는데."

"아직 없지만."

"좋아하는 분이 계시는군요. 그분도 페이지?"

나는 눈을 어디다 둬야 할지 몰라 오렌지 뒤에 걸린 액자만 쳐다본다.

"그분한테서는 연락이 없나봐요?"

오렌지는 잠시 고개를 떨구더니 내가 준 『오렌지』를 가방에 넣는다. 그리고는 자신의 책을 꺼내 앞장을 펼친다.

"처음엔 친구가 장난친 줄 알았어요. 그 친구한테 선물받은 거라 이러면 안 되는데……"

오렌지는 친구의 마음이 적혀 있는 첫 장에 자신의 휴대폰 번호를 적어 건넨다.

"대신 이 페이지는 제가 가질게요."

오렌지는 페이지를 흔들며 소리없이 웃는다. 나는 송아지처럼 눈만 끔뻑인다.

"이 페이지가 필요하면 전화 주세요."

나는 아무 말도 못 한 채 자동문을 통과하는 오렌지를 바라보다, 오렌지가 주고 간 책을 펼친다. 페이지에서 오렌지 향이 몽글몽글 올라오는 것 같다.

손목시계를 본다. 두번째 주인공은 삼십 분이 지나도록 나타나지 않는다. 그렇다고 집으로 돌아갈 수도 없다. 한 시간이고 두 시간이고 기다리는 게 내 의무고 예의다. 종업원이 커피를 리필해주고 있을 때 승용차에서 양복 차림의 남자가 내린다. 남자는 입에 담배를 꼬나물고 카페로 들어선다. 『성공을 위한 열두 가지 조건』에 어울리는 남자란 생각이 단번에 든다. 내가 책을 높이 들어 보이자 남자가 거만한 자세로 소파에 등을 기대고 앉는다. 성공은 늦어서 죄송하단 말 같은 건 하지 않는다. 그의 얼굴을 유심히 살핀다. 어디서 많이 본 얼굴이다.

"죄송합니다. 무례했다면 이 책으로 바꿔드리겠습니다."

내 책을 밀어주자 성공은 한쪽 눈을 찡그리며 새 담배를 꺼내문다.

"내가 그깟 책이나 받자고 나온 줄 압니까?"

성공은 다소 공격적이다. 굳이 분류하자면 그는 나를 범죄자로 취급하는 부류다. 꿍꿍이가 없더라도 내 행위는 도덕적으로 용서받을 수 없을지도 모른다. 그러나 대개는 얼굴 맞대고 얘기를 나누다보면 누그러지기 마련이었다. 한번은 이런 경우도 있었다. 연락이 되어 나간 자리에 서점점원이 앉아 있는 것이었다. 책 주인이 서점에 신고를 해서 사장의 명을 받고 대신 나온 것이었다. 속깊은 대화가 오간 사이에 쌀쌀맞던 점원은 자주 웃었다. 점원은 사장에게 내가 약속장소에 나오지 않았다고 둘러댔고, 우리는 친구가 되었다. 그후 내가 서점에 나타나면 점원은 비밀스럽게 윙크를 했고, 책값을 할인해주기도 했다. 하지만 이제 그 점원은 서점을 그만두고 시청 공무원이 되었다.

"몇 푼 되지도 않은 거 다시 사면 그만이야. 당신 같은 비도덕적인 인간들 때문에 이 사회가 곪아가는 게 문제라고. 알아?"

성공을 위한 열두 가지 조건은 성공을 지상목표로 삼고 있는 사람이다. 이 책을 고른 것부터가 그 사실을 입증해준다. 성공은 고등학교 때도 성공욕이 강한 학생이었다. 기필코 일등을 해야 했고 반드시 반장을 해야 했다. 성공은 욕심대로 일등을 했고 반장을 했다. 성공과 당당하게 맞서 반장 선거를 치를 사람은 없었다. 단독후보로 나선 성공은 대신 찬반투표로 자질을 검증받아야 했다. 오십 표 중에서 찬성표는 마흔일곱 표가 나왔다. 성공은 반대표 세 표를 찾아내기 위해 연습장에 오십 명의 이름을 적었다. 그러고는 한 명씩 지워나갔다. 내 이름은 열번째로 지워졌다. 성공은 나를 전혀 의심하지 않았다. 성공은 공부 못하는 사람은 생각도 주관도 없을 거라고 단정지었다. 적어도 내 생각에 성공은, 대표 자질이 없는 학생이었다. 동창 얼굴도 기억 못 하는 놈을 자질이 있다고 할 수 있을까.

"바빠 죽겠는데 쓸데없이 시간만 허비하고 있네. 에이 씨!"

성공은 시계를 들여다보며 중얼거린다. 최대한 예의를 갖추자는 게 규칙이지만 주먹이 자꾸 올라가려고 한다. 나는 주먹을 안추르며 '성공을 위한 여덟번째 조건'이 제시된 페이지를 내민다. 성공은 내 이야기에도, 페이지에도 관심이 없다. 그저 흘러가는 시곗바늘에만 신경 쓸 뿐이다.

"세상은 당신처럼 한가하지 않아. 이런 유치한 장난할 시간 있으면 책이나 읽어!"

성공은 담배를 재떨이에 비벼 끄며 분연히 일어난다. 성공은 없어진 한 가지 조건이 무엇인지 궁금하지 않은 모양이다. 그딴 거 몰라도 성공할 수 있다고 자신하는 걸까. 성공은 자신에게 절실히 요구되는 조건 한 가지를 테이블에 놓고 간다. 열한 가지를 갖추었대도 놓고 간한 가지를 갖추지 않으면 그는 결코 성공할 수 없을 것이다. 나는 테이블을 본다. 성공의 담배에서 떨어진 잿빛 담뱃재가 페이지 위에 점점이 박혀 있다.

6

나는 책상 한쪽에 쌓여가는 페이지들을 본다. 찾아가지 않은 페이지들이다. 나를 찾지 않는 페이지들을 보면 가끔 화가 난다. 저들은 왜 내가 '바라'는 '연락'을 하지 않는 걸까. 뭐 물론 '안 찾고 싶으시니까' 안 하는 거겠지만, 아마 게을러서 책을 사놓고도 아직 읽지 않았을 것이다. 건성으로 읽어 페이지가 사라진 것도 모르고 있거나 나 같은 사람에게 너그러울 수 있는 사람일 것이다. 아니면 나 같은 인간을 상대조차 하기 싫거나 혹 판권장에 적힌 '잘못된 책은 바꿔드립니다'라는 문장에 책임을 물어 새책으로 바꿔갔을지도 모른다. 그도 아니라면 소심해서 그냥 서점에서 사라진 페이지만 찾아 읽어버렸든가, 어쩌면 아직 아무도 안 사간 건지도 모른다. 책을 찢는 인간을 좋은 인간이라 할 수 없지만 그렇다고 불순한 의도를 갖고 있는 게 아니니 나쁜 인간도 아니라고 생각한다. 난 그저 나와 같은 책을 읽은 사람과 얘기를 나누고 싶을 따름이다. 같은 책을 읽었다는 이유만으로 그들이 남 같지 않기 때문이다.

내가 찢어낸 페이지는 탐독으로 얻어낸 중요한 부분들이다. 책의 핵심인 그 페이지를 읽지 않으면 전체적인 내용 연결이 불완전해, 읽어도 읽지 않은 것 같은 찜찜한 맛을 남기는 부분들. 만약 책을 읽었다면 징검다리처럼 놓인 페이지를 보고 가만히 있을 사람은 없을 것이다. 웬만큼 성질이 원만하지 않고서는 나처럼 책을 집어던지거나 소리지를 것이다. 나 또한 그 페이지들처럼 중요한 사람이고 싶고 나로 인해 그들이 완전해졌으면 좋겠다. 그렇다고 중요하지 않은 페이지가 쓸모없다는 얘기는 아니다. 쓸모없는 인간이 없듯, 책 한 권을 이루는 모든 페이지는 나름의 역할이 있다. 아무런 글씨도 페이지 표시도 없는, 맨 앞장과 뒷장의 면지조차도 나름의 필요성이 있다. 아름다운 시구나 마음을 적어넣을 수 있고, 저자에게 사인을 받을 수도, 독후감을 쓸 수도 있다. 아무리 보잘것없는 페이지도 제 위치가 있고 그 위치가 지켜질 때 비로소 책은, 완성된다.

나는 페이지들을 한 장 한 장 넘긴다. 『내 영혼……』『살인에 대한……』『색채 심리……』『잃어버린 역사……』. 이제 나는 페이지만 보고도 책제목을 알아맞힐 수 있다. 페이지를 넘기다 말고 컴퓨터를 켠다.

잃어버린 역사님에게. 안녕하세요. 전 님 책의 페이지를 보관하고 있는 사람입니다. 보관중인 페이지는 『잃어버린 역사』에서 아주 중요한 부분입니다. 절 바라지 않으면 책을 읽는 데 어려움이 있을 겁니다. 혹시 절 증오하시나요? 그렇지 않다면 왜 연락을 안 주시는 거죠?

'보내기' 단추를 클릭한다. 화면이 바뀌고 파란색 문구가 여백을 채운다.

메일 전송이 실패했습니다. 입력하신 아이디는 존재하지 않는 아이디거나 오랫동안 접속하지 않은 휴면상태여서 전송되지 않았습니다. 아이디를 다시 한번 확인해보시기 바랍니다.

다시 편지를 쓴다.

클림트님에게. 전 오랫동안 님을 지켜……

나는 더이상 쓰지 못한다. 가운데 손가락이 백스페이스 키를 지그시 누른다. 커서는 야금야금 글자들을 먹어간다. 다 먹어치운 커서는 숨만 헐떡헐떡 쉬고 있다. 덩달아 내 숨도 헐떡거린다. 나는 책꽂이에 꽂아둔 다섯 개의 파일에서 페이지들을 모조리 끄집어낸다. 한데 모으니 분량이 상당하다. 나중에 이 페이지들을 하나로 엮어 책으로 만들 계획이다. 다 만들면 처음부터 끝까지 차근차근 읽을 참이다. 갑자기 엉뚱한 이야기가 나오더라도, 내용 연결이 불완전하더라도 참고 읽어나갈 것이다. 그 책은 어떤 내용을 담고 있을까. 아마도 나는 페이지에서 수많은 제목과 얼굴을 만날 것이다. 주인 없는 페이지를 만나면 그 페이지를 통해 성격과 취향을 짐작하고 상상할 것이다.

그때 스피커에서 메일 도착을 알리는 효과음이 흘러나온다. 짧으면서도 강렬한 효과음에 가슴이 흔들린다. 두 통의 메일이 도착해 있다. 누굴까? 심호흡을 하고 메일을 열어본다. 제목부터 살핀다. 한 통은 내가 방금 전송했다 실패해 반송된 편지고, 나머지 한 통은 『현대사회

의 두 얼굴을 찾습니다』라는 제목이다. 긴장이 순식간에 풀린다. 현대
사회의 두 얼굴? 생소한 제목이다. 나는 그런 제목의 책을 읽은 적이
없다. 혹시 읽었는데 기억 못 하고 있는 걸까. 메일을 읽어본다. 내용
으로 봐서는 나를 찾고 있는 페이지가 분명하다. 현대사회의 두 얼굴
은 당장 만날 수 있겠느냐며 답변을 요구하고 있다. 나는 일단 페이지
를 찾아본다. 그러나 어디에도 그런 제목으로 기억되는 페이지는 없
다. 모르는 사이에 어디다 흘린 걸까. 아니면 제목을 다른 것과 혼동
했거나 잘못 알고 있는 걸까. 난감하지만 일단 만나겠다는 답장을 보
낸다.

7

약속장소인 공원 입구에 다다른다. 현대사회의 두 얼굴은 카페보다
공원이 좋겠다고 했다. 식수대를 지나자 하얀색 벤치가 나온다. 현대
사회의 말대로 다른 벤치는 모두 빨간색인데 그 벤치만 하얀색이다.
벤치에 중씰한 남자가 앉아 있다. 남자는 무릎에 책을 펴놓고 어두운
얼굴을 하고 있다.
"실례지만 현대사회……?"
내가 다가가자 현대사회가 자리에서 벌떡 일어나 오랜만에 만난 친
구 대하듯 악수를 청한다. 나는 손을 잡아 흔들며 현대사회가 들고 있
는 책을 힐끗 쳐다본다. 책 장정을 보면 기억이 날 것 같았지만, 안타
깝게도 책표지는 노란색 비닐 책가위로 꼼꼼하게 덮여 있다. 입힌 지
얼마 안 됐는지 책가위는 아주 깨끗하다. 더욱 난감하다. 페이지를 갖

고 오지 않은 걸 알면 무척 실망할 텐데.

"페이지는⋯⋯"

"죄송합니다. 제가 새벽 근무를 마치고 곧장 온 터라."

실망시키는 것보다 거짓말쟁이가 되는 게 낫겠다 싶어 일단 둘러댄다.

"잠시 책 좀."

내 요구에 그가 선뜻 책을 내준다. 나는 책을 펴 내용과 찢어진 부분들을 면밀히 살핀다. 메일주소가 적혀 있는 포스트잇도 보인다. 내가 읽었던 책이 분명하다. 프로필 사진 속 아리따운 젊은 여자가 나를 향해 웃고 있다. 해사한 웃음이다. 때마침 그가 음료수를 사오겠다며 벤치에서 일어난다. 나는 그 틈에 책가위를 살짝 들춰 책표지를 살핀다. 다행히도 결정적인 단서가 거기 숨어 있다. 바퀴벌레. 어둠 속에 숨어 있던 그림자가 서서히 모습을 드러내기 시작한다.

서가에서 책을 빼들었을 때 책표지를 보고 깜짝 놀랐던 기억이 난다. 여섯 개의 다리에 가시처럼 박혀 있는 털과 자신의 몸을 휘감을 만큼 길게 뻗은 더듬이, 그리고 키틴질의 딱딱한 몸통에 흐르던 반질한 광택의 느낌까지. 바퀴벌레는 솜씨 좋은 누군가가 펜으로 그려넣은 것이었다. 너무 정교해 진짜 바퀴벌레인 줄 알고 손등으로 옮겨붙을까봐 그만 책을 바닥으로 떨어뜨리고 말았었다. 뒤이어 이 책에서 찢은 페이지들도 기억난다. 그녀의 페이지를 처음 찢던 날, 그녀의 반응을 살피느라 너무 긴장한 탓에 절반도 읽지 못했고, 제목은 물론이고 어떤 내용이었는지조차 까맣게 잊고 있었던 그 책.

현대사회가 음료수를 양손에 하나씩 들고 벤치로 돌아온다.

"도서관 책에 왜 책가위를."

나는 음료수를 받아들며 감사의 의미로 고개를 숙인 뒤 내내 의문이었던 질문을 던진다. 그는 한숨부터 내쉰다.

"애인이 쓴 책입니다. 시간강사였는데 책을 내는 게 꿈이었지만 내주겠다는 출판사가 없어 자비출판을 했어요."

판권장에 출판연도가 1998년으로 나와 있으니 그와 저자 사이의 관계도 그만큼 오래되었단 뜻이다. 저자를 애인이라고 부르는 걸 보니 아직 결혼은 안 한 모양이다.

"결혼은……?"

그는 음료수 한 모금을 소리나게 꿀꺽 삼킨다.

"교수 임용되면 하자고 계속 미뤄오다 사고로…… 장례식을 마치고 나서야 저한테 책이 없다는 걸 알았습니다. 쉽게 구할 수 있을 거라 생각했는데, 막상 찾으려니 없더군요. 오백 권이나 되는 책이 어디로 다 사라져버린 건지."

그의 얼굴이 시멘트처럼 굳어간다.

"마지막으로 찾아간 게 도서관이었습니다. 제목을 본 순간 어찌나 설레던지. 그 친구 처음 보고 반했을 때처럼 심장이 뛰더군요. 그 친구를 십 년이 지나서야 읽었습니다."

그는 자책하듯 음료수 캔을 손으로 찌그러뜨렸고, 나는 저자의 죽음에 할 말을 잊었다.

택시를 잡아타고 집으로 향한다. 이제야 모든 게 선명하게 떠오른다. 그날 페이지를 뒷주머니에 찔러넣고는 집으로 돌아와 바지를 벗어 옷장에 처박아뒀었다. 그게 육 개월 전의 일이니 겨울옷을 정리한

답시고 세탁기에 넣고 돌렸을 것이다.

집에 도착하자마자 옷장에서 코르덴바지를 찾아 뒷주머니를 확인한다. 추측대로 아무렇게 접힌 두툼한 페이지가 뭉치로 나온다. 안도의 숨이 절로 나오지만 물속에 빠졌다 나온 페이지는 거칠 정도로 빠닥빠닥 말라 있다. 너무 딱 들러붙어 있어서 펴기조차 힘들다. 접힌 부분을 펼 때마다 관절 꺾이는 소리가 난다. 더이상 훼손되는 일이 없도록 최대한 조심하며 다 펼치자 표면에는 우글쭈글한 주름들이 깊게 패어 있다. 이 상태로는 도저히 안 될 것 같아 손수건으로 페이지를 덮고 다림질을 한다. 빳빳하게 편 페이지는 새 파일에 낱장으로 끼워 넣는다. 다행히도 활자가 손상되지는 않았다.

나는 다시 택시를 타고 공원에 도착한다. 한여름에 현대사회는 낙엽이 다 떨어진 나무처럼 벤치에 멍하니 앉아 있다. 내가 파일을 건네자 그가 눈을 깜빡이더니 서둘러 자리에서 일어난다. 그 마지막 책은 영원히 사라지지 않을 것 같은 생각이 든다. 그는 다시 사랑할 수 있을까. 중년의 현대사회가 뒤돌아 나를 한번 쳐다본다. 나는 그때야 알았다. 그가 내게 페이지를 찢은 이유에 대해 묻지 않았다는 것을.

8

오늘은 그녀를 볼 수 있는 마지막 날이다. 근무시간이 바뀌면 당분간은 도서관에 올 수 없다. 저기 그녀가 보인다. 나는 그녀가 앉아 있는 책상으로 간다. 이번에는 과감하게 그녀 앞에 자리를 잡고 앉는다. 모자챙을 내리누르고 책을 펼친다. 그녀의 가느다란 손가락이 모자챙 아래에서 꼼지락거린다. 그녀에게는 아직도 연락이 없다. 내가 간직하고 있는 그녀의 페이지는 결코 적은 양이 아니다. 그녀는 어떤 부류에 속하는 사람일까. 미친 듯 화를 내는 부류일까, 재밌다고 좋아하는 부류일까, 나를 정신병자나 범죄자로 취급하는 부류일까. 아니면 아예 무관심으로 일관하는 부류일까? 나는 그녀를 선뜻 이해할 수 없다. 자신이 아끼는 것을 빼앗겨놓고도 분노하지 않는 이유는 뭘까. 한두 번도 아닌데 그녀는 내가 궁금하지도 않는 걸까. 그녀는 나의 쓸모를 왜 아직도 모르는가. 갈수록 그녀는 알 수 없는 존재가 되어간다.

그녀의 책상 한쪽에 새 프랑스 소설과 현대미술 서적이 놓여 있다. 오랜 침묵은 내 신경을 긁어놓는다. 나는 모자챙으로 얼굴을 가린 채 숨을 고른다. 맹수처럼 날카로운 눈으로 포획물을 노려보다 적당한 시기를 가늠해 조금씩 간격을 좁혀나간다. 그러나 욕망은 간격보다 더 빠르게 포획물로 접근한다. 이성적이지 못한 욕망은 참을 수 없는 상태에 이른다. 큰 포효와 함께 순식간에 날아든 나는 벌떡거리는 가슴의 진동을 느끼며 조심스럽게 몸을 연다. 검은 털이 보송보송 돋은 새하얀 피부가 눈앞에 펼쳐진다. 뒤떨고 있는 피부를 진정시키기 위해 손으로 가만히 쓰다듬어본다. 몸이 버둥거리더니 자신을 닫으려고 애쓴다. 나는 발톱으로 지그시 내리눌러 닫히는 걸 막은 뒤 이빨을 박는다. 단단한 턱과 이빨이 자물쇠처럼 야무지게 채워지자 살점 뜯기는 소리와 비명소리가 들린다. 톱날처럼 찢긴 부위에서는 붉은 피가 뚝뚝 떨어진다. 그제야 내 손은 거둬지고 몸은 고요하면서도 천천히 어깨를 닫는다. 그러고 기다린다. 어둠 속에서 누군가를.

의자 끄는 소리에 퍼뜩 정신이 든다. 주변을 둘러본다. 점심시간이라 사람들이 하나둘 자리를 비우기 시작한다. 그녀도 책을 덮고 자리에서 일어난다. 나는 그녀의 자리로 가 고개를 꺾고 앉는다. 그녀의 책들이 내 모자챙 아래 꼼짝없이 갇혀 있다. 내 손놀림은 빨라지다 못해 거칠어진다. 나는 그녀의 눈을 확실하게 사로잡기 위해 이번에는 페이지 절반을 갈피에 남겨놓는 과감함까지 보인다. 땀 한 방울이 그 페이지로 떨어진다.

점심을 마치고 돌아온 그녀가 자리에 앉는다. 그녀의 하얀 손이 내 모자챙 아래서 천천히 움직인다. 그녀에게는 엄지손가락 끝을 손톱으로 짓누르는 버릇이 있고, 페이지는 절대 접지 않으며 밑줄도 긋지 않는다. 기억해둘 페이지가 있거나 맘에 드는 문구가 나오면 수고롭게도 수첩에 일일이 옮겨 적는다. 나는 책장을 넘기는 척하며 한번씩 그녀의 페이지를 확인한다. 그때 그녀가 포스트잇이 붙은 페이지를 펼친다. 심장이 춤춘다. 나는 모자챙을 조금 올려 그녀의 얼굴을 본다. 그녀가 고개를 돌려 누군가를 찾듯 주변을 살핀다. 눈이 마주칠까봐 얼른 고개를 숙이고 그녀의 손만 쳐다본다. 그러나 손은 좀체 움직이지 않는다. 포스트잇에 가 닿지도 않는다. 그녀는 불안하게 손톱으로 엄지손가락만 짓누르고 있다.

얼마나 지났을까. 드디어 그녀의 집게손가락이 천천히 포스트잇으로 접근한다. 심장이 터질 것만 같다. 포스트잇을 떼어내려는 것일까? 그녀의 손가락에 온 신경이 집중된다. 예상대로 손가락은 포스트잇을 떼어내고 그녀는 그것을 한참 동안 만지작거린다. 무슨 생각을 하는 걸까. 그때 갑자기 그녀가 손가락을 오므려 그것을 순식간에 구겨버린다. 공처럼 단단하게 뭉쳐진 포스트잇은 그녀의 손에서 버림받아 바닥으로 떨어진다. 미친 듯 화를 내는 부류인가? 나는 데굴데굴 굴러가는 그것을 급히 좇는다. 그러나 지나가던 사람의 발부리에 채어 그것은 어디론가 금세 사라져버린다. 나는 고개 들어 그녀를 똑바로 쳐다본다. 무표정한 그녀는 없어진 페이지에 상관하지 않고 책을 마저 읽는다. 무관심으로 일관하는 부류인가? 허탈감이 가슴을 짓누른다. 나는 엎드려 책 깊숙이 얼굴을 파묻는다. 모자챙이 절망에 빠진 내 눈을 가리고, 그녀의 하얀 손을 가로막는다.

그녀가 자리에서 일어난다. 허탈감이 가시지 않아 나는 그녀를 뒤밟는다. 나도 모르게 어금니가 깨물어지고 주먹이 쥐어진다. 내 눈에는 오로지 그녀의 뒤통수만 보인다. 당장 그녀를 돌려세워 왜 그랬느냐고 따지고 싶다. 저기요! 라고 부르려는 찰나에 그녀가 왼쪽으로 방향을 꺾는다. 이곳은 열람실 맨 끝에 있는 서가다. 나는 책을 고르는 척하며 서가 틈새로 그녀를 노려본다. 그녀는 아무 생각 없이 두툼한 책 두 권을 빼들고 걸음을 옮긴다. 그녀를 또 따라간다. 그녀가 들어간 곳은 여자 화장실이다. 나는 길 잃은 사람처럼 벽에 걸린 도서관 안내도를 쳐다보며 그녀가 나오기를 기다린다. 십 분이 지나자 그녀는 가슴에 품고 나온 책을 원래 있던 자리에 꽂아놓고 열람실을 나간다.

나는 그녀가 꽂아둔 책을 빼들어 안을 살핀다. 자극적인 색상의 포스트잇과 '페이지를 찾고 싶으시면……'이란 낯익은 문구가 내 눈을 사로잡는다. 페이지를 본다. 포스트잇이 붙어 있는 곳의 페이지는 사납게 찢겨나가고 없다. 형광색 포스트잇은 어둠 속에서도 잘 보일 것만 같다. 머릿속으로 새카만 어둠이 밀려들어온다. 나는 책을 덮고,

분류 주제가 적혀 있는 서가 모서리를 올려다본다. 검은색 테두리 안에는 '의학'이라고 진한 고딕체로 적혀 있다. 그녀에게 쓸모 있는 페이지들의 집합. 어떤 부류에도 속하지 않는 그녀. 내 가슴에 펼쳐져 있던, 비밀스럽게 아름답던 책 한 권이 탁, 닫힌다.

나는 느린 걸음으로 돌아와 자리에 앉는다. 망설이다 파일에서 두꺼운 종이로 장정된 책 한 권을 꺼낸다. 아주 얇은 책. 그녀의 페이지 서른아홉 장으로 만든 책이다. 제목 같은 건 없다. 그냥, 그녀의 책이다. 그녀의 페이지들이니 돌려주는 게 마땅한 것 같아 책상에 그 책을 던져놓고 열람실을 나온다. 그녀가 계단에 서서 깔깔대며 누군가와 통화를 하고 있다. 나는 그녀의 웃음소리를 뒤로하고 도서관을 나와 시내로 가는 버스에 오른다.

9

땀에 젖은 모자를 벗으며 서점으로 들어선다. 퇴근 무렵이라 서점은 사람들로 북적인다. 책을 고르는 사람, 휴대폰을 만지작거리며 친구를 기다리는 사람, 책을 보며 애인을 그리워하는 사람. 그들은 모두 나의 잠재적 페이지들이다. 언젠가 나의 쓸모를 알아봐주게 될지도 모르는 사람들.

나는 베스트셀러 목록이 붙어 있는 벽으로 간다. 지난번에 1위였던 베스트셀러는 9위로 밀려나 있다. 1위는 생소한 제목의 외국 서적이 차지했다. 베스트셀러 목록에는 1위 외에도 낯선 제목의 책이 여섯 권이나 올라 있다. 나는 베스트셀러 코너로 고개를 돌린다. 그곳은 역

시나 비집고 들어갈 틈도 없이 울타리처럼 사람들이 둘러서 있고 그
들의 손에는 1위를 차지한 똑같은 책이 들려 있다.

나는 베스트셀러 코너를 무심히 지나 한산한 인문학 코너로 간다.
책을 고르기 위해 진열대를 훑는다. 친근한 제목 하나가 눈에 들어온
다. 『잃어버린 역사』. 그것을 집어들어 페이지에 시선을 고정한 채 처
음부터 끝까지 책장을 넘겨본다. 종이와 잉크 냄새가 연기처럼 퍼져
나온다. 숫자들은 돈 세는 기계처럼 빠른 속도로 몸을 부풀린다. 페이
지가 일으킨 바람이 땀으로 축축이 젖은 손바닥을 간질이듯 시원하게
식혀준다. 빠르게 넘어가는 페이지 사이에서 언뜻 시퍼런 무언가가
스쳐지나간 것 같다. 앞으로 되돌아가 다시 천천히 페이지를 넘긴다.
페이지에 푸른색 포스트잇이 붙어 있다.

페이지를 찾고 싶으시면 연락 바람. pagepages@hanmail.net

안 사갔구나. 왠지 간절하게 느껴지는 '바람'이다. 나는 씩 웃으며
호주머니에서 페이지를 꺼낸다. 그녀의 마지막 페이지. 『잃어버린 역
사』의 찢겨나간 부분에 그녀의 페이지를 끼워넣고 계산대로 간다.

서점을 나오자 어두워진 거리는 집을 향해 분주히 움직이는 사람들
로 붐빈다. 휴대폰을 열어 시간을 확인한다. 어느새 공장에 출근할 시
간이다. 나는 『잃어버린 역사』를 손에 꼭 쥐고 버스정류장을 향해 뛴
다. 책날개가 양쪽으로 펴지면서, 깃털 같은 하얀 페이지들이 바람에
휘날린다.

나무인형

P는 누군가에게 말이 하고 싶어져 입이 간질거렸다. 입술을 오므리자 덩달아 콧잔등이 실룩이더니 빨간 주름이 잡혔다. 손가락으로 문지르면 주름이 펴지기라도 할 것처럼 P는 콧잔등을 자꾸 매만지며 주위를 둘러봤다. 정적. 말을 걸어도 될 것 같은 사람은 어디에도 보이지 않았다. 정적이 깊어갈수록 P의 콧잔등은 자꾸 더 빨개졌다.

P에게 말하는 건 일기 쓰는 것과 같았다. 글솜씨라는 게 조금이라도 있었다면 P는 아마 말 대신 연필을 집어들었을 것이다. 그랬다면 사람들은 말 한마디 않고 살아가는 P를 벙어리로 착각했을 것이다. 게다가 P의 글씨체는 아주 엉망이어서 자신조차 못 알아먹을 때가 많았다. 못생긴 글씨가 불러오는 짜증 때문에라도 P는 말을 택할 수밖에 없었다. 일기를 쓰기 위해서는 연필과 노트가 필요하듯, 말로써 일기를 쓰는 P에게는 자신의 이야기를 들어줄 누군가가 필요했다.

물론 빌딩이나 아파트옥상 같은 곳으로 올라가 목청껏 소리를 지른다거나, 아랫목에 이불을 둘러쓰고 드러누워 혼자서 중얼거려도 되는 일이었다. 문제는 그 방법들이 속으로 말하는 것과 별반 다를 게 없다는 것이었다. 노트가 누군가의 이야기를 영원토록 기억해주듯, P의 이야기가 기억되려면 누군가는 들어줘야만 했다. 많으면 더없이 좋겠지만 자신의 이야기를 잊지 않고 기억해주기만 한다면, 한 사람만으로도 족했다.

P는 문득 여자를 떠올렸다. 편의점에서 늦은 점심으로 컵라면을 먹고 생리대 한 통을 산 뒤, 바나나우유에 빨대를 콕, 꽂을 때 봤던 그 여자. 우유에 꽂힌 빨대처럼 P의 눈에 콕, 꽂혀버린 여자. P는 방금 세탁기 안으로 벗어던진 청바지와 라면 국물 튄 블라우스를 다시 꺼내 입고 밖으로 나갔다.

아파트단지 앞에 여자가 있었다. 여자는 마치 나무로 만든 사람처럼 보였다. 사포로 정성껏 문지른 듯 얼굴은 반질반질 윤이 났고, 바람이 불 때마다 비쩍 마른 팔다리는 나뭇가지처럼 가늘게 흔들렸다. 은행나무 그늘 아래 낚시용 의자를 펴놓고 앉아 있는 여자는, 책장을 넘길 때에만 조금 움직일 뿐이었다. P의 눈에 그 움직임은 로봇처럼 부자연스럽게만 보였다. 그래서 괜히 시비를 걸어보고 싶었는지도 모른다. 시비를 걸어도 로봇처럼 아무 말도 하지 않고 다 받아줄 것 같은 여자. 오도 가도 못하는 나무처럼 한곳에 붙박여 누군가를 하염없이 기다리고 있는 것 같은 여자, 혹은 누군가를 기다려줄 것만 같은 여자. 책을 읽는 사람이라 기억력도 좋을 것 같았다.

여자는 떠돌이 책장사였다. 은행나무 옆에는 여자 것으로 보이는 파란색 소형 트럭 한 대가 세워져 있었다. P는 파란색 방수천에 꽁꽁 숨기듯, 감춰져 있는 적재함이 몹시 궁금했다. P는 그것을 보며 속으로 중얼거렸다. 저 아가리를 열고 안으로 들어가면 고래 뱃속처럼 아득하고 축축한 공간이 나올 거야. 가도 가도 끝이 없는 그곳에서는 혼자서 말을 해도 될 거야. 벽에서 튕겨나온 말들이 메아리가 되어 다시 내게 이야기를 들려줄 테니까. 그러면 나는 내 이야기를 기억할 수 있게 되는 거야.

트럭에서 시선을 뗀 P는 조립식 좌판에 진열된 책들을 쭉 훑어봤다. 책들은 모두 누렇게 색이 바래 있거나 자외선을 쬐어 늙어버린 듯 쭈글쭈글 주름이 져 있었다. 바람 불면 뜯겨나갈 듯 책장이 나달나달 해진 헌책들도 많이 있었다. 새책도 안 사는 마당에 헌책을 누가 산다고? P는 싱겁다는 듯 입술을 삐죽이며 피식, 웃어버렸다. 그 웃음에 답례하듯 진열대 앞에 '무조건 삼천원'이라고 써붙인 종이가 바람에 나부꼈다.

P는 무조건 아무 책이나 집어들고 여자에게 다가갔다. 여자는 책장수니 일단 책을 한 권이라도 사야 상대해줄 것 같아서였다. 그러나 여자는 책을 파는 데 도통 관심이 없는 사람처럼 보였다. 고개 한 번 들지 않고 죽어라 책만 읽어댔다. 누가 책을 훔쳐가도 모를 것 같았다. 알면서도 모른 척하는 건가? 그때 여자 옆에 놓인 투명 아크릴 상자 하나가 P의 눈에 띄었다. 저금통처럼 일자 구멍이 뚫려 있는 그 상자 안에는 지폐 두 장이 들어 있었고, 앞면에 '계산은 셀프입니다'라는 문장이 적혀 있었다. 책을 사고 싶으면 방해 말고 조용히 상자에 돈을 집어넣고 사라지라는 뜻이었다. 그러니까 여자는 무인 아닌 무인판

매를 하고 있는 셈이었다. P는 어떻게 하면 여자의 관심을 끌 수 있을까 고민하다 돌아서서 도둑질하듯 책을 슬쩍 한 권 더 집어들고는 집으로 달려갔다. 그때 화분에 물을 주고 있던 꽃가게 주인 남자가 책을 훔쳐간 P를 목격하고는 뛰어와 여자의 어깨를 흔들었다. 그제야 여자는 긴 꿈에서 깨어난 듯 고개를 들어올렸다. 여자는 모퉁이로 사라지는 P의 하얀색 블라우스를 시큰둥하게 쳐다봤다.

편의점은 간이테이블이 유리벽에 일자로 붙어 있는 구조였다. 여자는 통유리를 등지고 앉아 컵라면을 무릎에 올려놓고 국물에 햇반을 말아먹었다. 오랜만에 솥뚜껑 삼겹살과 소주 한잔이 먹고 싶었지만 오늘은 책이 두 권밖에 팔리지 않아 어쩔 수 없었다. 여자 옆에는 동남아시아인으로 보이는 남녀가 유리를 마주 보고 앉아 컵라면을 먹고 있었다. 연인인 듯 그들은 지나가는 사람들의 시선에도 아랑곳하지 않고 서로의 머리카락을 넘겨주며 말갛게 웃었다. 가난을 잊어보려 애쓰는 웃음이었다. 거뭇한 얼굴 때문에 웃으면 하얀 이가 유독 도드라져 보였다. 그러나 유리 밖 사람들은 투명유리를 통해 연인의 가난을 훤히 꿰뚫어 보고 있는 듯했다. 그 낯선 연인이 유리 밖 사람들, 그것도 이국 사람들 앞에서 당당할 수 있는 건 혼자가 아니기 때문이라고 여자는 생각했다. 둘은 하나보다 강하고, 셋은 둘보다 더 강한 법이었다. 하나인 여자는 유리 밖 사람들이 자신의 가난도 꿰뚫어 볼까봐 차마 유리를 마주 보고 앉지 못했다. 어쩌면 저 연인들도 혼자였다면 여자처럼 유리를 등지고 앉아 컵라면을 먹어야 했을 것이다. 여자는 편의점을 둘러보며 생각했다. 다른 쪽도 많은데 왜 하필 사람이 많이 지나다니는, 대로변이 보이는 유리 쪽에 테이블을 붙인 걸까. 여자는 생각 끝에 자기 질문에 스스로 답했다.

안에서 음식을 먹고 있는 나는 지나가다 쳐다보는 사람들 때문에 쪽팔린다. 지나가던 사람들은 남 밥 먹는 걸 쳐다보다 문득 나도 먹고 싶다고 생각한다. 마침 허기도 진다. 그래서 문을 열고 들어와 나와 똑같은 음식을 손에 들고 자리를 찾아 두리번거린다. 마침 더이상 쪽팔리기 싫은 나는 얼른 먹고 부랴부랴 자리를 뜬다. 방금 들어온 사람은 빈자리가 생겨 다행이라는 듯 안도하며, 내가 앉았던 자리를 차지하고 앉아 음식을 맛있게 먹는다. 그러다 그 사람은 몰랐던 사실을 깨닫게 된다. 밥 먹는 나를 쳐다보는 바깥의 무수한 사람들 때문에 쪽팔린다는 것을. 그래서 중얼거린다. 얼른 먹고 떠야지. 쪽팔리고, 먹고 싶고, 또 쪽팔리고, 또 먹고 싶고. 유리 안과 밖의 무한반복. 그렇게 빠르게 소비되면서 편의점 사장은 빠르게 부자가 된다.

여자는 그러다 생각했다. 이곳에서 유리를 마주하고 누군가 책을 읽는다면 쪽팔려 할까. 그리고 지나가던 바깥의 누군가는 안의 누군가처럼 무언가를 읽고 싶어서, 안으로 들어와 책을 집어들까. 쪽팔리고, 읽고 싶고, 또 쪽팔리고, 또 읽고 싶고. 그렇게 소비되면 난 부자가 될 수 있을까. 여자는 고개를 가로저었다. 여자가 부자가 될 수 없는 건 책을 읽는 건 쪽팔리는 일이 아니고, 남이 읽는다고 해서 읽고 싶어지는 것도 아니기 때문이었다. 하지만 독서란 원래 혼자서 하는 일이므로 유리를 등지고 앉을 필요도 없었다. 그러니까 책과 가난은 무관했다. 여자는 혼자 밥을 먹을 때만 잠시 가난할 뿐이었고 책을 읽을 때는 부자가 되었다. 그때의 부유함은 아무도 꿰뚫어 볼 수 없기 때문에 아무도 모르는 비밀스런 데가 있었다. 혼자이면 어떻고 잠시 가난해 보이면 또 어떤가. 생각을 마친 여자는 등을 돌려 당당히 유리를 마주 보고 앉았다. 진짜 부끄러운 건 이런 게 아니라는 걸 이미 알고 있지 않은가.

동남아시아 연인이 편의점을 나가자 바통 터치하듯 P가 들어왔다. P는 바나나우유에 빨대를 콕, 꽂았다. 그때 P의 눈이 다시 한번 여자에게 꽂혔다. P는 우유를 귀에 거슬릴 정도로 쪽쪽 빨며 여자 옆자리로 가 앉았다. 밥 먹을 때는 말을 걸어도 되겠지, 어쩌면 고맙게 생각할지도 몰라, 라고 생각하면서.

"안녕하세요? 꽃가게 옆에서 책장사 하시죠? 아까 거기서 책 두 권 샀는데. 지금 읽고 있어요……"

P는 숨도 쉬지 않고 계속 말을 이었다. 그러나 여자의 귀에 들어온 말은 '책 두 권 샀는데'뿐이었다. 오늘 팔린 책 두 권을 저 어린 여자애가 샀단 말인가? 여자는 P의 얼굴을 빤히 들여다보며 물었다.

"오전에?"

"아니, 오후요."

여자가 기억하기로 아크릴 상자에 육천원이 들어 있었던 건 오전이었다. 저 어린 여자애가 정말 책을 사갔다면 상자 안에는 만이천원이 들어 있어야 계산이 맞았다. 여자는 P가 책을 훔쳐간 범인이란 걸 알아차렸다. 그러고 보니 P는 하얀색 블라우스를 입고 있었다. 여자는 왜 책을 훔쳐갔느냐고 묻고 싶었지만 P는 말할 틈도 주지 않고, 손바닥으로 턱까지 괴어가며 쉴새없이 지껄였다.

"오늘 친구 결혼식이 있었어요. 중학교 때 교통사고로 부모님을 여의고 고아로 살아온 친구예요. 얼마나 슬프던지…… 그래도 좋은 남자 만나 결혼하는 거라 한편으로는 또 얼마나 기쁜지 몰라요. 며칠 전에는 친구 집에 함도 들어갔어요. 신부는 생략하자고 했지만 이럴수록 동네방네 시끌벅적하게 해야 한다고 친구들이 설득했어요. 그 친구가 부모 복은 없어도 친구 복은 많거든요. 제가 모르는 친구들도 많이 왔더라고요. 신랑 쪽 친구들도 어찌나 다들 쓸 만하던지. 자꾸 저한테 추파를 던지는데, 에이 그냥 남자친구만 없었어도……"

여자는 언제까지 저 기약 없는 얘기를 들어줘야 하는 건지 알 수 없었다. 손 닿는 데 책이라도 한 권 있으면 좋겠다 싶었다. 지금까지 책을 읽고 있을 때는 아무도 말을 걸지 않았다. 사람들이 책을 읽는 건 누군가가 말을 걸어오는 게 귀찮아서일지도 모른다고 여자는 생각했다. P가 옆에 앉아 있자 동남아시아 연인처럼 좀 당당해지는 것도 같았지만 여자는 얼른 라면 국물을 마시고 자리에서 일어났다. 그러고는 용기를 쓰레기통에 버리고 곧바로 편의점 문을 열고 도망치듯 나와버렸다. 그러자 P는 빈 우유통을 빨며 거머리처럼 계속 따라붙었다. 여자는 잽싸게 트럭에 오른 후, 혹시라도 P가 문을 열까봐 안에서 잠가버렸다. P는 문을 열려고 시도하다 잠긴 걸 알고는 유리창을 똑똑 두드렸다. 웬만해서는 포기하지 않을 것 같아 여자는 차창을 살짝 내렸다.

"오늘 제가 한 이야기 기억하고 있으세요. 알았죠?"

"너 참 귀찮은 애구나. 내가 왜 네 얘기를 기억해야 하는데?"

"언니를 제 일기장으로 찜했거든요. 그보다 제 고아 친구가 안됐잖아요."

여자는 고개를 절레절레 흔들며 차창을 올리고는 눈을 감아버렸다.

P는 방바닥에 누워 훔친 책을 높이 쳐들고 소리내어 읽었다. 소리 내서 책을 읽으니 꼭 누군가에게 말을 하는 것 같았다. 그러나 들어주는 사람이 없으니 그 또한 금방 싫증이 났다. 건넌방에 할머니가 있었지만 할머니의 귓속에는 까마득한 어둠이 자라고 있어 P의 말을 들을 수 없었다. 그래서 할머니는 텔레비전을 볼 때마다 안 들린다고 구시렁대며 P에게 볼륨 좀 높여달라고 소리치곤 했다. 할머니의 요구대로 리모컨 볼륨 계단을 하나씩 밟고 올라갈라치면, 우리 아들 시험 망칠 일 있냐며 주인 아줌마가 계단을 타고 올라와 으름장을 놓고 다시 내려갔다. 그럴 때는 계단을 내려가는 주인 아줌마의 신경질적인 발소리를 따라 볼륨 계단도 하나씩 기어들어가야만 했다.
 할머니가 즐겨 보는 프로그램은 〈부부클리닉—사랑과 전쟁〉이었다. 하루가 멀다 하고 죽어가는 뇌세포들 때문에 할머니는 하루밖에 기억하지 못했다. 그래서 할머니에게 미니시리즈나 연속극은 무리였다. 할머니가 지난회 줄거리를 물을 때마다 대답해주는 일도 P에게는 지겹고 버거운 일이었다. 다행히 〈사랑과 전쟁〉은 매번 똑같은 탤런트들이 부부로 나와 지지고 볶다가 결국은 이혼하는 얘기라 할머니가 특별히 기억해둬야 할 건 없었다. 썩을 년. 저깟 일로 이혼했으면 난 수백 번도 더 했어. 할머니는 부부들이 이혼할 때마다 똑같은 욕을 씨부렁거리며 동그랗게 뭉쳐진 양말을 브라운관을 향해 집어 던졌다. 그러다가도 신구 할아버지가 나오면 언제 그랬냐는 듯 방긋, 웃었다.
 볼륨을 크게 올려놓고 텔레비전을 볼 수 있도록 할머니에게 이어폰을 사준 뒤로 집 안에는 늘 정적뿐이었다. 게다가 훔쳐온 책은 별로 재미도 없었다. P는 명함 한 장을 책갈피 대신 끼워넣고 책을 덮었다. 그러고는 바닥에 엎드렸다. 오늘 있었던 일들이 열 맞춰 하나씩 떠올랐다 황급히 사라져버렸다. 그게 누구든 무엇이든, 기억에서 사라지는 건 P에게는 슬픈 일이었다. 그러자 또다시 입이 간질거리더니 콧잔등에 빨간 주름이 잡혔다.

P는 〈사랑과 전쟁〉만 녹화해둔 테이프를 비디오데크에 집어넣었다. 할머니는 테이프가 다 돌아갈 동안 텔레비전만 볼 것이고, P는 그동안 볼 일을 볼 수 있을 것이다. P는 책 두 권을 옆구리에 끼고 집을 나섰다.

저 멀리 은행나무 아래 앉아 있는 여자가 보였다. 가까이 다가갔지만 여전히 여자는 반응이 없었다. 정말 자신을 나무로 착각하고 있는 걸까. P는 책 두 권으로 여자의 팔뚝을 꾹, 찔렀다. 여자가 눈에 힘을 잔뜩 주고는 P와 책을 번갈아 쳐다봤다.

"도둑질하면 못쓴다."

"살 만한 책인지 확인하려는 것뿐이었어요. 옷은 입어보고 사면서 책은 왜 안 되는데요? 그리고 옛말에 책도둑은 도둑도 아니랬잖아요. 책장수가 그것도 몰라요?"

"지금은 옛날이 아니다. 그래서, 살 거냐 말 거냐?"

"안 살래요. 재미없어서."

P는 책 두 권을 진열대에 올려놓고 돌아섰다. 여자가 관심 없다는 듯 다시 책으로 얼굴을 처박자 P는 오기가 발동했다.

"저번에 들려줬던 제 고아 친구 얘기 기억해요?"

여자는 지금껏 여러 도시를 돌아다녀봤지만 책을 읽고 있는 자신에게 끈질기게 말을 건 사람은 P가 처음이었다. 여자는 P를 다시 올려다봤다. P가 시뻘게진 콧잔등을 만지작거리며 무슨 말인가를 하려고 입을 달싹였다. 그때 여자가 선수 쳐 말했다.

"상대를 잘못짚었다. 딴 데 가서 알아봐라."

"어떻게 하면 상대해줄 건데요?"

여자는 P가 너무 귀찮았다. 아까운 시간을 모조리 영양가 없는 잡담으로 날려버리고 있는 게 억울하기만 했다.

"좋다. 그럼 헌책을 가져와라."

"저보고 도둑질을 해오라는 거예요?"

"책도둑은 도둑도 아니다."

"지금은 옛날이 아니라면서요?"

"싫으면 관두든가."

이를 악문 P는 등을 돌려 어딘가로 신나게 달려갔다.

주위가 어두워지자 여자는 좌판에 매달아놓은, 집어등 같은 백열등 네 개를 켰다. 바닷속이라면 수십 마리의 오징어떼가 영롱한 불빛을 향해 이미 돌진해왔겠지만, 이곳은 신비로울 것 없는 지상이므로 사람들은 몰려들지 않았다. 퇴근길 무료함을 달래려는 중년 사내 두어 명이 어부 흉내를 내본답시고 몇 권 집어들긴 했지만, 싱싱하지 않다고 판단했는지 무연히 돌아설 뿐이었다. 책이 한 권도 팔리지 않아 오늘 저녁은 굶어야 할 판이었다.

여자는 백열등을 켜둔 채 트럭 적재함 안으로 들어갔다. 비록 지금은 옛날이 아니지만 P의 말대로 책도둑은 도둑이 아니므로 누가 훔쳐가든 상관없었다. 적재함 안에는 여자가 앞으로 팔아야 할 책들이 산더미처럼 쌓여 있었다. 여자는 한쪽에 책으로 쌓아 만든 침대에 두 다리를 쭉 뻗고 누웠다. 아직은 높은 침대였다. 나무처럼 양쪽 무릎에서 동시에 삐걱, 소리가 나자 몸의 긴장이 풀리면서 노곤해졌다. 책이 머리와 허리, 무릎을 받쳐주고 있는 지금, 여자는 어둠 속에서 그 남자를 떠올렸다. 따지고 보면 여자가 떠돌이생활을 하게 된 것도 다 그 남자 때문이었다. 그 남자가 여자를 구원했다고 해야 할까. 이 생활이 고단하긴 했지만 남자의 얼굴을 떠올리면 피곤은 곧, 사라졌다. 그 남자는 여자가 처음으로 쫓아다닌 사람이었다.

여자는 남자들이 좋아할 만한 타입의 여성이 결코 아니었다. 여자는 털털했고 좀 지저분했으며 아주 많이 거칠었다. 일진회 짱으로 활동하던 중고등학교 때는 술과 담배를 밥보다 더 많이 즐겼고, 질풍노도의 시기에 걸맞게 친구들한테 뜯어낸 돈으로 바람과 파도처럼 과격한 십대를 보냈다. 이십대로 접어들어서는 사이비종교에 빠졌고, 배가 터지도록 남들을 등쳐먹고 사기 치며 살아왔다. 사람만 안 죽였지, 했다면 다 해봤던 삶이었다. 조금도, 부끄럽지 않았다.

그 남자를 알고부터 여자는 부끄러움에 대해 알게 되었다. 부끄럽다는 게 이런 거구나. 아, 부끄럽다, 부끄러워. 부끄러움은 두 가지 현상으로 다가왔다. 지난 삶에 대한 후회와 치욕으로 숨고 싶다는 절망적 현상과 가슴이 뛰면서 얼굴이 빨갛게 달아오르는 희망적 현상. 몇날 며칠을 쫓아다닌 끝에 그 남자는 드디어 여자를 만나주겠노라고 연락을 해왔다. 누군가로부터 달아나기 위해 운동화만 신었던 여자는 난생처음으로 짧은 스커트에 하이힐을 신고 약속장소로 나갔다. 그 남자는 여자가 걸어오는 걸 멀리서 유심히 지켜보고 있었다. 여자는 행여라도 발을 삐끗해서는 안 된다고 생각하며 자신에게 주문을 걸고 있었다. 여자는 발목에 힘을 준 뒤 가느다란 하이힐 굽으로 중심을 잡고 조심조심 앞으로 걸어나갔다. 사실, 여자는 가는 막대기 하나로 바닥을 지탱하고 서 있다는 게 신기하면서도 불안하기만 했다. 그래서일까. 그 남자의 얼굴이 점점 가까워올수록 여자의 심장소리가 커지기 시작했다. 여자는 태어나 자신의 심장소리를 처음으로 또렷이 들어봤다. 몸속에 이토록 큰 소리를 내며 움직이는 장치가 있다는 게 놀랍고도 신기했다. 사실 그동안 고동치는 심장 따위에 신경쓰지 않고 살아온 게 사실이었다. 심장 뛰는 소리에 너무 집중한 나머지, 여자는 순간적으로 발목에 힘을 준다는 것도 중심을 잡고 서 있다는 것도 까맣게 잊고 말았다. '발목'과 '중심'을 떠올렸을 때는 이미 테이블 앞에 엎어진 뒤였다. 그것은 그날 여자가 느낀 첫번째 부끄러움이었다.

여자가 엎어진 덕에 그 남자의 얼굴에 서려 있던 긴장감은 사라진 듯 보였다. 덩달아 여자도 긴장이 풀어져 이야기를 주고받는 데 어색함이나 서먹함은 조금 덜했다. 여자는 어색함이 사라진 녹녹한 분위기를 그 남자가 자신에게 관심이 있는 걸로 생각했다. 그것이 착각임을 알게 된 것은 주문한 커피가 나오고 커피잔이 리필로 한 번 더 채워질 때였다. 전 헤밍웨이를 좋아해요. 좋아하는 게 뭐냐는 질문에 그 남자가 커피잔을 내려놓으며 헤밍웨이라고 말했을 때 여자는 그렇구나, 라고 감탄사를 내뱉었다. 그러면서 속으로는 웨이? 이 남자는 그 웨이를 좋아하나보다, 라고 생각했다. 헤밍, 웨이. 유럽이나 미국 어디쯤 있을 거라고 생각한 여자는 해맑게 웃으며 당당하게 말했다. 언제 그 길을 함께 걷고 싶어요. 이름처럼 멋진 길일 것 같아요. 그때 그 남자가 갑자기 화장실에 다녀오겠다며 자리에서 급히 일어났다. 그러나 그 남자는 두 시간이 지나도 자리로 돌아오지 않았다. 기다리다 지친 여자는 종업원이 한번 더 커피 리필을 해왔을 때 조심스레 물었다. 혹시 헤밍웨이가 어디에 있는지 알아요? 종업원은 고개를 갸웃거리다 말했다. 어디에 있는지는 몰라도 어느 나라 작가인지는 알아요. 『노인과 바다』를 썼던 그 미국 사람 말하는 거죠? 권총 자살한. 두번째 부끄러움이었다. 아는 게 하나도 없으면서 다 아는 것처럼 그 남자 말에 열심히 고개를 끄덕였던 몇 시간 전이 자꾸만 떠올라 여자는 얼굴이 화끈거렸다. 나중에 들리는 소문으로 그 남자는 태어나서 그렇게 무식한 여자는 처음 봤다며, 어디까지 가나 두고 봤더니 아주 가관이었다며 게거품을 물었다고 했다. 그러고는 끝에 가서 이렇게 말했다고 했다. 사람도 아니더라. 여자는 아는 게 하나도 없었고, 남자는 그조차도 이미 알고 있었던 것이었다. 부끄러움이란, 남들은 다 알고 있는 걸 혼자만 모르고 있다는 걸 알게 되었을 때 찾아온다는 걸 여자는 깨닫게 되었다. 여자는 옆으로 돌아누우며 중얼거렸다. 헤밍웨이. 이젠 나도 아는데……

여자는 천이 들썩이는 소리에 놀라 잠에서 깼다. 밖으로 나왔을 때는 종말이라도 온 것처럼 세상은 암흑했고 고요했다. 상가의 문은 모조리 닫혔고 가로등만 우두커니 서서 새벽을 조용히 밝히고 있었다. 더불어 좌판에 걸린 네 개의 백열등만이 짙은 새벽안개 속에서 희미하게 흔들리고 있었다. 차가운 안개 사이로 P가 보였다. P는 양손으로 자전거를 끌고 트럭을 향해 걸어오고 있었다. 자전거 짐받이와 바구니에는 책이 잔뜩 실려 있었다. 진짜 가지고 올 줄은 몰랐다. 정말 도둑질이라도 해온 건가.

"어디서 난 거냐?"

"말해줄 수 없어요."

"좋다. 저기다 옮겨라."

P는 여자가 손가락으로 가리킨 적재함 속으로 책을 옮겼다. 내내 궁금했던 그 고래 뱃속을 이제 볼 수 있는 건가, 라고 생각하면서. 그러나 기대와 달리 날이 어두운데다 방수천으로 둘러싸여 있어서 안의 사정은 제대로 보이지 않았다. P가 책을 다 넣고 돌아섰을 때 여자는 은행나무 아래에 앉아 있었다. 책도 읽지 않고 그냥 가로등처럼 우두커니 앉아만 있었다. P는 여자에게 다가가 몇 살이냐고 물었다.

"서른넷."

"우리 동갑이네요."

"정말?"

"띠동갑이요."

"장난할 기분 아니다."

"어딜 봐서 제가 언니 나이로 보여요? 피부 때깔부터 다른데."

"늦었으니 용건만 말하고 얼른 가라. 나도 정리하고 자야겠다."

"오늘, 아니 지금 새벽이니까 어제군요. 어제 남자친구가 집으로 찾아와서 저한테 선물상자 하나를 줬어요. 상자 안에는 분홍색 드레스가 들어 있었어요. 그 드레스 입고 남자친구 따라 클럽파티에 갔어요. 언니는 그런 파티에 가본 적 있어요?"

"없다."

"저도 파티문화는 처음이라 쑥스러웠어요. 근데 제 남자친구는 좀 사는 녀석이라 그런지 행동 하나하나가 자연스러웠어요. 춤도 아주 잘 추더라고요. 한참 춤을 추고 있는데 어떤 여자가 다가와서 알은척을 했어요. 알고 봤더니 남자친구의 옛날 애인이었어요. 꽤 미인이더라고요. 주눅들지 않으려고, 제 남자친구한테 부끄럽지 않은 애인이 돼야겠다는 생각에 드라마 속 여자들처럼 도도하게 턱을 들고 그 여자를 위아래로 훑어봤어요. 뭐 별거 아니더라고요. 그 여자는 아직 애인이 없는지 혼자였어요. 그때 남자친구가 제 어깨에 손을 살포시 올리고는 사귄 지 일 년 된 여친이라고 절 소개했어요. 어처구니가 없는지 그 여자, 콧방귀를 뀌더군요. 그럴 만도 하죠. 그 여자가 별볼일 없다고 제 남자친구를 뻥 찼었거든요. 일 년 전과는 비교도 안 될 만큼 근사한 모습으로 나타나자 열받은 거죠. 더 열받으라고 우리는 그 여자가 보는 앞에서 노골적으로 뽀뽀도 하고 서로 귓속말도 나누며 웃었어요. 정말 열받았는지 파티가 끝나기도 전에 여자는 가버렸어요. 그날 제 남자친구를 다시 봤어요. 멋지고 소중한 사람이에요."

"그러니까, 네 애인 자랑하러 이 새벽에 날 찾아온 거냐?"

"질투나죠? 그렇죠? 그러니 그 여자는 오죽했겠어요. 제 남자친구 잊지 말고 기억해주세요."

P는 또 그 기억해주세요, 란 말을 남기고 자전거를 끌고 안개 속으로 금세 사라졌다. 여자는 안개만 아니었다면 P를 불러세워 이렇게 말할 참이었다. 내 머릿속은 빈 깡통이라 기억을 못 한다. 내가 기억

하는 건 오로지 헤밍웨이뿐이다.

"따님이 아버지 옆으로 서보세요. 큰아드님은 고개를 약간 오른쪽으로 돌리시고, 둘째아드님은 그대로 좋아요. 아, 우리 어머님은 안경을 벗으시는 게 더 좋겠는데요."

사진사는 카메라를 들여다보며 양손을 지휘자처럼 팔랑여 P의 가족들을 지휘했다. 태어나 가족사진을 처음 찍어보는 가족들은 나무토막 같은 뻣뻣한 자세와 상기된 얼굴을 하고 사진사가 시키는 대로 따라 했다. 지금은 다섯 개의 악기가 가장 아름답고 조화로운 화음을 내야만 하는 순간이었다.

"됐어요. 딱 좋아요. 움직이지 마시고 다들 활짝 웃으세요. 김치."

사진사가 하나 둘 셋을 외친 후 정확히 셋에서 플래시를 터뜨렸다. 그때 P 뒤에 서 있던 둘째오빠가 눈을 감은 것 같다며 다시 한번만 찍어달라고 했다. 사진사는 다시 팔을 팔랑이며 잘못된 부분을 지적해주고는 숫자를 센 뒤 연속으로 플래시를 세 번 터뜨렸다. P는 속으로 생각했다. 사진을 찍을 때 왜 숫자 세는 관습이 생겼을까. 사진사들은 흔들리지 않고 정지된 상태를 찍고 싶어서 숫자를 외치겠지만 대상들은 그 사진사가 외치는 '셋'이란 숫자에서 가장 긴장한다는 사실을 모르는 걸까. 셋은 결국 얼굴을 굳게 하고 어색한 웃음을 짓게 만드는 숫자였다. 가장 자연스런 표정을 담고 싶다면 사진사들은 셋이 아니라 하나나 둘에서 불시에 플래시를 터뜨려야 한다. 하나와 둘은 셋보다는 덜 거짓되니까.

"따님이 아버지를 많이 닮았네요."

사진사의 말에 아버지가 P의 얼굴을 빤히 들여다봤다. P도 아버지의 얼굴을 뚫어져라 쳐다보다 서로 너털너털 웃었다. 오늘 찍은 가족사진은 다른 집 가족사진처럼 촌스런 금테를 두르고 아버지 어머니 집 거실 중앙에 걸릴 것이다. 사진사가 셋에 플래시를 터뜨렸으니 사진 속 가족들은 모두 자연스럽지 않은 웃음을 짓고 있을 것이다.

　아버지가 사진관을 나서며 사진사에게 언제쯤 사진을 찾으러 오면 되겠느냐고 물었다. 그때 어머니가 옆에서 사진이 나오는 날 집에 모여 밥 한 끼 먹자고 제안했다. 두 오빠와 P는 서로의 얼굴을 어색하게 쳐다보다 그러겠다고 고개를 끄덕였다. 그렇게 아버지와 어머니, 두 오빠와 P는 사진관 앞에서 세 갈래로 흩어졌다. P는 신호등 앞에서 묵묵히 어딘가로 걸어가고 있는 그들의 뒷모습을 쳐다봤다. 그들이 P를 쳐다볼 때까지. 그러나 그들은 한 번도 P를 돌아보지 않았다. 그렇다고 P가 그들을 원망하는 건 아니었다. 다른 집 거실에 걸려 있을 대부분의 가족사진도 '셋'에서 찍힌 사진일 테니까. 그들도 어색한 웃음을 짓고 있기는 마찬가지일 테니 특별히 우리와 다를 것도 없다고 P는 생각했다.

　P가 횡단보도를 건너고 있을 때 휴대폰이 울렸다. 중학생 여자애였다.

"어제 우리 엄마랑 통화했어요?"

"응."

"뭐래요?"

"과외 잘 받고 있냐고, 꼬박꼬박 잘 출석하고 있냐고."

"그래서 뭐랬어요?"

"꼬박꼬박 잘하고 있다고 했어."

"고마워요, 선생님. 우리 엄마는 항상 날 감시해요. 아, 귀찮아."

중학생은 P가 횡단보도를 다 건너자 전화를 끊어버렸다. 감시, 그
것은 행복한 걸까 불행한 걸까.

P는 편의점에서 바나나우유 두 개를 사들고 여자한테 갔다. 오늘
도 여자는 은행나무 아래서 열심히 책을 읽고 있었다. P는 헌책 대신
바나나우유를 건넸지만 여자는 한 번도 쳐다보지 않고 무심히 책장
만 넘겼다. 책이 아니라서 그런가 싶어, P는 우유를 조금씩 빨며 여자
가 책을 다 읽기만을 기다렸다. 여자가 마지막 책날개를 덮자 P는 기
다렸다는 듯 우유를 건네며 오늘 가족사진을 찍었던 얘기와 과외 하
는 중학생 여자애에 대해 주절거렸다. 여자는 다음 책을 집어들려다
관두고 염치없이 우유를 받아먹었다. 마침 점심시간이기도 했고 오전
내내 책은 팔리지 않았다.

"그렇게 말이 하고 싶으면 책을 읽어라. 빌려가도 된다."

"말이 하고 싶은데 책을 읽으라니, 그건 말이 안 되죠. 그보다 궁금
한 게 있는데요."

"뭐냐?"

"미역이랑 국수 오 인분 양은 어떻게 맞춰요? 사진 나오는 날 식구
끼리 모여 밥 먹기로 했거든요. 그날 솜씨 좀 발휘해보려고요. 미역국
이나 비빔국수가 좋을 것 같은데, 미역하고 국수는 양 조절하기가 쉽
지 않잖아요."

"나도 모른다."

"맨날 책만 보면서 그것도 몰라요?"

"아직 미역과 국수 양에 대해 쓴 책을 못 만났다."

"그럼, 어쩌죠?"

"그런 건 요리책에 있을 거다."

그때 바람이 좌판 아래에 붙어 있는 '무조건 삼천원'을 건드리고 지나갔다.

"왜 책이 다 삼천원이에요?"

"싸야 많이 사서 보니까."

"피. 그런데도 아무도 안 사가잖아요."

"언젠가는 사게 될 거다. 참고로 헌책은 천원이다."

"헌책이니까 안 사죠. 변질된 걸 누가 사요?"

P의 말에 여자는 좌판에 보도블록처럼 깔려 있는 책을 눈으로 하나하나 짚었다. 저 책들도 탄생은 모두 흠 없고 눈부신 새책으로 시작했다. 길거리에서 파는 책은 길바닥에 깔린 보도블록 같아서, 사람들이 밟고 지나가지 않아도 발부리에서 부웅 올라온 먼지와 자동차가 토해내는 매연으로 코팅되기 마련이었다. 간혹 비도 맞고, 자외선을 자주 쐬다보니 쭈글쭈글 헌책처럼 보일 뿐이었다. 어쩌면 시간을 타고 날아온 들판의 풀씨가 책 틈새로 숨어들어 싹을 틔울지도 몰랐다.

"변질됐다고 내용까지 변질되는 건 아니다. 유통기한조차 없으니 이보다 편한 장사는 없다. 헌책 새책 개의치 않는 손님이야말로 읽을 자격이 있는 거다. 햇볕이 쨍쨍 내리쬐도 녹지 않는 천원짜리 헌책과 금방 사라져버릴 천원짜리 아이스크림이 있다면 넌 어떤 걸 고를 거냐?"

"아이스크림이요."

"넌 정말 책 읽을 자격이 없구나. 말이나 해라, 넌."

그때 바람이 또 불었다. 이번에는 반대쪽에서 불어온 좀더 강한 바람이었다. 바람은 '무조건 삼천원'을 세게 치고 좌판 위 책들을 날렵하게 훑고 지나갔다. 표지가 일시에 푸드덕, 소리를 내며 들썩였다. 그것은 마치 보도블록 위에 앉아 있던 비둘기가 인기척에 놀라 일제히 날개를 펴고 날아가는 것 같은 장관을 연출해냈다.

"왜 책표지에 책날개를 달았을까요?"

"날개 돋친 듯 팔려나가라고."

"정말요? 책에 나온 말이에요?"

"내 생각이다."

"피, 정말 아는 게 하나도 없네."

"진짜 아는 게 많은 사람은 아는 척하지 않는다."

"그래서 저한테 지금 아는 척하지 않는 거예요?"

"아니, 진짜 아는 게 없어서다."

진짜 아는 게 많은 사람은 아는 척하지 않는다. 그 말은 여자에게 '사람도 아니더라'고 했던 그 남자가 한 말이었다. 그 남자에게 복수하기 위해서라도 여자는 '사람'이 되고 싶었다. 그러나 여자는 어떻게 하면 사람이 될 수 있는지, 그 방법을 알지 못했다. 누군가에게 어떻게 하면 사람이 될 수 있느냐고 물었더니, 실실 웃으며 백 일 동안 마늘하고 쑥만 먹어보라고 농을 쳤다. 어떤 이는 진지하게 인터넷 지식 검색을 이용해보라고 충고했다. 요즘 가장 똑똑한 곳이 거기라면서.

그러나 당시 여자는 컴퓨터 자판을 짚는 법도 몰랐고 지식검색이 뭔지도 몰랐다. 여자는 초등학교에 다니는 똑똑한 사촌의 도움을 받기로 했다. 사촌의 도움으로 여자는 인터넷에 살고 있다는 '지식iN'의 존재를 알게 되었다. 그곳에는 진짜 아는 게 많은 사람들이 많이 살고 있었고, 아는 걸 아는 척해야 하는 곳이었다. 여자처럼 아는 게 없는 사람도 부끄러워하지 않고 질문할 수 있었고, 또 궁금증을 해소할 수 있는 곳이었다. 무엇보다 그곳은 쪽팔리지 않고도 질문할 수 있는, 익명이 보장되는 훌륭한 곳이었다. 많은 사람들의 무조건적인 친절한 도움을 받은 후 여자는 알게 되었다. 남자의 말과 달리 요즘은 아는 걸 아는 척해야 하는 시대라는 것을. 그래야 다른 사람들에게 도움을 줄 수 있다는 것을. 그 남자를 다시 만나게 된다면 여자는 이렇게 말해주리라 생각했다. 진짜 아는 게 많은 사람은 아는 척하는 겁니다! 그러면서 그 남자에게 아는 척을 좀 하고 싶었다. 여자는 정말 아는 게 많아지면 가장 먼저 지식iN에 들러, 질문하는 사람이 아닌 대답해주는 사람이 되겠다고 다짐했다.

지식iN들은 며칠 후, 사람이 되기 위해서는 책을 읽으라고 조언해줬다. 그 조언대로 여자는 책을 읽기 시작했다. 그러나 늦은 나이에 읽으려니 책 읽는 속도가 너무 느렸다. 그래서 다시 한번 사촌의 도움을 받아 지식iN에게 물었다. 어떻게 하면 책을 빠른 속도로 읽을 수 있나요? 그들은 또 친절하고 성의껏 답을 달아주었다. 속독학원을 다녀라! 여자는 고사리 같은 사촌 손을 잡고 PC방을 나오기 전 지식검색창에 헤밍웨이를 한 번만 쳐달라고 부탁했다. 검색 결과, 헤밍웨이가 누구냐고 물어본 사람은 아무도 없었다. 물론 헤밍웨이를 'way'로 알고 있는 사람도 없었다. 사촌 앞에서 막연하게 부끄러워진 여자는 그날 바로 속독학원에 등록했다.

삼 개월 동안 학원을 다닌 그녀는 제법 빠르게 책을 읽을 수 있게 되었다. 그런데 이번에는 다른 문제가 생겼다. 호프집 사장이었던 여자는 한 푼이라도 벌 욕심으로 아르바이트생을 두지 않고 직접 홀서빙까지 도맡아 가게를 운영하고 있었다. 그러다보니 일은 많고 피곤했으며, 쉬는 날에는 또 여기저기 불려다니기 바빠 책 읽을 시간이 절대적으로 부족했다. 여자는 손님이 모두 떠난 호프집에 혼자 멍하니 앉아 생각했다. 테이블에 놓여 있는 맥주잔과 포크 중에는 남 등친 돈으로 마련한 부끄러운 것들도 섞여 있었다. 사기 친 돈을 밑천 삼아 장사해도 부끄럽지 않을 장사가 무엇일까. 지식iN에게 물어볼까 싶었지만 그때 사촌은 필리핀으로 영어캠프를 떠나고 없었다. 여자가 생각을 마치고 자리에서 일어났을 때 동쪽으로 난 호프집 창문으로 아침 해가 떠오르고 있었다.

3배속으로 녹화된 〈사랑과 전쟁〉은 장장 여섯 시간 동안 할머니 앞에서 내가 못살아, 언 년이랑 바람났어, 이혼해, 를 반복했다. 신구 할아버지가 사 주간의 조정기간을 여섯 번 주고 나면 테이프는 자동으로 되감겼다. P는 리모컨을 들어 플레이 버튼을 눌러주고 여자한테 빌려온 책을 소리내어 읽었다. 책은 역시나 말보다 재미없었다. P는 옆으로 돌아누워, 눈을 가느다랗게 뜨고 아이처럼 빠져들듯 브라운관에 시선을 두고 있는 할머니를 쳐다봤다. 그때 P는 할머니에게서 이상한 점 하나를 발견했다. 할머니의 말과 행동과 웃음과 얼굴 표정이 여섯 시간 전과 똑같이 재생되고 있다는 느낌이었다. 할머니는 여섯 시간 전에 나왔던 그 대목에서 그 욕을 하고 그 표정을 지었다. 그러니까 할머니는 녹화된 여섯 시간짜리 〈사랑과 전쟁〉을 보고 있었고, P는 여섯 시간 전과 다름없는 할머니란 비디오를 반복해 보고 있는 셈이었다. 그 말은 곧 할머니의 기억이 여섯 시간을 주기로 유지되고 있다는 뜻이었다. 이십사 시간 동안 존속되던 기억이 어느새 사분의 일로 확, 줄어든 것이었다. 기억이 줄어든다는 건 삶이 줄어든 것과 같았다. 삶이란 기억의 뒷받침을 받고 앞으로 나아가는 것이었다. 할머니의 삶이 가속도가 붙어 빠르게 잊히고 사라지고 있었다.

"할머니!"

P가 불안한 목소리로 할머니를 불렀다. 그러나 이어폰을 끼고 있는 할머니에게 그 부름은 전달되지 않았다. P는 할머니에게 다가가 이어폰 줄을 잡아당겼다.

"할머니, 내가 누군지 알아, 몰라? 알면 고개 끄덕이고 이름 말해봐, 어서."

할머니는 가짜 이빨을 드러내며 화면에만 폭, 빠져 있었다. P는 등 뒤로 리모컨을 몰래 잡아 텔레비전을 끄고 할머니를 자기 앞으로 돌려 앉혔다.

"테레비 켜 이년아!"

"전기가 나가서 못 봐. 봐, 안 켜지지?"

P는 리모컨 전원 버튼을 누르는 척하며 음소거 버튼을 눌렀다. 그러고는 자리에서 슬그머니 일어나 밖으로 나가 두꺼비집 퓨즈를 내려버렸다. 사방이 반짝반짝 빛나는 가운데 P의 집만 암흑으로 빠져들었다.

P는 더듬더듬 다시 방으로 들어가 할머니 앞에 앉았다.

"할머니, 이제부터 내가 하는 말 잘 듣고 기억해, 알았지?"

P는 할머니에게 오늘 만났던 사람들에 대한 이야기를 어둠 속에서 주절주절 늘어놓았다. 신붓감을 소개시켜주겠다며 시골에서 부모님을 모시고 올라온 노총각과 귀여운 목소리로 고모라 부르던 여섯 살난 조카와의 놀이동산 추억에 대해서. 그리고 은행나무 아래서 책을 읽고 있는 한 여자의 이야기도. 사방이 어두워서 그런지 할머니는 귀가 어두워도 소리에 집중을 잘하고 있는 듯했다.

"방금 말한 사람들 나 대신 할머니가 기억하고 있어야 돼. 오랫동안 잊지 말고. 알았지? 내가 나중에 물으면 나한테 다 말해줄 수 있어야 된다고."

P는 세상의 모든 집들이 퓨즈 내린 자신의 집과 같아질 때까지 이야기하고 또 이야기했다. 할머니의 기억으로 일기를 쓰면 할머니의 삶의 속도가 느려지기라도 할 것처럼. P가 그날 만난 사람들 얘기를 할머니에게 꺼낸 건 이번이 처음이었다. 처음이라는 사실에 P는 자신이 몹시 못마땅했다. 할머니는 베개에 머리를 대고 누웠다.

"불은 언제 들어온다나?"

"오늘밤은 안 들어와."

P는 달빛이 들어오는 창을 내다보며 할머니가 여섯 시간 후에도 방금 말한 사람들을 기억하고 있기를 바랐다.

여자는 은박지에 싸인 김밥 한 줄을 손에 들고 좌판을 둘러봤다. 거의 다 읽은 책들이었다. 여자는 책이 팔리면 읽을 수 없게 될까봐, 읽은 책들만 좌판에 진열해놓았다. 그러나 이제는 굳이 그렇게 애쓸 필요가 없는 게, 요즘은 팔리는 속도보다 여자가 읽어내는 속도가 더 빨랐다. 그래서 간혹 '읽는' 것에 대한 부담이 느슨해지기도 했다. 여자는 김밥을 한입 베어물었다. 시금치가 김밥 속에서 쏙 빠져나와 책 위로 떨어졌다. 시금치를 날름 주워 입에 넣자 시금치가 떨어졌던 자리의 먼지가 사라져 투명해졌다. 그 책은 P가 훔쳐갔다가 재미없다고 되돌려준 책이었다. 그것은 아주 오래전 여자가 읽은 책이기도 했다. 그러나 어떤 내용의 책이었는지, 재미가 있었는지 없었는지조차 기억이 가물가물했다. 이처럼 가물거리는 기억 때문에 책이란 건 꼭 옆에 붙들어두고, 두고두고 봐야 하는 것인지도 몰랐다. 그래서 간혹 여자는 책을 팔기가 싫어졌다. 여자는 P의 말대로 정말 재미없는지 확인해보기 위해 그 책을 집어들고 은행나무 아래로 갔다.

여자는 책을 펴다 말고 하늘을 올려다봤다. 이 도시에 머문 지도 벌써 반달 하고도 이틀이 지났다. 오늘로서 이 도시와도 작별을 고해야 할 것 같았다. 사기 친 돈을 밑천 삼아 장사해도 부끄럽지 않은 게 뭐가 있을까 고민하다 생각해낸 게 바로 서점이었다. 서점을 하면 돈을 벌면서도 책을 읽을 수 있을 것 같아서였다. 아니 책을 읽어야만 할 수 있는 일인 것 같아서였다. 게다가 작은 서점은 도서관만큼이나 아늑하고 조용한 곳이었다. 여자는 호프집을 정리한 돈으로 자그마한 서점을 차린 후 책에 둘러싸여 책을 읽었다. 책을 읽고 있으면 아무도 여자에게 접근하지 않았다. 접근하더라도 한참 뜸을 들인 후 말을 붙이든가 고민 후 저기요, 라고 조심스레 말을 건넸다. 여자는 더이상 무식하지 않을 때까지 누구도 자신에게 말을 걸지 않았으면 좋겠다고 생각했다. 부끄러웠던 자신의 과거를 사람들이 물을까봐 겁이 났고, 혹시나 물으면 거짓말을 해야 했으므로 그렇게 또 나쁜 사람이 될까봐 신경쓰였다. 여자는 사람들이 무엇을 묻든, 그 묻는 말에 대답해주는 사람이 되고 싶었고, 사람 같다는 말을 빨리빨리 듣고 싶었다. 그게 무엇이든, 그때는 부끄럽지 않을 것 같았다.

여자는 서점에서 단 한 발짝도 움직이지 않고 그곳에서 생활했다. 한켠에 마련된 한 평도 안 되는 온돌방에서 먹고 자고 스트레칭을 했다. 누구나 욕망하게 되는 공간의 확장이 얼마나 불필요한 건지 느낄 수 있을 만큼 온돌은 생활하기에 충분했다. 진정한 공간 확장이 무엇인지 알기 전까지는 말이다.

어느 날 여자는 우연히 자신의 운동화에 시선이 갔다. 짧은 순간 그것은 여자에게 낯선 물건처럼 느껴졌다. 서점을 오픈하던 날 사 신은 운동화는 아주 멀쩡한 상태였다. 때도 타지 않았고 물도 들지 않았으며 고무 재질의 밑창은 거의 닳지도 않았다. 움직이지 않고 한곳에만 머물러 있으니 당연했다. 여자는 반듯한 운동화 밑창을 볼 때마다 발바닥이 간지러워지는 걸 느꼈다. 어느 순간부터는 운동화 속에 숨어 있을 우주가 궁금해지기 시작했다. 고작 두 개의 발바닥 면적이 가져올 공간 확장의 혁명. 고개를 들었을 때, 한 번도 좁다고 느낀 적 없던 서점과 온돌 바닥이 너무도 답답하게 느껴졌다. 여자는 책장에 손가락 지문을 찍는 것도 중요하지만 지구에 운동화 지문을 찍는 것도 중요하다는 걸 깨달았다. 이번에는 지식iN과 사촌의 도움 없이도 여행 다니며 책을 팔 수 있는 방법이 쉽게 떠올랐다. 여자는 서점을 판 돈으로 중고 트럭을 샀다. 서점에 앉아 손님이 오기를 기다리는 것보다 손님을 찾아 사방천지로 돌아다니는 것도 나쁘지 않겠다고 생각했다. 여자는 낮에는 책을 팔며 책을 읽었고 어두워지면 낯선 도시와 사람들을 구경했다. 돌아다니며 얻을 수 없는 건 책에서 얻었고 책에서 건질 수 없는 건 돌아다니며 건질 수 있었다. 여자는 한 도시에 반달을 머물다, 다시 짐을 꾸렸다. 여자는 밤하늘에 떠 있는 달의 크기로 날짜를 헤아렸고, 운동화 밑창이 닳아 없어질 때마다 대신 생살이 돋아나는 걸 느꼈다. 여자는 그럴 때마다 문득문득 사람도 아니더라고 했던 그 남자가 고마워졌다.

여자는 이상하다고 생각했다. 다른 도시보다 이곳에 이틀을 더 머물고 있는 자신이 이상하다고. 하늘에 떠 있는 달은 그 이틀만큼 차올라 있었다. 갑자기 피곤해진 여자는 책을 들고 적재함 안으로 들어갔다. 안은 어두웠다. 여자는 촛불을 켜고 책 위에 누워 책을 펼쳤다. 그때 책의 갈피에서 빠져나온 무언가가 여자의 콧잔등을 날카롭게 찔렀다. 여자는 네모난 종이를 집어들었다. 명함이었다. '죽는 거 빼고 무엇이든 대신해드립니다.' 이름 아래에 '역할대행 도우미'란 글자가 초록색으로 새겨져 있었다.

P는 여러 아파트단지를 돌아다니며 재활용함에서 건진 헌책 일곱 권을 들고 은행나무 아래로 갔다. 여자가 보이지 않자 적재함을 살짝 열고 얼굴을 빼꼼히 들이밀었다. 여자가 촛불을 켜둔 채로 자고 있었다. 내내 궁금했던 그 안이 은은한 촉광으로 인해 모습을 드러내고 있었다. P는 그 안온함에 넋이 나가 자기도 모르게 안으로 발을 들여놓았다. 짐작했던 것처럼 그곳은 고래 뱃속처럼 아늑하고 포근했다. 여

자가 눈을 뜨고 P를 멀뚱히 쳐다보자 P는 손에 들고 있던 헌책을 출입허가증이라도 되는 듯 쓱, 내밀었다. 그러고는 높이 쌓여 있는 책에 등을 기대고 앉아 여자에게 말을 건네기 시작했다.

"며칠 전에 저희 할머니가 돌아가셨어요."

"진짜 네 할머니를 말하는 거냐?"

"네."

여자는 P의 말에 콧방귀를 뀌었다. 여자는 주머니 속에 반으로 접힌 채 들어가 있는 P의 명함을 떠올렸다. 전에는 멋모르고 믿었지만 지금부터는 어떤 말도 믿을 수가 없었다.

"할머니는 〈사랑과 전쟁〉이란 드라마를 제일 좋아했어요. 그래서 매일 녹화된 비디오테이프를 틀어드렸어요. 그 테이프 때문에 알게 됐어요. 할머니의 기억이 여섯 시간밖에 살아 있지 않다는 걸요. 할머니가 죽기 전에 제가 들려준 이야기가 뭔지 알아요?"

"알고 싶지 않다."

"알아야 돼요. 다른 사람은 몰라도 언니는 알아야 돼요."

"왜냐?"

"전기 나간 그날 밤, 할머니한테 언니 얘기를 했어요. 그러니까 할머니가 마지막으로 기억하고 있는 사람은 언니란 말이에요. 제가 아니라."

"그래서 나더러 어쩌란 거냐?"

"오늘 제가 말한 할머니 얘기 기억하고 있으라고요. 그거면 돼요. 언니가 제 일기장 역할을 맡고 있었다는 걸 잊지는 않았겠죠?"

여자는 진짜만 기억하고 싶었다. 세상에 기억할 게 얼마나 많은데,

거기다 거짓말까지 보탤 필요는 없다고 생각했다. 촛불 때문인지 여자의 눈에 P의 코가 빨갛게 보였다.

"너 코가 참 빨갛구나?"

여자의 말에 P는 코가 간지럽지 않은데도 콧잔등을 손톱으로 살며시 긁었다. 그러자 코가 더욱 빨개졌다.

"만지작거리는 버릇이 있어요."

P는 여자의 말뜻이 뭔지 모르는 것 같았다. P는 거짓말한 적이 없기 때문이었다.

"코도 점점 길어지고 있어. 그러다 저 신작로까지 닿겠다."

P는 굴곡을 따라 콧대를 한번 쓸어내리며 씽긋, 웃으며 말했다.

"이래 봬도 제가 콧대가 좀 높아요."

이번에도 말귀를 못 알아먹는 P에게 여자는 주머니 속 명함을 꺼내 보여주려다 관뒀다. 내일이면 이 도시를 떠날 것이고 그러면 P와 다시 만날 일도 없을 것이었다.

P는 일렁이는 촛불을 계속 쳐다보며 속으로 생각했다. 할머니한테는 진짜 제대로 된 손녀 역할을 하지 못했다고. 그래서 부끄럽다고. 내일부로 역할대행을 그만두지만 그렇다고 그 일을 했던 걸 후회하지는 않았다. 어떤 사람에게 필요한 사람이 되는 것, 쓸모 있는 사람이 되는 것, 어떤 사람의 빈자리를 채워주는 건 아무나 할 수 있는 일이 아니기 때문이었다. 그들이 P를 필요로 했던 것처럼 P도 그들이 필요했을 뿐이었다. 그래서 P는 그들을 환영했고, P 또한 그들에게 늘 환영받았다. 그들 덕분에 P는 돈도 벌면서 아버지를 가진 느낌, 어머니가 있는 느낌, 애인을 얻은 느낌이 무엇인지도 알게 되었다. 따지고

보면 사람들은 누구나 다 자기 역할을 수행하며 살아간다. 아버지 역할, 어머니 역할, 딸 역할, 애인 역할, 친구 역할…… P에게 다르다면 역할 앞에 '대행'이 붙는다는 것뿐이지만, 대행이 역할만 못한 건 아니었다. 세상에는 진짜 딸이면서, 진짜 아버지면서, 진짜 남편이면서, 진짜 친구면서, 진짜 애인이면서 제 역할을 제대로 못 하고 살아가는 사람들이 많았다. 어쩌면 그냥 '역할'보다 '역할대행'이 훨씬 '역할스러운' 것인지도 모른다고 P는 생각했다.

"제가 동생 역할 해줄 테니까 언니는 제 언니 역할 해줄래요?"

"거짓말쟁이 동생은 싫다."

"저 거짓말쟁이 아니에요. 앞으로 저도 책을 좀 읽어볼까 생각중이에요."

"그건 잘 생각했다."

"그렇다고 말을 줄이겠단 뜻은 아니에요."

"그건 유감이구나."

묵직한 촛농이 초를 타고 또르르 내려와 바닥에 샘물처럼 고였다. 그것은 재빨리 모양을 갖춰 하얗게 굳어갔다.

"제가 지금까지 해줬던 얘기들 다 기억하고 있죠?"

P의 말에 여자는 천장을 보며 그 얘기들을 가만히 떠올려봤다. 놀라웠다. 기억 못 하고 있는 줄 알았는데, 놀랍게도 다 기억하고 있었다. 그것도 아주 생생하게. 도대체가 영문을 알 수 없는 일이라고 여자는 생각했다.

"내가 기억하는 건 헤밍웨이뿐이다."

내색하기 싫어 여자는 시치미를 떼며 나무처럼 딱딱한 얼굴로 말했다.

"언니 헤밍웨이 좋아해요?"

"헤밍웨이를 아냐?"

"당근 알죠. 헤밍웨이 모르는 사람이 세상천지에 어딨어요?"

그 말에 부끄러워진 여자는 헛기침을 하고 옆으로 돌아누웠다. 눈꺼풀이 돌덩이처럼 무거웠다. 계속 쭈그리고 앉아 있어 다리가 저린지 P는 여자처럼 책 위에 슬그머니 다리를 펴고 누웠다. 여자의 머리맡에서 촛불은 야금야금 짧아지고 있었다. P는 그 촛불이 다 타들어가기 전에 여자에게 무슨 이야기든 해야 할 것만 같았다. P는 여자처럼 옆으로 누워 여자의 등뒤에 바짝 얼굴을 대고 말했다.

"언니, 여기 떠날 때 저도 데려가주면 안 돼요? 헌책 구해오는 건 자신 있는데…… 언니 첨 봤을 때요, 꼭 누군가를 기다리는 사람 같았거든요. 나무처럼 하염없이요. 누구 찾는 사람이나 기다리는 사람 있어요?"

여자가 대답하지 않는데도 P는 촛불이 꺼지기 전까지 계속 혼자서 이야기했다. 어둠이 스륵, 하고 빛점을 삼켜 촛불이 하얀 연기 한 줄을 남기고 스륵, 꺼져버렸을 때 P는 잠시 숨을 멈추었다. 고래 뱃속은 순식간에 어두워졌고 여자는 죽은 사람처럼 아무 말이 없었다. 그때 갑자기 파란색 방수천 위로 빗방울이 떨어지는 소리가 들려왔다. 처음에는 빗방울이 후드득, 노크하듯 천장을 때리더니 이내 소리를 말로 옮길 수 없을 정도로 간격 없이 떨어지기 시작했다. 소리가 점점 커져 천장은 조금 가라앉았고, 여차하면 터질 것만 같았지만 P는 무섭다고 생각하지 않았다. 여자가 있어서인 것 같았다. P는 비가 한정

없이 내려 트럭이 물에 잠길 정도로 홍수가 났으면 좋겠다고 생각했다. 만약 그리된다면 고래 뱃속에 들앉아 이 도시를 헤엄쳐 떠날 것이다. 빗소리가 익숙해지자 P는 어둠 속에서 다시 이야기를 시작했다. 전기 나간 어둑한 방 안에서 할머니한테 얘기했던 것처럼.

"이번에는 제 얘기를 할 테니까 가만히 듣고 머릿속에 기록해주세요."

말은 그렇게 했지만 여자가 들어주지 않아도 상관없다고 P는 생각했다. 어둠을 파고드는 낭랑한 P의 목소리가 벽에 부딪쳐 메아리가 되어 다시 들려올 것이기 때문이었다. 이곳에서라면 얼마든지 혼자서도 이야기할 수 있을 것 같았다. 그렇다면 P는 자신의 이야기를 자신이 기억할 수 있게 되는 것이었다. 아니, 어쩌면 이 이야기만은 오래 전부터 P가 잊지 않고 기억해오던 유일한 것인지도 몰랐다.

"제가 태어난 곳은 해변에 자리잡은 자그마한 마을이에요……"

지속 가능한
짝사랑에 대한 안내서

정실비(문학평론가)

안내서에 대한 안내

소설을 다 읽은 지금, 당신의 표정은 어떤가요? 자극적인 사건을 기대했던 당신이라면 떨떠름한 표정을 짓고 있겠지요. 사실적인 묘사를 선호하는 당신이라면 시종일관 불만족스러운 얼굴로 책장을 넘겼을 것입니다. 이 소설집에서 벌어지고 있는 일들은 일상적인 감각을 뒤흔들어버릴 정도로 자극적이지도 않고, 삶의 구석구석을 되돌아보게 할 만큼 사실적이지도 않습니다. 그러나 누군가에게 다가갈 때 머뭇거려본 경험이 있는 당신이라면, 혹은 누군가의 말 한마디에 상처받아 방 안에 웅크려 지내본 적이 있는 당신이라면, 이 소설집에서 당신과 닮은 얼굴들을 발견할 수 있었을 것입니다. 이 소설집에서 살아 숨쉬는 인물들은 사람과 관계를 맺거나 사건에 참여하는 데 시간을 쓰기보다는 혼자 고민하고 상상하는 데 더 많은 시간을 들입니다. 이런 사람들이 장은진의 소설에서 처음 등장하는 것은 아닙니다. 첫번째로 발표한 소설집 『키친 실험실』(랜덤하우스, 2008)에서도 그녀의 인물들은 "좁은 동굴 같은 집 안에 유폐되어"(박진) 있곤 했습니다. 장편소설 『앨리스의 생활방식』(민음사, 2009)에 등장한 인물은 적극적으로 고립된 삶을 추구한다는 의미에서 "네오 나르시스"(강유정)라고 불리기도 했지요. 그런데 작가는 뒤이어 발표한 두 편의 장편소설 『아무도 편지하지 않다』(문학동네, 2009)와 『그녀의 집은 어디인가』(자음과모음, 2011)에서는 인물들을 집 밖으로 떠돌게 만들었습니다.

이렇게 정리하고 보니, 이번 소설집은 '집'과 '길' 사이의 어딘가에 위치해 있는 것 같습니다. 이번 소설집에서 만난 인물들은 '안'에 있으면서도 '밖'을 바라보고 있기 때문입니다. 대개의 소설에서는 사람과 사람, 혹은 사람과 환경이 부딪치며 생성되는 '갈등'이라는 요소가 독서의 재미를 주지만, 장은진의 소설에서 인물들은 좀처럼 '갈등'하지 않습니다. 그들은 '갈등'하기보다 '갈구'하지요. 누군가는 이야기를 들어줄 사람을 찾아나서고(「나무인형」), 누군가는 이야기를 나누기 위해 다른 이의 책을 찢기도 합니다(「페이지들」). 미지의 누군가가 남겨놓은 흔적들을 통해 그의 정체를 추측하기도 하고(「빈집을 두드리는 이유」), 미지의 누군가가 흩뿌리는 슬픔의 흔적들을 수집하여 그를 위로하고 싶어합니다(「티슈, 지붕, 그리고 하얀 구두 신은 고양이」). 그래서 이들은 혼자 설레다가 혼자 좌절하고 혼자 기뻐하다가 혼자 슬퍼합니다.

그런데 가만히 들여다보면 이 모든 감정의 굴곡은 상대방의 영향 안에 놓여 있습니다. 혼자이면서도 사실은 혼자가 아닌 것이지요. 그래서 이번 소설집에 실린 장은진의 이야기는 어딘지 모르게 짝사랑의 메커니즘을 떠올리게 합니다. 대다수의 사람들에게 짝사랑은 숨겨야 할 것으로 여겨집니다. 받지는 못한 채 주기만 하는 사랑이라는 이유로 짝사랑은 미숙한 사랑 또는 포기되어야 할 사랑으로 치부되지요. 그렇지만 사랑에 대해 고찰했던 한 학자는 오히려 사랑을 오직 '받는 것'의 문제로만 생각하는 사람들을 비판합니다. 나아가 그는 사랑이 삶을 더 잘 살아내기 위한 능동적이고 실천적인 능력이라고 힘주어 말합니다.(에리히 프롬, 『사랑의 기술』, 문예출판사, 2000) 사랑이 능력이라면, 우리는 '어떻게 사랑받을 것인가'를 묻기 전에 '어떻게 사랑을 줄 것인가'를 물어야 합니다. 우리 앞에 놓여 있는 이 소설집이 그 질문을 던지고 있습니다. 귀 밝은 당신이라면, 일방적인 것 같으면서도 상호적인 이상한 구애의 목소리를 소설 곳곳에서 들을 수 있었을 것입니다. 머뭇거리면서도 누군가에게 다가가기를 포기할 수 없는 당신이라면, '안'에 웅크려 지내지만 '밖'을 향해 앉아 있는 당신이라면, 더욱 그러했을 것입니다.

방법1 : 미지와 추리

"사람이라도 죽어야 관심을 가지려나"(10쪽)

여기 조용한 아파트단지를 향해 돌멩이를 던지는 여자가 있습니다. 「빈집을 두드리는 이유」(이하 「빈집」으로 표기)의 '나'는 학창 시절에는 전도유망한 투포환 선수였으나 지금은 팔십 킬로그램에 육박하는 살덩이와 꼬불꼬불한 겨드랑이 털을 가진 뚱뚱한 여자입니다. 그녀는 아파트단지의 적막이 불만스러워 돌멩이를 던집니다. 하지만 아무도 그녀의 행위에 관심을 보이지 않지요. "사람이라도 죽어야 관심을 가지려나"라는 문장은 그래서 섬뜩함을 자아내기보다 외로움을 드러냅니다. 그녀가 던지는 돌멩이는 사실 아파트의 적막이 싫어서가 아니라 자신에 대한 무관심이 싫어서이겠지요.

그녀의 일상을 반전시킨 것은 옆집 문을 두드리는 소리입니다. 옆집 1109호 사람은 무슨 이유에서인지 장기간 집을 비웠고, 그를 찾아오는 사람들은 고장난 초인종 대신에 문을 두드립니다. 신경질적으로 노크 소리에 반응하던 여자는, 점차 부재하는 사람에게 관심을 가지게 됩니다. 그리고 방문객들로부터 정보를 수집하여 그에 대해 추리하기 시작합니다. 그녀의 추리 속에서 '그'는 순정만화를 읽는 여자이기도 했다가, 보험회사에 다니는 직원이기도 했다가, 어머니를 위해 여성용품을 사놓는 효자가 되기도 합니다. 그가 어떤 사람인지, 그가 집을 비운 이유가 무엇인지 작가는 끝까지 보여주지 않습니다. 작가는 옆집 남자의 진짜 '정체'에도, 두 사람의 실제 '만남'에도 별다른 관심이 없어 보입니다.

이쯤에서 우리는 조그만 구멍이 뚫린 방을 상상해보아도 좋겠습니다. 16세기 후반에서 18세기 말에 화가들은 어두운 방에 작은 구멍을 뚫었습니다. 그 구멍을 통해서 빛이 들어오면 바깥의 풍경이 거꾸로 비쳐 보였지요. 일명 '어둠상자(camera obscura)'라고 불리던 장치 안에서 화가들은 자신의 다른 감각들을 차단하고 최소한의 감각인 시각으로 바깥의 세계를 가능한 한 정확히 그려내고자 했습니다. 「빈집」의 여자는 먼 옛날의 화가들처럼 최소한의 통로와 최대한의 정보를 통해 가능한 한 정확히 정체불명의 남자를 추리해보려 합니다. 쉽사리 상대방에 대해 단정해버리는 폭력적인 인식방법에 비하면 퍼즐을 맞추 듯 조심스럽게 상대를 추리해가는 모습은 사려 깊어 보입니다. 작가 는 어쩌면 미지의 누군가에게 다가가는 새로운 방식을 창안하고 있는 중인지도 모르겠습니다.

우리는 이와 유사한 추리방식을 「티슈, 지붕, 그리고 하얀 구두 신 은 고양이」(이하 「티슈」로 표기)에서도 만나볼 수 있습니다. 이 소설의 '나'는 이층 다락방과 지붕에서만 지내는 남자입니다. 아버지에게 '태 어나지 말았어야 할 놈' 취급을 받으며 지붕에서만 지내던 '나'의 일 상을 뒤흔드는 것은 하늘에서 매일 같은 시간에 떨어지는 티슈입니 다. 「빈집」의 여자가 빈집을 찾아오는 사람들을 통해 빈집에 사는 남 자를 추리했듯이, 남자는 떨어지는 티슈들을 보며 티슈를 던지는 사 람에 대한 추리를 해나갑니다. 그의 추리 속에서 티슈를 던지는 사람 은 그냥 여자였다가, 남편에게 학대받는 여자로 구체화되었다가, 종 국에는 여장남자로 반전됩니다. 그러나 여장남자의 슬픔이 정확히 어 떤 것인지에 대해서 작가는 말을 아끼지요. 작가가 불친절하기 때문 에 독자는 등장인물의 추리를 따라가며 함께 정체불명의 누군가를 그 려보게 됩니다. 작가의 불친절함과 추리의 불완전함은 그래서 오히려 이 소설이 가진 미덕이 됩니다.

「페이지들」에 등장하는 추리가는 좀더 음험합니다. 책의 중요한 페 이지를 찢고 그 자리에 대신 자신의 연락처를 적어두는 이 남자는 상대방을 추리하고 싶어할 뿐만 아니라 자신 역시 추리의 대상이 되고 싶어합니다.

> 누군가 나를 생각하고 궁금해한다는 건 얼마나 매력적인 일인가. 그게 증오든 미움이든. 나는 나를 찾는 사람에게 언제든 달려갈 준비가 되어 있다. 그들이 내 페이지를 궁금해하듯 나 또한 그들이 궁금하기 때문이다. 난 나와 같은 책을 읽은 사람이 어떤 사람인지 알고 싶다. (179쪽)

「빈집」을 읽고 「페이지들」을 읽은 독자라면, 장은진 소설에 나오는 추리가들이 낭만적이거나 온건하지만은 않다는 것을 눈치챘을 것입니다. 이들은 돌을 던지고 책을 찢으며 일반적인 상식에 어긋나는 행동을 반복합니다. 그러나 우리가 여기에서 읽어내야 하는 것은 이들을 그렇게 만든 지독한 외로움과 미지의 누군가를 향한 강렬한 열망입니다. 그리고 보면 누군가가 구입할 책의 가장 중요한 페이지를 찢는 '나'의 행위는 마치 어두운 방에 구멍을 뚫는 행위와도 같다고 이해해보아도 좋을 듯합니다. 우리는 이 소설집에서 문득문득 이렇게 변주되는 구멍들을 만나볼 수 있습니다.

「페이지들」에 등장하는 소설 속 소설 『오렌지』는 작가가 생각하는 '구멍'의 역할에 대해 넌지시 암시해줍니다. 이 소설은 '한밤중 엘리베이터에 갇힌 생면부지의 여자와 엘리베이터 밖의 남자가 문을 사이에 두고 나누는 대화'가 주를 이루는 소설로, 독자는 엘리베이터 문이 열렸는지 끝까지 알 수 없습니다. 또한 소설 어디에도 오렌지라는 단어가 나오지 않으며, 왜 소설 제목이 오렌지인지도 제시되지 않습니다. 그러나 이렇게 소설에 뚫린 의미의 구멍으로 인해, 등장인물들은 소설에 대해 함께 이야기를 나눌 수 있게 됩니다.

물론 구멍을 통한 추리는 언제나 오답을 제출할 위험을 배태하고 있습니다. 그런데 작가는 정답을 맞히는 데에는 그다지 연연하지 않습니다. 정답을 맞히려는 욕망은 오히려 「나쁜 이웃」에서 볼 수 있듯이 부정적인 것으로 희화화됩니다. 이 소설에 등장하는 여자는 맞은편 404호에 사는 할머니가 며칠째 보이지 않자, 신문투입구를 통해 그녀가 어떤 상태인지 추리하기 시작합니다. 빈집의 구멍을 들여다보는 여자의 행동을 추동하는 것은 아파트 사람들로부터 인정받고 싶다는 속물적인 욕망입니다. 자신이 상정한 답을 정답으로 만들기 위해 할머니의 죽음을 바라는 여자의 모습은 읽는 이로 하여금 쓴웃음을 머금게 합니다. 그러니 미지의 누군가를 언제나 현재진행형으로 존재하게 만들고 싶은 당신이라면, 차라리 작가의 목소리를 빌려 이렇게 말해야겠습니다. "어느 것도 정답이 될 수 있지만 또 어느 것도 오답이 될 수 있었다."(88쪽)

방법2 : 고립과 영향

"누가 방법을 알려준다면."(92쪽)

여기 방법을 몰라 지붕에서 지내는 남자가 있습니다. 「티슈」의 남자 주인공은 레즈비언 부인과 이혼한 후 지붕에서만 지내는 위태로운 생활을 하고 있습니다. 이 소설에서 위태로운 상태에 처해 있는 것은 이 남자뿐만이 아닙니다. "누가 방법을 알려준다면"이라는 문장을 써서 티슈를 흩날리는 정체불명의 누군가 역시 위태로워 보입니다. 그러나 작가는 위태로운 두 남자가 직접 만나 서로에게 방법을 알려주도록 만들지 않습니다. 오히려 작가는 남자의 입을 빌려, 방법을 알려줄 수 없음을 단호하게 선언합니다.

보통 사람과 다른 삶을 살고자 하는 사람에게는 다른 삶의 방법이 필요한 법이다. 그러나 우리는 보통 사람이므로, 그래서 다른 삶의 방법에 대해 알지 못하므로 알려줄 수 없다. 우리가 할 수 있는 건 쉽게 생각하고 감싸지 않고 또 이해하지 않음으로써 상처주는 것뿐이다. 그녀도 방법을 스스로 찾아내지 않았다면 높은 곳에서 뛰어내렸을까.
그녀에게 나는 그녀가 찾아낸 하나의 '방법'이었다.(96~97쪽)

그러나 단호한 선언이 고립을 심화하는 것은 아닙니다. '나'는 '여장남자'인 '그'에게 방법을 알려줄 수 없음을 인정함으로써, 레즈비언이었던 '그녀'가 '나'와 결혼했다가 이혼할 수밖에 없었던 이유 또한 인정할 수 있게 됩니다. 이 소설이 반짝이는 순간은 이렇게 '그'에 대한 '나'의 짐작이 '그녀'에게로 뻗어나가는 순간입니다. 작가는 '그'와 '그녀'와 '나'가 일종의 유비관계를 형성하는 과정을 '나'의 사색 속에 풀어놓습니다. 이러한 유비관계를 더듬어봄으로써 '나' 역시 방법을 찾아내게 됩니다. 유비관계에 의해 '나'의 방향을 설정한 것이기에, '그'와

'그녀'와 '나' 사이에는 중심도 없고 차별도 없습니다. 나란히 이웃한 별자리 같은 관계가 마련되면서 '나'는 속으로 읊조립니다. "나 또한 그들처럼 방법을 고안해낸 걸까."(102쪽)

방금 읽은 따옴표 속의 문장에서 '처럼'이라는 말에 재차 주의를 기울여봐도 좋을 것 같습니다. '처럼'은 상대를 나에게 억지스럽게 동일화하지 않습니다. '처럼'은 상대와 나를 조심스럽게 연결짓습니다. '처럼'을 통해 '나'는 나와 다른 '그들'과 직접적인 관계를 맺지 않으면서도 '그들'의 영향을 받습니다. 자신과 다른 것의 영향에 적극적으로 노출되는 '나'의 태도는 이질적인 것이 스며드는 것을 기꺼이 받아들임으로써 더욱 자신의 소임을 다하게 되는 '티슈'의 운명과도 닮아 있지요.

호들갑스럽지 않게 서로에게 스며드는 삶의 방식을 「나무인형」에서도 발견할 수 있습니다. 이 소설에서 P는 자신의 이야기를 들어줄 누군가를 애타게 찾아 헤매다가 '나무처럼 한곳에 붙박여 누군가를 하염없이 기다리고 있는 것 같은 여자'를 발견합니다. 그리고 그 여자의 의사와 상관없이 일방적으로 끊임없이 자신의 이야기를 쏟아냅니다.

P는 빈 우유통을 빨며 거머리처럼 계속 따라붙었다. 여자는 잽싸게 트럭에 오른 후, 혹시라도 P가 문을 열까봐 안에서 잠가버렸다. P는 문을 열려고 시도하다 잠긴 걸 알고는 유리창을 똑똑 두드렸다. 웬만해서는 포기하지 않을 것 같아 여자는 창문을 살짝 내렸다.

"오늘 제가 한 이야기 기억하고 있으세요. 알았죠?"(211쪽)

이 둘의 관계는 어딘가 이상합니다. P는 자신과 아무 관련도 없던 여자에게 자신의 이야기를 기억해달라고 요청합니다. 두 사람 사이에 특정한 사건은 발생하지 않으며 두 사람의 대화 역시 좀처럼 진전될 기미를 보이지 않습니다. 그러나 어느 순간 여자는 자신도 모르게 다른 도시에서 머물렀던 시간보다 이틀을 더 P의 도시에 머물렀다는 것, 그리고 그동안 P가 들려준 이야기들을 자신도 모르게 다 기억하고 있다는 것을 깨닫게 됩니다. 변화는 P에게도 일어납니다. 다른 사람의 이야기만 전하던 P는 소설의 마지막 부분에서 자신의 이야기를 제대로 할 수 있게 됩니다. 두 사람은 미처 자신도 깨닫지 못하는 사이에, 서로의 영역을 침해하지 않으면서, 영향을 주고받습니다. 두 사람의 관계에서 볼 수 있듯이, 작가는 섣부른 합일을 이야기하지 않습니다. 그래서인지 이번 소설집에서 '나'를 버리고 타인에게 몰두하거나, 타인을 '나'에게 동일화해버리는 인물들은 좀처럼 찾아볼 수 없습니다. 우리는 이것을 장은진 식 '영향의 윤리'라고 불러도 좋겠습니다.

「나는 나를 가둔다」에서도 우리는 독특한 영향의 흐름을 만나볼 수 있습니다. 이 소설은 칠십 개의 방으로 이루어진 수면 체험실을 배경으로 하고 있습니다. 칠십 개의 방에서 사람들은 각자의 부족한 잠을 충당하고 자신의 집으로 돌아갑니다. 한국소설에서 고시원이나 아파트와 같이 단자적인 개인이 존재하는 공간이 등장하는 것은 새로운 일이 아닙니다. 우리가 함께 읽은 장은진의 소설 일곱 편 중 다섯 편(「나무인형」 「나쁜 이웃」 「티슈」 「찾아가는 도서관」 「빈집」) 역시 아파트를 배경으로 하고 있지요. 그중에서도 특히 「찾아가는 도서관」은 부적절한 관계를 맺던 여자가 죽은 친구의 아내였음을 알게 되는 이야기를 통해 아파트단지의 익명성이 어떠한 파국을 초래하는지 적나라하게 보여주고 있습니다. 그런데 「나는 나를 가둔다」의 수면 체험실은 조금 다릅니다. 이곳은 아파트와 마찬가지로 조각난 공간이지만 색다른 희망을 품게 만듭니다. 소설은 남자의 서술과 여자의 서술이 교차되며 진행됩니다. 서술이 교차될수록 두 사람의 관계도 조금씩 진전되지요. 남자를 잠들게 하는 것은 수면 체험실 자체가 아니라 수면 체험실의 63번 방에서 나는 독특한 냄새인데, 소설을 읽는 독자만이 그 냄새가 다름아닌 여자의 냄새라는 것을 알 수 있습니다. 작가는 이렇게 이 소설에서도 역시 두 남녀가 직접 속내를 드러내지 않고도 서로를 위무하게 만듭니다.

그런데 이러한 영향의 주고받음은 남자와 여자 사이에서만 일어나는 것이 아닙니다. 남자는 불면의 고통을 호소하며 여자에게 꿈을 빌려달라고 말하고, 여자는 꿈을 기억하지 못하는 사람이기에 수면 체험실을 이용하며 자신에게 해몽을 부탁했던 사람들의 꿈을 남자에게 빌려줍니다. 이렇게 각자의 방에 고립되어 있던 사람들은 여자를 매개로, 그리고 꿈을 매개로 서로가 서로에게 영향을 줍니다. 각자의 삶을 지속하고 서로의 거리를 유지하며 영향을 주고받는 '영향의 사슬'이 이 소설 안에 형성되어 있습니다. 장은진이 만들어낸 영향의 사슬 안에서라면, 사람들은 혼자 있으면서도 동시에 여럿일 수 있습니다. 그러니 소설을 읽으며 고립의 고통에서 벗어날 수 있는 방법을 어렴풋이 짐작하게 된 당신이라면, 작가의 목소리를 빌려 이렇게 말해도 될 것 같습니다. "남자와 같은 꿈을 꿀 것만 같다."(69쪽)

안내서의 활용

> 사랑은 미지의 무엇을 지속시키려는 욕망이기도 합니다.
> 우리가 잘 알고 있듯이, 사랑은 삶의 재발명이기 때문입니다.
> —알랭 바디우, 『사랑 예찬』 중에서

안과 밖의 긴장을 유지하며 '바깥'에 대한 '나'의 사랑을 지속하고자 하는 사람들에게 작가는 추리가가 되라고, 하지만 정답을 맞힐 필요는 없다고 말합니다. 또한 영향의 사슬 안에 들어서라고, 그러면 '나'를 잃지 않고도 '너'를 만날 수 있다고 말합니다. 그러므로 이 책은 사랑을 끝내버리고 혼자가 되려고 하는 사람들을 위한 책이 아닙니다. 이 책은 사랑을 완성시켜 하나가 되려는 사람들을 위한 책도 아닙니다. 이 책은 안에 웅크리고 있지만 밖을 갈구하는 사람들, 밖을 갈구하지만 안을 포기하고 싶지 않은 사람들을 위한 책입니다. 홀로 하는 사랑을 경험해본 적이 있는 당신이라면 '바깥'을 향한 과잉된 열망을 누구보다 잘 이해할 수 있을 것입니다. 작가는 그러한 열망이 부끄러운 것이 아니라고 넌지시 알려줍니다. 사랑이 지속되는 시간은 고통이 반복되는 시간이 아니라 새로운 삶의 방식이 발명되는 시간일지도 모릅니다. 우리는 이 소설들을 통해 지치지 않고 바깥에 대한 사랑을 지속할 수 있는 방법을 배웠습니다. 이제 당신의 목소리로 대답할 차례입니다. 당신의 방법은 무엇입니까?

작가의 말

지난 시간에 대해 생각한다.
여기에 실린 일곱 개의 단편이 쓰일 때
내 기분은 어떠했고, 어디에 있었으며, 누구와 함께 있었는지를.

기억이 나지 않는 걸까, 기억이 잘못된 걸까.
일곱 개의 기분과 일곱 개의 장소, 일곱 개의 동반자가 하나같이 똑
같다.
머릿속은 몽롱했고, 좁은 방이었으며, 주위에는 아무도 없었다.
소설이 탄생되는 어쩔 수 없는 과정이라 해두자.

다만,

다음에는 지금보다

점점 나아지기를 바라본다.
불안과 고통, 쓸쓸함이 덜한 쪽으로.

2012년 가을
장은진

| 수록 작품 발표 지면 |

빈집을 두드리는 이유 ······ 『문학동네』 2009년 겨울

나는 나를 가둔다 ······ 『현대문학』 2011년 2월

티슈, 지붕, 그리고 하얀 구두 신은 고양이 ······ 테마 소설집 『비』

찾아가는 도서관 ······ 『작가세계』 2008년 겨울

나쁜 이웃 ······ 『세계의문학』 2009년 가을

페이지들 ······ 『문예중앙』 2008년 여름

나무인형 ······ 『한국문학』 2009년 겨울

문학동네 소설집
빈집을 두드리다
ⓒ 장은진 2012

초판인쇄 2012년 11월 9일
초판발행 2012년 11월 16일

지은이 장은진
펴낸이 강병선
책임편집 백다흠 | 편집 이경록 황예인 | 디자인 윤종윤 유현아
마케팅 신정민 서유경 정소영 강병주 | 온라인마케팅 김희숙 김상만 이원주
제작 서동관 김애진 임현식 | 제작처 한영문화사

펴낸곳 (주)문학동네
출판등록 1993년 10월 22일 제406-2003-000045호
주소 413-756 경기도 파주시 문발동 파주출판도시 513-8
전자우편 editor@munhak.com | 대표전화 031) 955-8888 | 팩스 031) 955-8855
문의전화 031) 955-8890(마케팅) 031) 955-8862(편집)
문학동네카페 http://cafe.naver.com/mhdn

ISBN 978-89-546-1975-2 03810
* 이 책의 판권은 지은이와 문학동네에 있습니다.
  이 책 내용의 전부 또는 일부를 재사용하려면 반드시 양측의 서면 동의를 받아야 합니다.
* 이 도서의 국립중앙도서관 출판시도서목록(CIP)은
  e-CIP 홈페이지(http://www.nl.go.kr/cip.php)에서 이용하실 수 있습니다.
  (CIP 제어번호 : CIP2012005111)
* 이 책은 2011 문학창작활성화 작가창작활동지원사업 지원을 받아 발간되었습니다.

www.munhak.com